中國語言文字研究輯刊

十 九 編

許 學 仁 主編

第4冊

清華柒〈子犯子餘〉研究（下）

洪 鼎 倫 著

花木蘭文化事業有限公司

國家圖書館出版品預行編目資料

清華柒〈子犯子餘〉研究（下）／洪鼎倫 著 -- 初版 -- 新北市：
花木蘭文化事業有限公司，2020〔民 109〕
目 2+194 面；21×29.7 公分
（中國語言文字研究輯刊　十九編；第 4 冊）
ISBN 978-986-518-154-3（精裝）
1. 文字學 2. 研究考訂
802.08　　109010409

中國語言文字研究輯刊
十九編　第四冊　ISBN：978-986-518-154-3

清華柒〈子犯子餘〉研究（下）

作　　者　洪鼎倫
主　　編　許學仁
總 編 輯　杜潔祥
副總編輯　楊嘉樂
編　　輯　許郁翎、張雅淋　美術編輯　陳逸婷
出　　版　花木蘭文化事業有限公司
發 行 人　高小娟
聯絡地址　235 新北市中和區中安街七二號十三樓
電話：02-2923-1455 ／傳真：02-2923-1452
網　　址　http://www.huamulan.tw 信箱 hml 810518@gmail.com
印　　刷　普羅文化出版廣告事業
初　　版　2020 年 9 月
全書字數　284258 字
定　　價　十九編 14 冊（精裝）　台幣 42,000 元

清華柒〈子犯子餘〉研究（下）

洪鼎倫 著

目次

上冊

下　冊

圖目錄

第柒章　釋文考證——秦公問蹇叔

（一）釋　文

公乃睝（問）於邗（蹇）弔（叔）曰：「夫公子之不能居晉邦，訐（信）天【簡七】令（命）哉？〔一〕割（曷）又（有）儯（僕）若是而不果以𡆧（國），民心訐（信）難成也哉■？」〔二〕邗（蹇）弔（叔）畣（答）曰：「訐（信）難成■殹，或易成也。〔三〕凡民秉厇（度）諯（端）正、譖（僭）試（忒），才（在）上之【簡八】人。〔四〕上䋭（繩）不遳（失），斤（近）亦不遭（僭）■。」〔五〕公乃睝（問）於邗（蹇）弔（叔）曰：「弔（叔），昔之舊聖折（哲）人之塼（敷）政命（令）荆（刑）罰，〔六〕事眾若事一人，不敎（穀）余敢睝（問）亓（其）【簡九】道系（奚）女（如）？〔七〕猷（猶）弔（叔）是睝（聞）遺老之言，必尚（當）語我才（哉）。〔八〕寍（寧）孤是勿能用？〔九〕卑（譬）若從䨥（雉）肰（然），虗（吾）尚（當）觀亓（其）風■。」〔十〕邗（蹇）弔（叔）畣（答）曰：「凡君斎=（之所）睝（問）【簡十】莫可睝（聞）■。〔十一〕昔者成湯以神事山川，以悳（德）和民。〔十二〕四方巳（夷）莫句（後）與人，〔十三〕面見湯若䨵（暴）雨方奔之，而鹿（庇）雁（蔭）玄（焉），

〔十四〕用果念（臨）政【簡十一】九州而奪（均）君之。〔十五〕遂（後）殜（世）豪（就）受（紂）之身，〔十六〕殺三無殆（辜），為爞（炮）為烙；〔十七〕殺某（梅）之女，為桊（拳）梏（梏）三百。〔十八〕（殷）邦之君子，無少（小）大、無遠逐（邇），〔十九〕見【簡十二】受（紂）若大隓（山）牆（將）具（俱）阭（崩），方走去之。〔二十〕愳（懼）不死，型（刑）以及于（於）氒（厥）身，邦乃述（墜）斃（亡）■。用凡君所𦖞（問）莫可𦖞（聞）■。」〔二一〕

（二）文字考釋

〔一〕公乃䛐（問）於邗（蹇）弔（叔）曰：「夫公子之不能居晉邦，訐（信）天【簡七】令（命）哉？

公	乃	䛐	於	邗
弔	曰	夫	公	子
之	不	能	居	晉
邦	訐	天	令	哉

原整理者：邗，从邑，干聲，讀為「蹇」。蹇叔，宋人，受百里奚推薦，秦穆公迎為上大夫，《韓非子．說疑》以其與百里奚等並為「霸王之佐」。〔註 1〕

〔註 1〕李學勤主編：《清華大學藏戰國竹簡（柒）》，頁 96。

子居：先秦兩漢文獻並無蹇叔為宋人之說。《韓非子・難二》：「且蹇叔處干而干亡，處秦而秦霸，非蹇叔愚于干而智于秦也，此有君與無臣也。」可見韓非是以蹇叔原為邗臣。《史記・李斯列傳》：「昔穆公求士，西取由余於戎，東得百里奚於宛，迎蹇叔於宋，求丕豹、公孫支於晉。」《索隱》：「《秦紀》又云：『百里奚謂穆公曰：『臣不如臣友蹇叔，蹇叔賢而代莫知。』穆公厚幣迎之，以為上大夫。』今云『於宋』，未詳所出。」《正義》：「《括地志》云：蹇叔，岐州人也。時游宋，故迎之于宋。」可見《史記》雖言「迎蹇叔于宋」但也並非說蹇叔為宋人，現清華簡《子犯子餘》篇書「蹇叔」為「邗叔」，與《韓非子》所記正合，可證蹇叔確為邗人。〔註 2〕

李宥婕：由簡文中書「邗弔」為「蹇叔」及《韓非子・難二》：「且蹇叔處干而干亡，處秦而秦霸，非蹇叔愚于干而智于秦也，此有君與無臣也。」應可確定蹇叔在仕秦前，曾經在「干國」做大臣。但若如子居之說因此判斷蹇叔為邗人，則未見確切證據。〔註 3〕

金宇祥：「邗」从「干」聲，讀為「蹇」，例證可參《上博三・周易》簡35「訐」讀為「蹇」。關於蹇叔是那裡人的問題，先秦兩漢的文獻記載不多，如《左傳・僖公三十二年》：「穆公訪諸蹇叔」，杜預的注中只說：「蹇叔，秦大夫」。文獻中對此問題主要有四種說法：1.「宋國」說。2.「銍」地說。3.「岐州」說。4.「干國」說。

第 1「宋國」說，見《史記・李斯列傳》：「昔穆公求士，西取由余於戎，東得百里奚於宛，迎蹇叔於宋，求丕豹、公孫支於晉。此五子者，不產於秦，而繆公用之，并國二十，遂霸西戎。」〈子犯子餘〉的原考釋可能是據此記載而說蹇叔為宋人。

第 2「銍」地說，見《史記・秦本紀》：「臣常游困於齊而乞食銍人，蹇叔收臣。」《集解》：「徐廣曰：『銍，一作銍。』」《正義》：「銍音珍栗反。銍，地名，在沛縣。」其實第 1 和第 2 可視為同一種說法，因《史記・秦本紀》此處為秦穆公五年，百里奚和穆公的對話，百里奚說：「我曾經窮困到向銍人乞食，蹇叔收留了我」。但秦穆公五年（公元前 655 年）此時「銍」為宋地（今

〔註 2〕子居：〈清華簡七《子犯子餘》韻讀〉，中國先秦史網站，2017 年 10 月 28 日（2019 年 7 月 10 日上網）。

〔註 3〕李宥婕：《《清華大學藏戰國竹簡（柒）・子犯子餘》集釋》，頁 83。

安徽宿州西南)，第 1、2 說僅能說明蹇叔在去秦之前曾在宋地，並不能證明蹇叔為宋人。

第 3「岐州」說，見《史記正義》所引《括地志》中，《史記・李斯列傳》:「昔穆公求士，西取由余於戎，東得百里奚於宛，迎蹇叔於宋，求丕豹、公孫支於晉。此五子者，不產於秦，而繆公用之，并國二十，遂霸西戎。」《正義》:「《括地志》云:『蹇叔，岐州人也。』時游宋，故迎之于宋。」「岐州」在春秋時為秦地，在唐朝至德年間改為鳳翔府，沿至清朝，約今陝西省西部。張子俠〈蹇叔考論〉一文指出蹇叔等五人「不產於秦」，說明他們不是秦人。而「岐州」為秦地，故「岐州」說應不確。

第 4「干國」說，見《韓非子・難二》:「且蹇叔處干而干亡，處秦而秦霸，非蹇叔愚于干而智于秦也，此有君與無臣也。」此句在其它文獻有不同記載，此問題詳後文。關於干國，宋鎮豪〈商周干國考〉一文有詳細考證，文中認為商代晚期，干國北徙至河南北部濮陽附近。殷商革命交替，部分干人歸遷周地，職事姬姓陵國，大部分避走東南，於江淮間蘇北泗洪一帶立國。約公元前 655 年，吳、干之戰，干國被吳國吞併，從此滅亡。而對於《韓非子・難二》所記蹇叔之事，宋鎮豪認為蹇叔是干國之臣，國亡後入秦。宇祥案：宋鎮豪對干國和蹇叔的看法皆可從，但將吳、干之戰的時間定在公元前 655 年可再討論。吳、干之戰見《管子・小問》:「昔者吳干戰，未齓不得入軍門。國子擿其齒，遂入，為干國多。」和此戰有關的是春秋晚期的邗王是埜戈(《錄遺》569)，此戈郭沫若認為是吳王壽夢，宋鎮豪認為是干國器。宋鎮豪所持理由是吳國銅器未見自銘「干」國的。此說雖合理，但另一器趙孟介壺(《集成》9678)銘文中亦有「邗王」，對於此壺的解釋稍不夠，故此戈是吳國器或干國器還有待討論。而在討論此戈時，學者有論及吳、干之戰的年代，沈寶春認為「干即邗，後吳滅干，因稱吳為邗，然以吳自魯成公時，始載諸春秋，滅邗當在其前，故不載也。」宋鎮豪定在公元前 655 年。此戰年代應從沈說，原因是《史記・秦本紀》記秦穆公五年(公元前 655)時，百里奚對穆公說自己曾在銍地被蹇叔收留，表示此事在公元前 655 年之前。所以如果蹇叔先在干國，干國被滅後去了銍地，公元前 655 年才發生吳、干之戰，那麼百里奚和蹇叔不會在銍地相遇。又如果蹇叔先在銍地遇到百里奚，後去了干國，公元前 655 年干國被滅，同年秦穆公又於宋地迎蹇叔(《史記・李斯列傳》「迎蹇叔於宋」）恐不合理。故吳、干之戰應在公元前 655 年之前。

簡文「邗」字作，在包山簡中亦有此字：《包山》簡 121「東邗里人場賈」、《包山》簡 183「⿰氵弋陽人邗得」、《包山》簡 189「邗競之州加公秦」，「邗」作地名或人名，其中「邗得」（《包山》簡 183）巫雪如認為「包山楚簡之邗氏或即邗國之後人以之為氏，亦可能是邗邑為氏者。」其說提出了兩種可能。對此，若「邗得」為「邗國之後人」，前文認為吳干之戰在公元前 655 年之前，包山楚簡的年代為公元前 316 年，那麼此人應是干國滅亡後去了楚國。若「邗得」為「邗邑為氏」，干國滅亡後即屬吳地，此人可能在干國滅亡後遷至「陽」。以上之說僅作為一種推測，還有待更多的證據來證明。而〈子犯子餘〉蹇叔的「蹇」作（邗），可能與干國有關係。

至於《韓非子・難二》該處的問題，句中「蹇叔處干而干亡」，「干」字盧文弨和俞樾認為應改為「虞」（鼎倫案：筆者回查古籍，王先慎云：「今本作『于』，形近而誤，或作『虞』者，不知『于』即『虞』而改為『虞』也。」），郭沫若〈吳王壽夢之戈〉文末的補記還提到在《呂氏春秋》、《史記》、《漢書》、《文選》等書，「蹇叔」作「百里奚」。此句的問題不少，難以論斷，不過現在或可藉由〈子犯子餘〉的字來判斷，「蹇叔處干而干亡」的「干」字無誤。而以上四說中，以宋國和干國說較有可能，再根據〈子犯子餘〉的字，干國又比宋國說的可能性高。〔註 4〕

鼎倫謹案：首先，關於「」字，在楚簡中亦可見「」（包山・2・121）、「」（包山・2・183）、「」（包山・2・184）、「」（包山・2・189）。關於「蹇叔」的身分，原整理者認為蹇叔是宋人；子居認為是邗人；伊諾從子居的說法；〔註 5〕李宥婕認為可確定蹇叔在仕秦前，曾經在「干國」做大臣；金宇祥認為蹇叔是干國人的可能性比宋國人高。曹大根〈蹇叔故里考〉有清楚考證，認為蹇叔的故里在「歧州」，曾出仕「干國」，並且居住過

〔註 4〕 金宇祥：《戰國竹簡晉國史料研究》，頁 74～76。

〔註 5〕 伊諾：〈清華柒《子犯子餘》集釋〉，復旦網，2018 年 1 月 18 日（2019 年 7 月 9 日上網）。

「銍」，也就是宋國的「銍邑」。〔註6〕因此曹大根提及：「蹇叔在『仕秦』前，曾經在『干國』做大臣，因為干國君主不重用他，便在銍邑隱居起來。」〔註7〕這裡的「干」其實和簡文的「邗」相同，觀察「干」的上古音為「見紐元部」，〔註8〕「邗」的上古音為「匣紐元部」，〔註9〕聲紐皆為牙喉音，韻部相同，故可相通。《說文解字・邑部》云：「邗，國也。今屬臨淮，從邑干聲，一曰本屬吳。」段玉裁注：「許云今屬臨淮者，許意邗國地當在前漢臨淮郡，不在廣陵也。」〔註10〕這裡的「邗國」和前面的「干國」皆表同一國名。原整理者、子居和金宇祥皆將「邗」通假為「蹇」，可從。筆者補充二字音理通假之證據，「邗」的上古音為「匣紐元部」，〔註11〕「蹇」的上古音為「見紐元部」，〔註12〕聲紐皆為牙喉音，韻部相同，故可相通。是以，簡文的「邗叔」就是指「蹇叔」，「邗」指蹇叔出仕的地名，簡文書寫作「邗」則表示可作蹇叔曾出仕邗國的證據，通假成「蹇」則符應傳世古籍對蹇叔的記載。原整理者認為蹇叔是宋人，或許是因為《史記・李斯列傳》云：「昔繆公求士，西取由余於戎，東得百里奚於宛，迎蹇叔於宋，來丕豹、公孫支於晉。」〔註13〕提到「迎蹇叔於宋」才判定蹇叔為「宋人」。而子居認為原整理者據《史記》此句所引也不能代表蹇叔是宋人，而是根據《韓非子》以及簡文記載認為蹇叔是「邗人」。然筆者認為蹇叔為宋人或是邗人，所依據的應該是蹇叔的出生地。若以蹇叔有待過的地方而言，宋國和邗國皆有，因此原整理者和子居的說法尚不精確。

其次，這裡的「夫」非用本義，〔註14〕而為「發語詞」之義，放在句首帶

〔註6〕曹大根：〈蹇叔故里考〉，《淮北職業技術學院學報》第14卷第3期（2015年6月），頁93～95。

〔註7〕曹大根：〈蹇叔故里考〉，頁94。

〔註8〕（東漢）許慎撰；（清）段玉裁注；李添富總校訂：《新添古音說文解字注》，頁87。

〔註9〕（東漢）許慎撰；（清）段玉裁注；李添富總校訂：《新添古音說文解字注》，頁300。

〔註10〕（東漢）許慎著；（清）段玉裁注：《說文解字注》，頁297。

〔註11〕（東漢）許慎撰；（清）段玉裁注；李添富總校訂：《新添古音說文解字注》，頁300。

〔註12〕（東漢）許慎撰；（清）段玉裁注；李添富總校訂：《新添古音說文解字注》，頁84。

〔註13〕（西漢）司馬遷撰；（南朝宋）裴駰集解；（唐）司馬貞索隱；（唐）張守節正義：《史記》，頁1499。

〔註14〕《說文解字》云：「丈夫也。」參（東漢）許慎：《說文解字》，頁216。

有提示作用，如《論語・季氏》云：「夫顓臾，昔者先王以為東蒙主，且在邦域之中矣」，〔註15〕《孟子・離婁上》云：「夫國君好仁，天下無敵。」〔註16〕可參。這裡的「哉」則表示疑問的語氣，如《詩經・邶風・北門》云：「天實為之，謂之何哉！」〔註17〕《孟子・滕文公下》云：「陳仲子豈不誠廉士哉？」〔註18〕可參。此句「夫公子之不能居晉邦，信天命哉？」的疑問語氣由「哉」表出，「夫」無義。和本篇第一段「胡晉邦有禍，公子不能止焉，而走去之，毋乃猷心是不足也乎？」以及第二段「晉邦有禍，公子不能止焉，而走去之，毋乃無良左右也乎？」的疑問語氣主要由「毋乃……也乎」所表出，兩者不同。

其三，這裡的「信」釋為「確實、的確」，如《左傳・昭公元年》云：「子皙信美矣，抑子南，夫也。」〔註19〕《楚辭・九章・惜誦》云：「九折臂而成醫兮，吾至今乃知其信然。」〔註20〕可參。「信」用來突顯「天命」，表示秦穆公將問話的重點放在「天命」，質疑重耳不能待在晉邦的原因是否確實因為天命的關係。

其四，本篇的「」字，原整理者、袁證、李宥婕及金宇祥都直接隸定作「命」，但是在簡9另外有「」字，也是隸定作「命」。關於這類無口構形的字，筆者認為應該隸定作「令」加兩橫飾筆，如「」（包山・2・18）、「」（上博八・命・3）、「」（上博八・王居・6）、「」（上博八・王居・6）、「」（清華伍・命訓・1）、「」（清華伍・命訓・7）、「」（清華柒・越公其事・13）、「」（清華柒・越公其事・17）、「」（清華柒・越公其事・17）、「」（清華柒・越公其事・21）、「」

〔註15〕李學勤主編；《十三經注疏》整理委員會整理：《論語注疏》，頁250。

〔註16〕李學勤主編；《十三經注疏》整理委員會整理：《孟子注疏》，頁231。

〔註17〕李學勤主編；《十三經注疏》整理委員會整理：《毛詩正義》，頁200、頁201、頁202。

〔註18〕李學勤主編；《十三經注疏》整理委員會整理：《孟子注疏》，頁214。

〔註19〕李學勤主編；《十三經注疏》整理委員會整理：《春秋左傳正義》，頁1325。

〔註20〕（清）林雲銘著；劉樹勝校勘：《楚辭燈校勘》，頁86。

（清華柒・越公其事・21）。然而，根據前後文意，筆者推測此字讀作「命」。《字源》云：「令、命本一字」，〔註21〕「天命」為古籍習語，釋作「上天之意旨、由天主宰的命運」，用例如《尚書・盤庚上》云：「先王有服，恪謹天命」，〔註22〕《楚辭・天問》云：「天命反側，何罰何佑？」〔註23〕可參。「天命」為特別強調「有意志的天」，與單純的「命」不同，徐復觀《中國人性論史・先秦篇》云：

> 天命與命運不同之點，在於天命有意志，有目的性；而命運的後面，並無明顯的意志，更無什麼目的，而只是一股為人自身所無可奈何的盲目性的力量。〔註24〕

可見，秦穆公認為重耳流亡是因為「天命」有意識的去影響重耳，和本篇第一段子犯回答秦穆公：「以節中於天」，與第二段子餘回答秦穆公：「吾主弱時而強志」，以及第三段秦穆公告訴子犯、子餘：「天豈謀禍於公子」，多有關聯。

綜上所述，此句可解讀為：「秦穆公於是向蹇叔問說：『公子重耳不能夠待在晉國，真的是因為天命嗎？』」

〔二〕割（曷）又（有）儯（僕）若是而不果以宖（國），民心訐（信）難成也哉？」

割	又	儯	若	是	而
不	果	以	宖	民	心

〔註21〕李學勤主編：《字源》，頁82。

〔註22〕李學勤主編；《十三經注疏》整理委員會整理：《尚書正義》，頁268。

〔註23〕（清）林雲銘著；劉樹勝校勘：《楚辭燈校勘》，頁70。

〔註24〕徐復觀：《中國人性論史・先秦篇》（臺北：臺灣商務印書館股份有限公司，1994年），頁39。

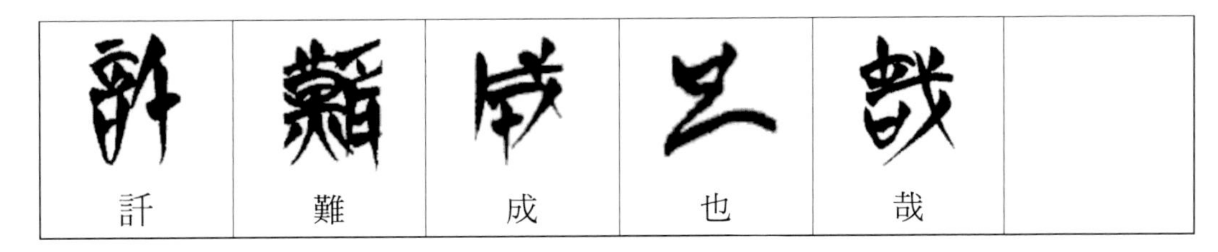

原整理者：割，讀為「曷」，《說文》：「何也。」果，《呂氏春秋．忠廉》「果伏劍而死」，高誘注：「果，終也。」以，訓為「有」。《吳越春秋．王僚使公子光傳》引季札語「社稷以奉」，《史記．吳太伯世家》作「社稷有奉」。不果以國，即不果有國、不果得國。果得國，《左傳》僖公二十八年：「晉侯在外，十九年矣，而果得晉國。」〔註 25〕

xiaosong：此句似當斷作「曷有僕若是而不果？以國民心信難成也哉」。「不果」古書常見，沒有成功、沒有達成願望；「以」，因為；「國民心」即國民之心，《晏子春秋》外篇有「以傷國民義哉」，「國民義」、「國民心」結構相同。這句話意思是：「（重耳）為何有這樣好的僕人還不能成功呢？是因為國家民眾之心實在難以收歸嗎？」〔註 26〕

子居：秦穆公所問，是因為他要送重耳歸國為君，因此既已知重耳的隨從都非常忠心於重耳，自然轉而擔心是否天命不合，或是晉國民心不應。而蹇叔並未回答天命如何，也沒有直陳是否民心所向，可見《子犯子余》篇作者也認為重耳歸國前的晉國有不少反對重耳的勢力，此點與《左傳》、《國語》所記相合。〔註 27〕

伊諾：整理者斷讀是，誠如網友「xiaosong」言，「不果」即沒有成功的意思，那麼「不果以國」就是「不果有國」，即「有國」沒有成功，所以不必改讀。〔註 28〕

李宥婕：此處當從整理者。如《孟子．公孫丑下》：「固將朝也，聞王命而遂不果。」中「不果」即沒有成為事實、終於沒有實行。「不果以國」即「不果

〔註 25〕李學勤主編：《清華大學藏戰國竹簡（柒）》，頁 96。

〔註 26〕見武漢網「簡帛論壇」〈清華七《子犯子餘》初讀〉9 樓，2017 年 4 月 23 日（2019 年 7 月 2 日上網）。

〔註 27〕子居：〈清華簡七《子犯子餘》韻讀〉，中國先秦史網站，2017 年 10 月 28 日（2019 年 7 月 10 日上網）。

〔註 28〕伊諾：〈清華柒《子犯子餘》集釋〉，復旦網，2018 年 1 月 18 日（2019 年 7 月 9 日上網）。

有國」。若依 xiaosong 斷作「曷有僕若是而不果？以國民心信難成也哉」則上句為問句，下句則為答句，如此則秦公應該自有定見。但下句蹇叔的回答為「訐（信）難成，殹（繄），或易成也。」可見秦公所言應是問句，則斷句從整理者當是。〔註 29〕

金宇祥：此從原考釋之說，「民心」文獻習見，「國民心」則未見，故武漢網帳號「xiaosong」斷句不可從。〔註 30〕

鼎倫謹案：首先，「」左半的寫法在「」的寫法貌似有連筆且撇形方向相同的情形，和「」（上博二．昔者君老．3）、「」（上博六．競公瘧．1）、「」（上博八．成王既邦．15）、「」（清華伍．命訓．14）、「」（清華陸．子產．13）有所不同。筆者贊成原整理者將「割」讀作「曷」，釋為「何」。進一步而言，筆者認為此字可表示疑問，釋作「怎麼」，如《荀子．法行》云：「同游而不見愛者，吾必不仁也；交而不見敬者，吾必不長也；臨財而不見信者，吾必不信也。三者在身，曷怨人？」〔註 31〕可參。此句承接上一問句：「重耳是因為天命的關係才不能待在晉國嗎？」這裡再問蹇叔「怎麼重耳有像子犯、子餘這樣的僕人卻不能得到國家呢？」此外，這裡的時間點是在秦穆公和子犯及子餘問答完，並且賜予他們賞賜物之後，因此秦穆公對於子犯及子餘的態度已由輕視轉為稱讚。

其次，關於「」相同的楚文字可見：「」（包山 2．15）、「」（包山 2．15）、「」（包山 2．15）、「」（包山 2．15）、「」（包山 2．16）、「」（包山 2．16）、「」（包山 2．16）。該字下方皆从「臣」，如季旭昇《說文新證》云：「楚文字从『臣』、『僕』省聲（『臣』的本義也是奴僕類），與《說文》古文基本相同。」〔註 32〕這裡的「僕」指僕臣，如《尚

〔註 29〕李宥婕：《《清華大學藏戰國竹簡（柒）．子犯子餘》集釋》，頁 85。

〔註 30〕金宇祥：《戰國竹簡晉國史料研究》，頁 77。

〔註 31〕（清）王先謙撰；沈嘯寰、王星賢點校：《荀子集解》，頁 536。

〔註 32〕季旭昇：《說文新證》，頁 173。

書．冏命》云：「僕臣正，厥后克正；僕臣諛，厥后自聖。」孔傳：「言僕臣皆正，則其君乃能正；僕臣諂諛，則其君乃自謂聖。」〔註33〕可參。這裡秦穆公指子犯、子餘為重耳的僕臣，因為重耳仍在外流亡，尚未歸國稱晉文公，所以稱呼為「僕」，可和前文釋為家臣的「庶子」相對應。

其三，關於斷句問題，有以下兩種說法：

1.「曷有僕若是而不果以國，民心信難成也哉？」：原整理者主之，伊諾、李宥婕、金宇祥從之。

2.「曷有僕若是而不果？以國民心信難成也哉。」：xiaosong 主之。

先討論「不果以國」，原整理者將「果」釋為「終」，將「以」訓為「有」，引《左傳》僖公二十八年：「晉侯在外，十九年矣，而果得晉國。」為證；xiaosong 認為「不果」就是「沒有成功、沒有達成願望」之義，「以」為「因為」，「國民心」即國民之心；伊諾亦認為「不果」即「沒有成功」的意思，但斷讀從原整理者之說；李宥婕認為「不果」即沒有成為事實、終於沒有實行。筆者則認為「果」可釋為「實現、信實」，凡事與預期相合的稱為「果」，不合的稱「不果」。如《廣雅．釋詁一》云：「果，信也。」〔註34〕清劉淇《助字辨略．卷三》云：「凡言與事應曰果。」〔註35〕《韓非子．外儲說下》云：「君謀欲伐中山，臣薦翟角而謀得。果且伐之」，〔註36〕《左傳．僖公十六年》云：「不果城而還」，〔註37〕《左傳．昭公七年》云：「君不果行」，〔註38〕《左傳．哀公十五年》云：「欲與之伐公，不果。」〔註39〕《清華二．繫年》：「遂以遷許於葉而不果」，可參。秦穆公在這裡對子犯及子餘的態度已由輕視轉為欣賞，因此認為如果重耳擁有像子犯和子餘如此優良的隨從就能夠掌握國家權力。但是事實上重耳卻在外流亡十九年，所以問句中「不果以國」和前面「有僕若是」的預測相反。「以」則從原整理者所說，通「有」，筆者釋為「擁有」，如

〔註33〕李學勤主編；《十三經注疏》整理委員會整理：《尚書正義》，頁627。

〔註34〕（清）王念孫：《廣雅疏證》（上海：上海古籍出版社，1983年），頁83。

〔註35〕（清）劉淇著；章錫琛校注：《助字辨略》（北京：中華書局，2004年），頁159。

〔註36〕（清）王先慎撰；鍾哲點校：《韓非子集解》，頁294。

〔註37〕李學勤主編；《十三經注疏》整理委員會整理：《春秋左傳正義》，頁446。

〔註38〕李學勤主編；《十三經注疏》整理委員會整理：《春秋左傳正義》，頁1428。

〔註39〕李學勤主編；《十三經注疏》整理委員會整理：《春秋左傳正義》，頁1943。

《左傳．昭公十七年》云：「不有以國，其能久乎？」〔註 40〕《戰國策．楚策四》云：「今楚國雖小，絕長續短，猶以數千里，豈特百里哉？」〔註 41〕是以，筆者贊成原整理者之說，認為斷讀為「不果以國」較合適。

其四，這裡的「民心信難成也哉？」是指秦穆公詢問蹇叔說「人民對國家的向心力真的很難促成嗎？」「民心」指「人民的思想、感情、意願等」，如《左傳．昭公七年》云：「六物不同，民心不壹，事序不類，官職不則，同始異終，胡可常也？」〔註 42〕可參。「信」和前面秦穆公對蹇叔的問句中「夫公子之不能居晉邦，信天命哉？」的「信」意思相同，皆釋為「確實、的確」，在這裡用來突顯「難成」。「成」釋為「促成」，如《論語．顏淵》云：「子曰：『君子成人之美，不成人之惡。小人反是。』」〔註 43〕秦穆公在這裡疑惑重耳流亡在外許久，無法得到國家，主要原因是否為沒有促成人民之心。在此處秦穆公對蹇叔的提問中，主要有兩個問題：一是「信天命哉？」二是「民心信難成也哉？」觀察句型語詞，將第二個問題和第一個問題相較下，多了「也」。筆者認為「也哉」是秦穆公用來修飾第二個問題的感嘆語氣，文例如《左傳．襄公二十九年》云：「美哉！泱泱乎，大風也哉！」〔註 44〕可參。並且再觀察之後蹇叔對秦穆公的回話內容，主要在回應第二個問題「民心信難成也哉？」可見「也」在此表示疑問語氣的助詞，而只有在秦穆公第二個問題後，代表特別強調「民心信難成」這個問題。綜上所述，此句可解讀為：「怎麼有像他們一樣的僕臣卻不能夠成功擁有國家，民心真的很難促成嗎？」

〔三〕邗（蹇）害（叔）倉（答）曰：「訐（信）難成▼毆，或易成也。

〔註 40〕李學勤主編；《十三經注疏》整理委員會整理：《春秋左傳正義》，頁 1564。

〔註 41〕（西漢）劉向：《戰國策》（上海：上海古籍出版社，1985 年），頁 556。

〔註 42〕李學勤主編；《十三經注疏》整理委員會整理：《春秋左傳正義》，頁 1443。

〔註 43〕李學勤主編；《十三經注疏》整理委員會整理：《論語注疏》，頁 187。

〔註 44〕李學勤主編；《十三經注疏》整理委員會整理：《春秋左傳正義》，頁 1262。

難	成	殹	或	易
成	也			

原整理者：殹，讀為「緊」，訓「惟」，參看裴學海：《古書虛字集釋》（第二一八頁）。〔註 45〕

鄭邦宏：「殹」，當讀為「抑」，楚簡習見，《清華簡（陸）．鄭文公問太伯（甲本）》簡 9＋10：「枼（世）及虗（吾）先君卲公、剌（厲）公，殹（抑）天也，其殹（抑）人也，為是牢鼠（鼠）不能同穴，朝夕戓（鬥）戙（鬩），亦不逸（失）斬伐。」此表轉折的連詞。〔註 46〕

厚予：「殹」可上讀。〔註 47〕

子居：此處也當訓為「是」而非訓為「惟」，「信難成，是又易成也」為轉折複句，為了強調後面所說民心與執政者施政行為的關係。〔註 48〕

伊諾：當從網友「厚予」之說，「殹」屬上讀。可讀為「也」，句末語氣詞。即「信難成殹（也），或易成也」。「或」意為「又」。〔註 49〕

袁證：鄭邦宏先生意見可從。〔註 50〕

〔註 45〕李學勤主編：《清華大學藏戰國竹簡（柒）》，頁 96。

〔註 46〕清華大學出土文獻讀書會（石小力整理）：〈清華七整理報告補正〉，清華網，2017 年 4 月 23 日（2019 年 7 月 10 日上網）。另可見鄭邦宏：〈讀清華簡（柒）札記〉，頁 249～250。

〔註 47〕見武漢網「簡帛論壇」〈清華七《子犯子餘》初讀〉19 樓，2017 年 4 月 24 日（2019 年 7 月 2 日上網）。

〔註 48〕子居：〈清華簡七《子犯子餘》韻讀〉，中國先秦史網站，2017 年 10 月 28 日（2019 年 7 月 10 日上網）。

〔註 49〕伊諾：〈清華柒《子犯子餘》集釋〉，復旦網，2018 年 1 月 18 日（2019 年 7 月 9 日上網）。

〔註 50〕袁證：《清華簡《子犯子餘》等三篇集釋及若干問題研究》，頁 27。

李宥婕：此處可從鄭邦宏先生之說，「殹」，當讀為「抑」，表轉折的連接詞。「或」意為「又」。「信難成，殹或易成也。」整句回答秦穆公模稜兩可的答案，是為開啟後面所說民心與執政者施政行為的關係。〔註51〕

金宇祥：楚簡目前未見「殹」讀為「也」的確證，故伊諾之說不確。原考釋之說很簡要，可能是將「緊」解為無意義的語助詞，「或」解為「或者」。若此，其說便與此段語境不合，此為穆公和蹇叔的問答，穆公提了「信天命哉？」、「民心信難成也哉？」兩個問題，蹇叔以「凡民秉度，端正僭忒」來回答，表示蹇叔有明確的答案回覆穆公，故此處不宜用「或者」一詞。鄭邦宏讀為「抑」可從，但其說有些地方可再討論。首先，其說認為〈子犯子餘〉「殹（抑）」字是轉折連詞是對的，但引〈鄭文公問太伯〉甲9為例不確，〈鄭文公問太伯〉甲9「殹（抑）天也，其殹（抑）人也」此句的意思是：「是天呢？還是人呢？」故〈鄭文公問太伯〉甲9「殹（抑）」字應屬於選擇連詞。又季師旭昇文中將「轉折連詞」再分為兩類，一類是轉折程度較輕的，相當於現在的「或」、「或者」；一類是轉折程度較重的，相當於現在的「但是」。〈子犯子餘〉「殹（抑）」字應屬後一類。「或」字可讀為「又」。簡文「（信）難成，殹（抑）或（又）易成也。」意思是：「（民心）確實難成就，但是又容易成就啊」。〔註52〕

鼎倫謹案：首先，關於「殹」本篇可見二例，一是第二段結尾的「主如此謂無良左右，誠殹獨其志」，原整理者讀為「緊」，引《左傳》僖公五年「惟德緊物」，釋為「是」；〔註53〕二是第四段的這裡，原整理者亦讀為「緊」，訓為「惟」；鄭邦宏讀為「抑」；子居認為訓為「是」；伊諾讀為「也」，句末語氣詞。筆者在第二段的考釋中已論證「殹」在出土文獻中常用作句中或句末語氣詞，因此筆者認為在此處亦不另外讀作「緊」或「也」，讀作本字「殹」即可，表示語氣詞。鄭邦宏讀為「抑」，筆者認為如果「抑」和下面的「或」連讀，在出土文獻中的用法有點多餘，「抑」和「或」兩字意思接近，如此解釋不但意義重複，而且似乎忽略掉「殹」在此真正的意涵。另外子居訓為「是」，但筆者認為若訓為「是」則和後面的「或」一起解釋的話意義不合，「或」在

〔註51〕李宥婕：《《清華大學藏戰國竹簡（柒）·子犯子餘》集釋》，頁85。

〔註52〕金宇祥：《戰國竹簡晉國史料研究》，頁78～79。

〔註53〕李學勤主編：《清華大學藏戰國竹簡（柒）》，頁96。

此可解釋為「又或者是」。伊諾認為讀為「也」，用作句末語氣詞，但筆者認為「殹」皆讀為本字即可，並且這裡「信難成殹或易成也。」應是句中語氣詞的用法，而非句末。

其次，關於「信難成殹或易成也」的斷讀問題，筆者先整理說法如下：

1.「信難成，殹（繄）或易成也。」：原考釋者主之，子居從之。

2.「信難成，殹（抑）或易成也。」：鄭邦宏主之，袁證、李宥婕、金宇祥從之。

3.「信難成殹，或易成也。」：厚予主之，伊諾從之。

「殹」在此用作語氣詞，如厚予所說可以上讀，所以第一說的斷讀可排除。筆者認為「信難成殹或易成也」可斷讀為「信難成殹，或易成也。」贊成厚予的說法。這裡亦為政治語言的用法，蹇叔表面上先贊同秦穆公所問的「信難成」，但其後又回應「或易成也」，這裡「也」的用法除了是語氣詞外，更有加強語氣，代表蹇叔的深層意涵為民心是容易促成的，只要君主照著蹇叔後面的論述操作，就可以達到目標。綜上所述，此句可解讀為：「蹇叔回答說：『確實難以達成，但也容易達成的。』」

〔四〕凡民秉厇（度）諯（端）正、譖（僭）弍（忒），才（在）上之【簡八】人。

凡	民	秉	厇	諯
正	譖	弍	才	上
之	人			

原整理者：厇，即「宅」字，讀為「度」，《說文》：「法制也」。諯，讀為

「端」,《說文》:「直也。」譖,讀為「僭」。《詩・抑》「不僭不賊」,毛傳:「僭,差也。」試,讀為「忒」。《詩・抑》「昊天不忒」,鄭箋:「不差忒也。」僭忒,也作「僭差」,意為僭越禮法制度,即失度。《書・洪範》「民用僭忒」,孔傳:「在位不敦平,則下民僭差。」〔註 54〕

趙嘉仁:「秉」也應該讀為「稟」。「稟度」疑為《國語・吳語》:「夫諺曰:『狐埋之而狐搰之,是以無成功。』今天王既封植越國,以明聞於天下,而又刈亡之,是天王之無成勞也。雖四方之諸侯,則何實以事吳?敢使下臣盡辭,唯天王秉利度義焉!」中「秉利度義」的縮略。《孔子家語・辯政》有「稟度」一詞,謂:「此地民有賢於不齊者五人,不齊事之而稟度焉。」《漢語大辭典》解釋為「受教」。如果「稟度」的意思是指受教。每個人受教的程度不同,表現一定也不一樣。簡文「凡民秉度端正僭忒,在上之人」一句,是說一般民眾其所稟受的訓教是端正還是僭忒,全在於上邊的人。〔註 55〕

蕭旭:乇,圖版作「乇」字。《廣雅》:「僭、忒,差也。」「忒」本義訓變更,訓差乃讀為忒。《說文》:「忒,失常也。」然此文當讀為慝,姦惡也。譖,讀為讒,虛偽不信也,字亦作僭。《韓詩外傳》卷 2:「聞君子不譖人,君子亦譖人乎?」《荀子・哀公》、《新序・雜事五》「譖」作「讒」。《詩・巷伯》:「取彼譖人。」《禮記・緇衣》鄭玄注、《後漢書・馬援傳》、《漢紀》卷 23 引並作「讒人」。P.3694《箋注本切韻》:「譖,譖讒。」P.2011 王仁昫《刊謬補缺切韻》、蔣斧印本《唐韻殘卷》、《玉篇》並曰:「譖,讒也。」《說文》、蔣斧印本《唐韻殘卷》並曰:「讒,譖也。」譖、讒一音之轉耳。《書・洪範》《釋文》:「忒,他得反,馬云:『惡也。』」《漢書・王嘉傳》引作「僭慝」,顏師古注:「僭,不信也。慝,惡也。」也作「譖慝」、「讒慝」,《爾雅》:「謔謔、謞謞,崇讒慝也。」郭璞注:「樂禍助虐,增譖惡也。」《墨子・修身》:「譖慝之言,無入之耳。批扞之聲,無出之口。」王念孫曰:「『譖慝』即『讒慝』,《左傳》『閒執讒慝之口』是也(《僖二十八年》)。『讒』與『譖』古字通。」也作「讒忒」,《魏書》卷 80:「姦佞為心,讒忒自口。」「譖」猶言詐偽,與

〔註 54〕李學勤主編:《清華大學藏戰國竹簡(柒)》,頁 96。

〔註 55〕趙嘉仁:〈讀清華簡(七)散札(草稿)〉,復旦大學出土文獻與古文字研究中心網學術討論區,2017 年 4 月 24 日(2019 年 7 月 15 日上網)。

「端正」對文。〔註 56〕

子居：「秉度」後當斷句。對「度」的強調，在先秦以法家為最顯著，清華簡《管仲》篇即有「湯之行政而勤事也，必哉於義，而成於度」，可見《子犯子餘》篇與《管仲》的相關性。「端正」一詞，于傳世文獻所見不早于戰國後期，因此可說明，《子犯子餘》篇的成文也當不早于戰國後期。「譖」當讀為原字，「訧」則當讀為「慝」，「譖訧」二字皆从言即已表明「譖訧」就是《墨子・修身》中的「譖慝之言」，「譖慝」又作「讒慝」，《管子》、《左傳》、《國語》、《呂氏春秋》多有辭例。將人君稱為「上之人」的稱法，又見於《管子・君臣》和《左傳・昭公三十一年》的「君子曰」部分，由此可見清華簡《子犯子餘》篇和《左傳》中常常發表評論的「君子」都與《管子》一書有很大的關係。〔註 57〕

伊諾：我們認為，「秉度」意為「秉持法度」。譖訧釋「譖慝」或「讒慝」、「僭忒」，都與「端正」對文，當為「秉度」的兩個方面，或當從蕭旭釋為「讒慝」，猶言詐偽。〔註 58〕

李宥婕：比對「」（庑（度））（上博五競建內之 10 號簡）與本簡  實屬同一字。蕭旭先生認為「乇」，圖版作「庑」字，可從。「庑」，讀為「度」。《韓非子・制分》：「其治民不秉法，為善也如是，則是無法也。故治亂之理，宜務分刑賞為急。」其中「秉法」即守法、遵循法度。據此，「秉乇（度）」亦可解釋為「遵循法度」。「諯（端）正」當指正直不邪，例如《莊子・天地》：「端正而不知以為義，相愛而不知以為仁。」成玄英疏：「端直其心，不為邪惡。」「譖訧」依整理者釋為「僭忒」可從，言部字與心部字可相通（形旁義近相通），例如「訢」、「忻」。據此，「訧」也可通「忒」。「僭忒」即越禮踰制，心懷疑貳。如整理者所舉出《書・洪範》：「臣之有作威作福玉食，其害于而

〔註 56〕蕭旭：〈清華簡（七）校補（一）〉，復旦網，2017 年 5 月 27 日（2019 年 7 月 16 日上網）。

〔註 57〕子居：〈清華簡七《子犯子餘》韻讀〉，中國先秦史網站，2017 年 10 月 28 日（2019 年 7 月 10 日上網）。

〔註 58〕伊諾：〈清華柒《子犯子餘》集釋〉，復旦網，2018 年 1 月 18 日（2019 年 7 月 9 日上網）。

家，凶于而國，人用側頗僻，民用僭忒。」孔傳：「在位不敦平，則下民僭差。」例證，亦呼應下文「上繩（繩）不達（失），斤（斤）亦不遷（僭）。」「凡民秉厇（度）諯（端）正譖（僭）試（忒），才（在）上之人」即指百姓遵循法度正直不邪、越禮逾制，全在於上位之人。〔註59〕

金宇祥：原考釋於下句「斤（近）亦不（僭）」的注釋云：「民眾順隨法度，是端正合度，還是差錯失度，都在於在上位的人。」其說可從，此處的「度」應為中性詞，季師旭昇指導時認為此處的「民」指臣子，而且是指重臣。「譖（僭）試（忒）」，蕭旭讀為「讒慝」，雖亦為負面之意，但力度稍弱，此從原考釋。此句意為：「凡臣子順隨、秉持法度，端正或僭忒，取決於在上之人。」故在「秉度」後作冒號，釋文作「凡民秉厇（度）：諯（端）正、譖（僭）（忒），才（在）上之人」。〔註60〕

鼎倫謹案：首先，關於「[illegible]」，楚簡可見「[illegible]」（包山・2・155）。原整理者認為是「宅」字，讀為「度」；蕭旭認為是「厇」，圖版作「庑」字，李宥婕從之。其實「宅」和「厇」都是同一字，《字源》云：「古文或體作『庑』，其形旁由『宀』變為『广』。」〔註61〕觀察「宅」和「度」二字的音韻關係，「宅」的上古音為「定紐鐸部」，〔註62〕「度」的上古音也為「定紐鐸部」，〔註63〕兩字聲紐及韻部相同，故可相通，所以筆者贊成原整理者之說。另外，伊諾將「度」釋為「法度」，筆者認為其說可從，如此解釋可使上下文的理解更通順。

其次，關於「秉」，趙嘉仁讀作「稟」，釋作「稟受」；伊諾釋作「秉持」；李宥婕釋作「遵守、遵循」；金宇祥釋作「順隨」。關於本篇的「秉」可見三處：「[illegible]」（簡2）「不秉禍利身，不忍人」、「[illegible]」（簡3）「誠我主固弗秉」、「[illegible]」（簡8）「秉度端正僭忒」。筆者贊成金宇祥的說法，認為「秉」可釋為「順隨」，和第一段簡二「秉禍利身」（順隨禍亂圖利自身）的「秉」，意思相同，「秉度」意為「順隨法度」。筆者贊成金宇祥的說法，「民」在此特別指「臣子」，或是在

〔註59〕李宥婕：《《清華大學藏戰國竹簡（柒）・子犯子餘》集釋》，頁88。

〔註60〕金宇祥：《戰國竹簡晉國史料研究》，頁79～80。

〔註61〕李學勤主編：《字源》，頁654。

〔註62〕（東漢）許慎撰；（清）段玉裁注；李添富總校訂：《新添古音說文解字注》，頁341。

〔註63〕（東漢）許慎撰；（清）段玉裁注；李添富總校訂：《新添古音說文解字注》，頁117。

官者，特別是指重臣，用例如《易經．繫辭下》云：「陽一君而二民，君子之道也。陰二君而一民，小人之道也。」韓康伯注：「《經》云『民』而注云『臣』者，臣則民也。《經》中對君，故稱民，注意解陰，故稱臣也。」〔註64〕《墨子．尚賢中》云：「今王公大人亦欲效人以尚賢使能為政，高予之爵，而祿不從也。夫高爵而無祿，民不信也。」〔註65〕可參。另外，後文有「在上之人」，簡文意思即為君主制定法度以及執行法度的優或劣，會影響到臣子是否會順從此法度「諯正譖試」。此外，筆者認為前面的「凡」可釋為「凡是」，如《易經．益》云：「凡益之道，與時偕行。」〔註66〕「凡民」則意指「凡是臣子」。因此「凡民秉度」意為「凡是臣子順隨法度」。

其三，關於「諯正」二字。原整理者將「諯」讀作「端」，釋作「直」；趙嘉仁讀作「端正」；李宥婕釋作「正直不邪」。筆者認為原整理者將「諯」讀作「端」可從。趙嘉仁認為「諯正」及「譖試」二詞對比，皆用來修飾「秉度」，其說可從。筆者將「諯正」及「譖試」皆視為對比的副詞，均用來修飾「秉度」，金宇祥對此句句讀為「凡民秉度：端正、譖試」，「秉度」後透過冒號來解釋說明此狀態，但是整體文意還是比較不通順。筆者句讀為「凡民秉度端正、譖試」，意為臣子「秉度」端正還是譖試，筆者將「端正」及「譖試」用頓號隔開，有「或是」、「還是」之意。另外，筆者亦贊成李宥婕的說法，將「端正」釋作「正直不邪」，用例除《莊子．天地》之外，還有《漢書．霍光金日磾傳．霍光》云：「每出入下殿門，止進有常處；郎僕射竊識視之，不失尺寸，其資性端正如此。」〔註67〕「諯」左半从言，表示言語上面的正直。「正」則表示合乎法度、規律或常情，如《孟子．滕文公上》云：「夫仁政必自經界始。經界不正，井地不鈞，穀祿不平。是故暴君汙吏必慢其經界。」〔註68〕《漢書．嚴朱吾丘主父徐嚴終王賈傳下．嚴安》云：「刑罰少，則陰陽和，四時正，風雨時」，〔註69〕可參。

〔註64〕李學勤主編；《十三經注疏》整理委員會整理：《周易注疏》，頁357。

〔註65〕（清）孫詒讓撰；孫啟治點校：《墨子閒詁》，頁53～54。

〔註66〕李學勤主編；《十三經注疏》整理委員會整理：《周易注疏》，頁206。

〔註67〕（東漢）班固撰；（唐）顏師古注：《漢書》，頁2933。

〔註68〕李學勤主編；《十三經注疏》整理委員會整理：《孟子注疏》，頁163。

〔註69〕（東漢）班固撰；（唐）顏師古注：《漢書》，頁2810。

其四，關於「譖」，原整理者讀作「僭」，釋作「差」，李宥婕、金宇祥從之；蕭旭讀作「讒」或「僭」，釋作「虛偽不信」，伊諾從之；子居讀為原字。關於本字，《說文解字．言部》云：「譖，愬也。」〔註 70〕意為訴說自己的委屈。《字源》云：「意為說別人的壞話，誣陷別人。」〔註 71〕觀察用例，釋作本字的話不合語意。是以，筆者贊成原整理者之說，讀作「僭」，釋作「差」，如《尚書．湯誥》云：「天命弗僭，賁若草木，兆民允殖。」孔傳：「僭，差。」〔註 72〕可參。另外此字从言，筆者認為有強調言語上的差失之意。

其五，關於「訧」，原整理者讀作「忒」，釋作「差」，趙嘉仁、李宥婕、金宇祥從之；蕭旭讀作「慝」，釋作「姦惡」，伊諾、子居從之。學者多將此字讀作「忒」或「慝」。觀察該三字的音韻關係，「訧」的聲符為「弋」，「慝」的聲符為「匿」，以下列表呈現三字的上古音：

字	弋	匿	忒
上古音	定紐職部〔註 73〕	泥紐鐸部〔註 74〕	透紐職部〔註 75〕

三字聲紐皆為舌頭音，「訧」和「忒」韻部相同。相較之下，「訧」和「忒」的音韻關係比起「訧」和「匿」較為接近。因此，筆者贊成原整理者之說，讀作「忒」，釋作「差」，和「僭」意思接近。關於「僭忒」，原整理者釋作「僭越禮法制度」，李宥婕、金宇祥從之；趙嘉仁認為和其前的「端正」成對比；子居認為作「讒慝」。筆者亦認同原整理者的說法，認為「僭忒」和「端正」相對，視作同義複詞，指偏差、有錯失之意。

其六，關於「在上之人」，趙嘉仁認為是全在於上邊的人；子居認為「上之人」為人君。筆者認為「在上之人」指的就是君主，意為臣子要能順隨法律正直不邪或是有差失，都得仰賴君主的操守。若是君主的操守良好，臣子的言語或行為就會合乎法度；若是君主有惡德，臣子就會有言語或是行為上偏差。因此這裡的「在上之人」和後文「上繲不�」的「上」皆指「君主」。

〔註 70〕（東漢）許慎著；（清）段玉裁注：《說文解字注》，頁 100。

〔註 71〕李學勤主編：《字源》，頁 191。

〔註 72〕李學勤主編；《十三經注疏》整理委員會整理：《尚書正義》，頁 239。

〔註 73〕（東漢）許慎撰；（清）段玉裁注；李添富總校訂：《新添古音說文解字注》，頁 633。

〔註 74〕（東漢）許慎撰；（清）段玉裁注；李添富總校訂：《新添古音說文解字注》，頁 641。

〔註 75〕（東漢）許慎撰；（清）段玉裁注；李添富總校訂：《新添古音說文解字注》，頁 513。

另外，原整理者在釋文中將此句和下句斷讀為「凡民秉度端正僭忒，在上之人，上繩不失，近亦不僭。」〔註76〕然而，筆者則認為此句和下句可視為兩個層面，因此將「在上之人」與「上繩不失」中間的逗號改作句號較為適宜。

綜上所述，臣子「秉度」是端正還是僭忒，都歸因於在上之人，因此國君要以身作則。上位者施政如果端正合宜，下位者也會學習效法；反之，如果上位者施政有乖失，下為者的言行舉止也會有偏差。因此，此句可解讀為：「凡是臣子順隨法度端正合宜，或是有所偏差，都歸因於在上之人。」

〔五〕上⿰糸興（繩）不逵（失），斤（近）亦不⿺辶朁（僭）■。」

 上	 ⿰糸興	 不	 逵	 斤
 亦	 不	 ⿺辶朁		

原整理者：⿰糸興，讀為「繩」。《禮記・樂記》「以繩德厚」，鄭玄注：「繩，猶度也。」斤，讀為「近」。或說讀為「困」。末幾句意為：民眾順隨法度，是端正合度，還是差錯失度，都在於在上位的人。在上位的人不失度，（即使）親近的人也不會有差失。〔註77〕

陳偉：斤讀為「近」，游離于君民關係這一主題。所以整理者在通譯時要增加「即使」二字。讀為「困」，也有這方面的問題。其實，「斤」當如字讀，指斤斧。古人用斤時，往往需施繩墨，以使操作準確。故而繩、斤或可並言。《莊子・在宥》：「天下好知，而百姓求竭矣。于是乎釿鋸制焉，繩墨殺焉，椎鑿決焉。」《鹽鐵論・大論》：「夫治民者，若大匠之斲，斧斤而行之，中繩則止。」《潛夫論・贊學》：「夫瑚簋之器，朝祭之服，其始也，乃山野之木、蠶繭之絲耳。使巧倕加繩墨而制之以斤斧，女工加五色而制之以機杼，則皆

〔註76〕李學勤主編：《清華大學藏戰國竹簡（柒）》，頁92。

〔註77〕李學勤主編：《清華大學藏戰國竹簡（柒）》，頁96。

成宗廟之器，黼黻之章，可羞于鬼神，可御于王公。」《莊子・在宥》、《鹽鐵論・大論》是在說治民之事，與簡文立意猶同。簡書中，「斤」喻民眾，與「繩」喻君上正相對應。〔註 78〕

趙嘉仁：「斤（近）亦不遵（僭）」的「斤」字從字形和文意看，似應為「下」字之誤。〔註 79〕

子居：將執政以繩準比喻，同樣是法家的典型特徵，清華簡《管仲》篇「執德如懸，執政如繩」即是其例，因此筆者在前言部分才說清華簡《子犯子餘》篇的作者「其思想很可能是承襲自同屬清華簡的《管仲》篇作者」。……「近亦不譖」即近人不會進讒言。〔註 80〕

伊諾：趙嘉仁以為「斤」乃「下」字之誤，不確。簡文為「斤」字無疑，可與簡五「（忻）」字參看。〔註 81〕

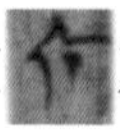

李宥婕：楚簡的「蠅」、「繩」等「黽」旁字形都寫作从「興」得聲，如：《上博六・天子建州》乙本 5－6 號「天子坐以巨（矩），食以義（儀），立以縣（懸），行以興（繩）」、《清華一・皇門》11「是糃（陽）是纗（繩）」、《清華三・芮良夫》19「約結纗（繩）剸（斷）」。整理者讀為「繩」無誤。〔註 82〕

趙嘉仁先生應是由「上纗（繩）不遳（失）」的「上」對文「斤（近）亦不遵（僭）」而懷疑「（斤）」似為「下」字之誤。首先書手上句的「上」字作「」，十分標準；若下句的「下」字不應差距如此。比對下列「下」字：（郭・老甲・4）、（上（2）・容・2）、（帛乙 7・21）、（天卜）、（郭・緇・5）、（九・56・47）、（上（2）・容・10）其最後一筆皆為橫畫並與豎筆接上，然簡文中的「」最後一筆完全不同。

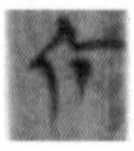

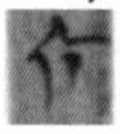

〔註 78〕陳偉：〈清華七《子犯子餘》校讀〉，武漢網，2017 年 4 月 30 日（2019 年 7 月 10 日上網）。

〔註 79〕趙嘉仁：〈讀清華簡（七）散札（草稿）〉，復旦大學出土文獻與古文字研究中心網學術討論區，2017 年 4 月 24 日（2019 年 7 月 15 日上網）。

〔註 80〕子居：〈清華簡七《子犯子餘》韻讀〉，中國先秦史網站，2017 年 10 月 28 日（2019 年 7 月 10 日上網）。

〔註 81〕伊諾：〈清華柒《子犯子餘》集釋〉，復旦網，2018 年 1 月 18 日（2019 年 7 月 9 日上網）。

〔註 82〕李宥婕：《《清華大學藏戰國竹簡（柒）・子犯子餘》集釋》，頁 89。

若將此字作為「下」字之誤，於文意上雖然十分通順，但於字形上卻仍差異甚大。對比簡五「[illegible]（忻）」字、簡九「[illegible]折」字，簡文的「[illegible]」確定為「斤」字。對照上句「秉厇（度）諯（端）正譖（僭）試（忒），才（在）上之人」，此句的「上」對應「才（在）上之人」；則「斤」應對應「民」才是。若依整理者讀為「近」，在文意上實有未安之處。此處當從陳偉所謂將「斤」解釋為斤斧而比喻為人民。簡後亦有秦公「卑（譬）若從驢（雉）肰（然）」的譬喻文句，故此處蹇叔以「斤」比喻成人民也很自然。但「上繩（繩）不逵（失）」中，已將「上」指在上之人，故此處的「繩」應是雙關在上之人施政的準繩。《韓非子・用人》：「三者立而上無私心，則下得循法而治，望表而動，隨繩而斲，因攢而縫。如此，則上無私威之毒，而下無愚拙之誅。」中「上無私心，則下得……隨繩而斲」即可對比「斤（近）亦不遳（僭）」。則整句話意謂：在上位者施政不偏差，人民就如同斤斧依準繩般遵循法度正直不邪。〔註 83〕

金宇祥：[illegible]確為「斤」字，伊諾已指出。陳偉解為「斤」，其主語不太恰當，因斧斤繩墨都是用來管理人，而不是被管的。前文季師旭昇認為此處的「民」指臣子，如此一來，「斤」讀為「近」文意前後連貫，故簡文「凡民秉度：端正、僭忒，在上之人，上繩不失，近亦不僭。」這兩句的意思是：凡臣子順隨、秉持法度，端正或僭忒，取決於在上之人，在上位之人不失其度，親近的人也不會有差失。〔註 84〕

鼎倫謹案：首先，關於「[illegible]」，原整理者讀為「近」，釋作「親近的人」，子居、金宇祥從之；陳偉讀為「斤」，釋作「斤斧」，用來比喻「民眾」，與「繩」譬喻「君上」正相對應，伊諾、〔註 85〕陳偉從之；趙嘉仁認為是「下」字之誤。筆者認為如伊諾所說，此字「[illegible]」為「斤」字不誤。本篇簡 14 已有「下」字作「[illegible]」，和「[illegible]」區別明確，所以此字不會是「下」字之誤。此外，陳偉認為原整理者在通譯時要增加「即使」二字，但是在簡文中則無見此字，無非有

〔註 83〕李宥婕：《《清華大學藏戰國竹簡（柒）・子犯子餘》集釋》，頁 91。

〔註 84〕金宇祥：《戰國竹簡晉國史料研究》，頁 80～81。

〔註 85〕伊諾：〈清華柒《子犯子餘》集釋〉，復旦網，2018 年 1 月 18 日（2019 年 7 月 9 日上網）。

增字解釋之疑慮，所以排除此說法。學者們皆認為「斤」指「人民」，然而「斤」或「近」未可見用作「人民」之例，所以筆者認為「斤」讀作「近」，釋作「朝臣」較為適切，可和簡文「上」相對，如《孟子・離婁下》:「武王不泄邇」，漢趙岐注:「邇，近也……近謂朝臣。」可參。〔註 86〕

其次，關於「」的字形能辨別出楚文字在「失」字的特色，如「」（清華壹・祭公・19）、「」（清華叁・說命上・5）、「」（清華叁・周公之琴舞・12）、「」（清華叁・芮良夫毖・28）、「」（清華伍・命訓・11）、「」（清華伍・殷高宗問於三壽・24）、「」（清華陸・鄭文公問太伯（甲）・11）、「」（清華陸・子產・18）。楚文字寫「失」多用「�」表示，所以此字可作為本篇竹簡為當時楚國人所寫之證據。筆者將「失」釋作「錯誤」，如《商君書・靳令》云:「邪臣有得志，有功者日退，此謂失。」〔註 87〕此指君王的法度沒有錯誤，朝臣就不會僭越本分。

其三，這裡的「」和前文的「」右半形相同。「」指言語上的誇大失實，故从「言」。此處「」从「辶」，所以特別強調行為舉止上的僭越。筆者認為可釋作「超越本分」，指冒用在上者的職權、名義行事，如《公羊傳・隱公五年》云:「初獻六羽，何以書？譏。何譏爾？譏始僭諸公也。」何休注:「僭，齊也，下傚上之辭。」〔註 88〕《史記・平津侯主父列傳》云:「且臣聞管仲相齊，有三歸，侈擬於君，桓公以霸，亦上僭於君。」〔註 89〕可參。

其四，關於「上繩不失，近亦不僭」，「上繩」指在上位者的法度或操守，

〔註 86〕李學勤主編；《十三經注疏》整理委員會整理:《孟子注疏》，頁 256。

〔註 87〕蔣禮鴻:《商君書錐指》（北京：中華書局，1986 年），頁 79。

〔註 88〕李學勤主編；《十三經注疏》整理委員會整理:《春秋公羊傳注疏》（北京：北京大學出版社，2000 年），頁 58。

〔註 89〕（西漢）司馬遷撰；（南朝宋）裴駰集解；（唐）司馬貞索隱；（唐）張守節正義：《史記》，頁 1808。

「上繩」對應「近」，代表朝臣要遵守上位者的法度，具有上下君臣關係。「不失」對應「不僭」，可見「失」和「僭」皆為負面語詞，前面均用「不」進而形成肯定。意指君王的法度沒有差錯，朝臣就會有法可從，有上行下效之意。

綜上所述，簡文此句可解讀為：「在上位者的法度沒有錯誤，朝臣就不會僭越本分。」

〔六〕公乃䛭（問）於邗（蹇）吾（叔）曰：「吾（叔），昔之舊聖折（哲）人之塼（敷）政命（令）荆（刑）罰，

公	乃	䛭	於	邗
吾	曰	吾	昔	之
舊	聖	折	人	之
塼	政	命	荆	罰

原整理者：塼，讀為「敷」，訓為「布」。毛公鼎（《集成》二八四一）：「尃（敷）命尃（敷）政」、「尃（敷）命于外」。傳世文獻中多以政令、刑罰對稱，如《荀子・議兵》：「故制號政令欲嚴以威，慶賞刑罰欲必以信。」〔註 90〕

子居：先秦文獻在一篇之內同時提及「政令」、「刑罰」的，實際上只有《周禮》、《管子》、《荀子》三書而已，由此不難看出這一點有著明顯的齊地特徵。……《荀子》的「政令」、「刑罰」對稱也是受《管子》影響使然，所

〔註 90〕李學勤主編：《清華大學藏戰國竹簡（柒）》，頁 97。

以《子犯子餘》篇此處同樣是以「政令」、「刑罰」對稱的，再一次將《子犯子餘》篇的思想淵源追溯到管子學派及《管子》其書。〔註 91〕

李宥婕：「敷」，從「支」、「尃」聲，有傳布、施行之意。例如：《書．周官》：「司徒掌邦教，敷五典，擾兆民。」整理者讀「塼」為「敷」，訓為「布」是。至於子居先生認為「先秦文獻在一篇之內同時提及『政令』、『刑罰』的，實際上只有《周禮》、《管子》、《荀子》三書而已」未免過於狹隘，《淮南子．泰族訓》：「故刑罰不用，而威行如流；政令約省，而化耀如神。」亦出現過。〔註 92〕

鼎倫謹案：首先，這裡的「昔」字形作「」，其下半「田」形是「日」形的訛變，相同的字形在楚簡如「」（上博二．子羔．1）及「」（上博四．曹沫之陣．3）等。「昔」的甲骨文為「」（合集 1772 正），金文為「」（𠕋尊／集成 06014），戰國文字有「」（上博七．吳命．3），可見下半皆从「日」，直到戰國文字才有從「日」形訛變為「田」形。如何琳儀《戰國文字通論》中「形近互作」舉「日」旁與「田」旁為例，〔註 93〕本簡此字則再添一證。

其次，關於「昔之舊聖哲人」的「聖哲」，古籍可見用例，如《楚辭．離騷》云：「夫維聖哲之茂行兮，苟得用此下土。」〔註 94〕《左傳．昭公六年》云：「猶求聖哲之上，明察之官，忠信之長，慈惠之師」。〔註 95〕可參。「昔之舊聖哲人」意指過往的古聖先賢。

其三，關於「塼政命刑罰」中的「政命刑罰」，子居認為「政令」、「刑罰」對稱，將《子犯子餘》篇的思想淵源追溯到管子學派及《管子》其書，伊諾從

〔註 91〕子居：〈清華簡七《子犯子餘》韻讀〉，中國先秦史網站，2017 年 10 月 28 日（2019 年 7 月 10 日上網）。

〔註 92〕李宥婕：《《清華大學藏戰國竹簡（柒）．子犯子餘》集釋》，頁 92。

〔註 93〕何琳儀：《戰國文字通論》（訂補），頁 233～235。

〔註 94〕（清）林雲銘著；劉樹勝校勘：《楚辭燈校勘》，頁 6。

〔註 95〕李學勤主編；《十三經注疏》整理委員會整理：《春秋左傳正義》，頁 1413。

之。〔註96〕然而，筆者亦認為子居之說過於狹隘。原整理者亦在釋文中將「命」讀作「令」，〔註97〕袁證、〔註98〕李宥婕、〔註99〕金宇祥從之，〔註100〕筆者亦從之。「政令」一詞在楚簡可見，如《清華叁．芮良夫毖》：「政命（令）德刑各有常次」，於該句中可見「政」、「令」、「德」、「刑」並舉的用法，更可與此處作互證。原整理者認為此處「政令刑罰」為「政令」與「刑罰」對稱，並且在傳世文獻中多見，其說可從。除此之外，關於「博」，原整理者讀為「敷」，訓為「布」，伊諾從之，〔註101〕李宥婕從之，釋作「施行」。筆者從原整理者之說，「敷政」的用例除原整理者舉金文為例外，更有《清華叁．說命下》：「敷之于朕政」以及《詩經．商頌．長發》：「敷政優優、百祿是遒。」〔註102〕是以，「敷政令刑罰」一句，筆者將此分析解讀成兩部分，一是「敷」為動詞，表示「施行」；二是「政令刑罰」為名詞，除了表示「政令」及「刑罰」對舉外，還可以視為四者並舉的「政策」、「教令」、「刑法」及「懲罰」。

綜上所述，簡文此句可解讀為：「秦穆公於是向蹇叔問說：『叔，過往的古聖先賢施行政策、教令、刑法、懲罰……』」。

〔七〕事眾若事一人，不敎（彀）余敢䎽（問）亓（其）【簡九】道系（奚）女（如）？

事	眾	若	事	一

〔註96〕伊諾：〈清華柒《子犯子餘》集釋〉，復旦網，2018年1月18日（2019年7月9日上網）。

〔註97〕李學勤主編：《清華大學藏戰國竹簡（柒）》，頁92。

〔註98〕袁證：《清華簡《子犯子餘》等三篇集釋及若干問題研究》，頁9。

〔註99〕李宥婕：《《清華大學藏戰國竹簡（柒）．子犯子餘》集釋》，頁91～92。

〔註100〕金宇祥：《戰國竹簡晉國史料研究》，頁81。

〔註101〕伊諾：〈清華柒《子犯子餘》集釋〉，復旦網，2018年1月18日（2019年7月9日上網）。

〔註102〕李學勤主編；《十三經注疏》整理委員會整理：《毛詩正義》，頁1714。

 人	 不	 教	 余	 敢
 問	 亓	 道	 系	 女

馬楠：《荀子·不苟》有「總天下之要，治海內之眾，若使一人。」〔註 103〕

羅小虎：整理報告把「事」讀為「使」，可從。《荀子·不苟》：「推禮義之統，分是非之分，總天下之要，治海內之眾，若使一人。」雖然與簡文不完全相同，亦有近似之處。〔註 104〕

子居：「使眾若使一人」的觀念，首見於《孫子·九地》：「故善用兵者，攜手若使一人。」「不穀余」的自稱方式很特殊，傳世先秦文獻未見，出土文獻則又見於清華簡《管仲》篇為證，由此可見清華簡《管仲》篇與《子犯子餘》篇有相當大的關係。「敢問其某某」的句式，先秦傳世文獻見於《孟子》、《莊子》、《呂氏春秋》、《禮記·少儀》、《論語·子路》，這一方面說明《論語》的內容多雜取自戰國後期、末期世間流行的格言，多數實際上與孔子並無關係，另一方面也說明清華簡《子犯子餘》篇的成文時間以戰國末期為最可能。〔註 105〕

伊諾：「事（使）眾若事（使）一人」，未注釋。從整理報告釋文看，是讀「事」為「使」的，可從。〔註 106〕

李宥婕：補上《春秋事語·阜春一一》：「□事（使）其眾甚矣」一例，整

〔註 103〕清華大學出土文獻讀書會（石小力整理）：〈清華七整理報告補正〉，清華網，2017 年 4 月 23 日（2019 年 7 月 10 日上網）。

〔註 104〕見武漢網「簡帛論壇」〈清華七《子犯子餘》初讀〉96 樓，2017 年 7 月 11 日（2019 年 7 月 2 日上網）。

〔註 105〕子居：〈清華簡七《子犯子餘》韻讀〉，中國先秦史網站，2017 年 10 月 28 日（2019 年 7 月 10 日上網）。

〔註 106〕伊諾：〈清華柒《子犯子餘》集釋〉，復旦網，2018 年 1 月 18 日（2019 年 7 月 9 日上網）。

理者之說可從。〔註 107〕

金宇祥：「奚如」為文獻中常見詞組，釋文應加問號。文獻中常見「不穀」一詞，用作侯王自稱的謙詞，《老子》：「貴以賤為本，高以下為基，是以侯王自謂孤、寡、不穀。」楚簡中見於《上博四．柬大王泊旱》簡 8、9，《上博六．申公臣靈王》簡 7、8，《上博七．鄭子家喪》簡 1，《上博八．王居》簡 4，《清華陸．鄭文公問太伯》甲簡 1、2，《清華陸．子儀》簡 3、4、11、13、16、17。而簡文「不穀余」可視為「侯王自稱＋第一人稱代詞」的組合，其實此種組合已見於之前出版的《清華陸．管仲》當中，只是未被注意。《清華陸．管仲》簡 30 原考釋釋文作「不彀（穀），余日三陸（忧）之，夕三陸（忧）之，為君不勞而為臣勞乎？」原考釋將「不穀」和「余」斷開，但此句實和〈子犯子餘〉相同，是「侯王自稱＋第一人稱代詞」的組合，所以應將「不穀余」連讀。目前這種「侯王自稱＋第一人稱代詞」的組合，見於《清華柒．子犯子餘》和《清華陸．管仲》兩篇。〔註 108〕

鼎倫謹案：首先，關於「  」，原整理者在釋文中讀作「使」，無詳細說明，馬楠、羅小虎、子居、伊諾、袁證、〔註 109〕李宥婕及金宇祥〔註 110〕等學者也讀作「使」。然而，在出土文獻中多用「思」通假為「使」，如《上博五．姑成家父》的「不思（使）反」、「思（使）有君臣之節」、「不思（使）從已位於廷」，《上博八．志書乃言》的「爾思（使）我得尤於邦多已」，《清華伍．湯處於湯丘》的「必思（使）事與食相當」等，鮮少用「事」通假為「使」之例，另外在《郭店．六德》能見「有史（使）人者，又有事人者」。是以，筆者認為簡文此字不須讀作「使」，直接讀如本字，釋作「治理」，如《晏子春秋．內篇問上第三》云：「盡智導民，而不伐焉，勞力事民，而不責焉」，〔註 111〕清王念孫《讀書雜志．晏子春秋一》云：「事，治也。謂盡智以導民而不自矜伐，勞力以治民而不加督責也。」〔註 112〕《淮南子．原道訓》云：「萬物固以自然，聖

〔註 107〕李宥婕：《《清華大學藏戰國竹簡（柒）．子犯子餘》集釋》，頁 93。

〔註 108〕金宇祥：《戰國竹簡晉國史料研究》，頁 81。

〔註 109〕袁證：《清華簡《子犯子餘》等三篇集釋及若干問題研究》，頁 9。

〔註 110〕金宇祥：《戰國竹簡晉國史料研究》，頁 81。

〔註 111〕吳則虞：《晏子春秋集釋》，頁 203～204。

〔註 112〕（清）王念孫：《讀書雜志》八十二卷，志六之一，頁 34，收入自徐德明、吳平

人又何事焉！」高誘注：「事，治也。」〔註 113〕可參。在馬楠舉的《荀子・不苟》中「總天下之要，治海內之眾，若使一人」，筆者認為「若事一人」的「事」釋義，可以延續前文「治海內之眾」的「治」釋義，如此一來，就和筆者認為此處「事」釋作「治」的用法相當。另外，關於「事眾」的用例可見《管子・版法解》云：「是以明君之事眾也必經，使之必道，施報必當，出言必得，刑罰必理。」〔註 114〕此句「事眾若事一人」意為「治理百姓眾人就像只治理一人一樣」，可看出舊聖哲人對待眾多百姓毫不偏頗。

其次，關於「不穀余」，金宇祥認為「不穀」是侯王自稱的謙辭，「不穀余」可視為「侯王自稱＋第一人稱代詞」的組合，可見《清華陸・管仲》「不轂（穀），余日三陸（忧）之」。筆者認為「不穀」及「余」在古籍及出土文獻中用來表示君王的自稱詞比比皆是，如《左傳・僖公二十三年》云：「楚子饗之，曰：『公子若反晉國，則何以報不穀？』」〔註 115〕《清華柒・越公其事》簡 69：「昔不穀先秉利於越」、〔註 116〕《清華伍・厚父》：「王曰：『欽之哉，厚父！惟時余經念乃高祖克憲皇天之政功……』」、〔註 117〕《清華伍・封許之命》：「王曰：『嗚呼，丁，戒哉！余既監於殷之不若……』」。〔註 118〕是以，此處「不穀」及「余」皆是秦穆公自稱詞，都是指「我」，為連言的用法。像這樣君王自稱連言的用法，還可見《清華柒・越公其事》：「孤余奚面目以視于天下？」除此之外，「」右半為从「攵」而非从「殳」，嚴式隸定應改作「敦」。

其三，「敢」為「豈敢」，用作謙詞，如《左傳・莊公二十二年》云：「敢辱高位，以速官謗？」杜預注：「敢，不敢也。」〔註 119〕《上博五・姑成家父》

主編：《清代學術筆記叢刊》第 30 輯（北京：學苑出版社，2005 年），頁 127。

〔註 113〕何寧：《淮南子集釋》，頁 38。

〔註 114〕黎翔鳳撰；梁運華整理：《管子校注》，頁 1204。

〔註 115〕李學勤主編；《十三經注疏》整理委員會整理：《春秋左傳正義》，頁 473。

〔註 116〕李學勤主編：《清華大學藏戰國竹簡（柒）》，頁 150。

〔註 117〕高佑仁師：《《清華伍》書類文獻研究》（臺北：萬卷樓圖書股份有限公司，2018 年），頁 30。

〔註 118〕高佑仁師：《《清華伍》書類文獻研究》，頁 272。

〔註 119〕李學勤主編；《十三經注疏》整理委員會整理：《春秋左傳正義》，頁 306。

亦有「吾敢欲顧頷以事世哉」可參。「敢問」為君主自謙請教他人之詞，如《禮記．哀公問》云：「公曰：『敢問為政如之何？』」「公曰：『敢問何謂敬身？』」〔註 120〕此處為秦穆公以謙虛的語氣請教蹇叔治國之道。

其四，關於「其道奚如」，「道」釋作「方法」，如。《商君書．更法》云：「治世不一道，便國不必法古。」〔註 121〕這裡指前文「昔之舊聖哲人之敷政令刑罰，事眾若事一人」的方法。「奚如」釋作「如何」，如《莊子．天運》云：「以夫子之行為奚如？」〔註 122〕《韓非子．說林上》云：「今有人見君則睞其一目，奚如？」〔註 123〕《韓非子．外儲說右上》云：「吾欲攻韓，奚如？」〔註 124〕《韓非子．難三》云：「吾聞龐糲氏之子不孝，其行奚如？」〔註 125〕《晏子春秋．內篇問下第四》云：「事君之倫，徒處之義奚如？」〔註 126〕《上博四．曹沫之陣》亦有「問陣奚如？守邊城奚如？」「勿兵以克奚如？」「善攻者奚如？」「善守者奚如？」可參。此處為秦穆公請教蹇叔上述舊聖哲人治國之道的方法如何。金宇祥認為釋文應加問號，其說可從。除此之外，本篇簡 14 有「奚以」一詞，為重耳問蹇叔「天下之君子，欲起邦奚以？欲亡邦奚以？」可和「奚如」相對照。

綜上所述，簡文此句可解讀為：「治理眾人如同治理一人一樣，我斗膽請問他們的方法是什麼？」

〔八〕猷（猶）弔（叔）是䎽（聞）遺老之言，必尚（當）語我才（哉）。

〔註 120〕李學勤主編；《十三經注疏》整理委員會整理：《禮記正義》），頁 1606、頁 1610。

〔註 121〕蔣禮鴻：《商君書錐指》（北京：中華書局，1986 年），頁 5。

〔註 122〕（清）王先謙：《莊子集解》，頁 125。

〔註 123〕（清）王先慎撰；鍾哲點校：《韓非子集解》，頁 177。

〔註 124〕（清）王先慎撰；鍾哲點校：《韓非子集解》，頁 320。

〔註 125〕（清）王先慎撰；鍾哲點校：《韓非子集解》，頁 370。

〔註 126〕吳則虞：《晏子春秋集釋》，頁 277。

 老	 之	 言	 必	 尚
 語	 我	 才		

原整理者：猷，同「猶」。《左傳》襄公十年「猶有鬼神，於彼加之」，楊伯峻注：「猶，假如。」〔註 127〕

暮四郎：「猷（猶）叔是聞遺老之言，必尚（當）語我哉。」：「『是』似當讀為『寔』。」〔註 128〕

陳偉：整理者以為「猷」同「猶」，當是。但訓為「假如」，則難以憑信。在此問之前，秦穆公已向蹇叔提出一個問題，並得到回應。現在是提出第二個問題，「猶」即因此而言，意為「仍」。「猶叔是問」，就是繼續問蹇叔。其後當加句號。〔註 129〕

陳斯鵬：按整理者說實不誤。「猶」之訓「若」，古書有徵。《禮記．內則》：「子弟猶歸器衣服裘衾車馬，則必獻其上，而後敢服用其次也。」鄭玄注：「猶，若也。」劉淇《助字辨略》云：「此『若』字，是假設之詞。」王引之《經傳釋詞》亦云：「『猶』為若似之『若』，又為若或之『若』。」所引書證即上引《禮記．內則》、《左傳》襄公十年二例。《左傳》中類似句式尚有襄公二十年「猶有鬼神，吾有餒而已」，昭公二年「猶有所易，是以作亂」，昭公二十七年「猶有鬼神，此必敗也」等，吳昌瑩《經詞衍釋》有補證。誠如王引之所言，「猶」不但在若似義上與「若」同義，在表假設的若或義上也與「若」同義。相似的用法也見於「如」。這屬於詞義的平行引申。簡文「猶叔是聞遺老之言，必當語我哉」，大意謂「假如叔有聞遺老之言，則必當語我」。文中

〔註 127〕李學勤主編：《清華大學藏戰國竹簡（柒）》，頁 97。

〔註 128〕見武漢網「簡帛論壇」〈清華七《子犯子餘》初讀〉2 樓，2017 年 4 月 23 日（2019 年 7 月 2 日上網）。

〔註 129〕陳偉：〈清華七《子犯子餘》校讀（續）〉，武漢網，2017 年 5 月 1 日（2019 年 7 月 10 日上網）。

二「是」字，整理者無說。按此二「是」均應理解為表強調的副詞。類似的例子古書多見。如《左傳》僖公十三年：「其君是惡，其民何罪。」《論語·季氏》：「求，無乃爾是過與？」出土戰國竹書也見其例，如上海博物館藏竹書《季庚子問於孔子》簡 11：「毋乃肥之昏（問）也是左乎？」《曹沫之陣》簡 64：「吾言氏（是）不而如。」這種用法的「是」又孳乳為「寔」、「實」。簡文「猶叔是聞遺老之言」意謂「假如您確實有聞遺老之言」〔註 130〕

子居：秦穆公不稱蹇叔「叔父」或「蹇叔」，而是徑稱「叔」，明顯是非常口語化的，與此類似徑稱「叔」的情況，還見於《戰國策·趙策二》：「王遂胡服。使王孫緤告公子成曰：寡人胡服，且將以朝，亦欲叔之服之也。家聽于親，國聽於君，古今之公行也；子不反親，臣不逆主，先王之通誼也。今寡人作教易服，而叔不服，吾恐天下議之也。」「遺老」、「必當」等詞于傳世文獻也是始見於戰國末期，因此這也說明《子犯子餘》篇最可能成文于戰國末期。〔註 131〕

伊諾：我們認為陳說不確，「猷」訓為「假如」與下文「必當語我哉」語義更連貫。〔註 132〕

李宥婕：「猶叔是問」一句在若依陳偉先生解釋為「繼續問蹇叔」，並加上句號，則應在秦穆公與蹇叔對話外，表示秦穆公當時的動作才是，不應該出現在兩人的對話之中。「猷」此處當依整理者釋猷同「猶」，訓為「假如」，與下文「必當語我哉」語義連貫。「是」字整理者無說，此處用法同於《尚書·周書》：「惟爾元孫某，遘厲虐疾。若爾三王是有丕子之責于天，以旦代某之身。」中「是」表示加重或加強肯定語氣，又含有「的確、實在」的意思，應讀為「寔」。〔註 133〕

金宇祥：下一句「寧孤是勿能用」略帶有反詰的語氣，此句似無陳偉所

〔註 130〕陳斯鵬：〈清華大學所藏戰國竹書（柒）虛詞札記〉，《第三屆出土文獻與上古漢語研究（簡帛專題）學術研討會論文集》（北京：中央社會科學院，2017 年 8 月），頁 4～5。

〔註 131〕子居：〈清華簡七《子犯子餘》韻讀〉，中國先秦史網站，2017 年 10 月 28 日（2019 年 7 月 10 日上網）。

〔註 132〕伊諾：〈清華柒《子犯子餘》集釋〉，復旦網，2018 年 1 月 18 日（2019 年 7 月 9 日上網）。

〔註 133〕李宥婕：《《清華大學藏戰國竹簡（柒）·子犯子餘》集釋》，頁 95。

說第二個問題，故「猶」字原考釋說可從（或解為「尚且」）。「是」，從暮四郎讀「寔」。「當」，應該、應當之意。此二句意思是：「假如蹇叔真的聽聞遺老的話，一定要告訴我啊。」〔註 134〕

鼎倫謹案：首先，關於「猷」，原整理者釋作「假如」，伊諾、陳斯鵬、李宥婕、金宇祥從之；陳偉釋作「仍」。筆者贊成原整理者及伊諾讀作「猶」，釋作「假如」。觀察全篇簡文，在〈子犯子餘〉中，秦穆公依序對蹇叔提出問題。秦穆公問「民心信難成也哉？」蹇叔亦針對其問題給予回答。接著，秦穆公再問「昔之舊聖哲人的治國方法」，秦穆公在前文已經提出疑問句，此處的「猶叔是聞遺老之言」則可視為婉轉的問政語氣，當作承接前文的問句，以及順承帶出後文「寧孤是勿能用」反詰語句。然而，這裡並沒有陳偉認為的第二個問句，如果釋作「仍」，將無法連貫秦穆公的完整語句。總而言之，關於秦穆公詢問治國之道的問句，筆者分析其結構如下表：

簡文	叔	昔之舊聖哲人之敷政令刑罰，事眾若事一人	不穀余敢問其道奚如？	猶叔是聞遺老之言，必當與我哉	寧孤是勿能用？	譬若從雉然，吾當觀其風
分析	稱呼	敘事語句	疑問句	加強提問的婉轉語句	反詰語句	譬喻與期許

因此，此處討論的「猶叔是聞遺老之言，必當與我哉」為加強提問的婉轉語句。

其次，關於「是」，暮四郎將「是」讀作「寔」，伊諾、〔註 135〕李宥婕、金宇祥從之；陳斯鵬認為讀如本字，理解為表示強調的副詞。筆者贊成陳斯鵬的說法，認為「是」讀如本字即可，視作為加強語氣，如本篇簡二「毋乃猷心是不足也乎」，以及本簡「寧孤是勿能用」之「是」的用例。

其三，關於「遺老」，學者們無說。然而，筆者觀察蹇叔在後文舉商湯及商紂等君王為例，回應秦穆公此處的疑問，筆者則認為可以釋為「先帝舊臣」，如《呂氏春秋．簡選》云：「進殷之遺老」，〔註 136〕《呂氏春秋．慎大》云：「命周公旦進殷之遺老」。〔註 137〕此外，「言」則釋為「言論」，如《詩經．小雅．

〔註 134〕金宇祥：《戰國竹簡晉國史料研究》，頁 82。

〔註 135〕伊諾：〈清華柒《子犯子餘》集釋〉，復旦網，2018 年 1 月 18 日（2019 年 7 月 9 日上網）。

〔註 136〕許維遹撰；梁運華整理：《呂氏春秋集釋》，頁 184。

〔註 137〕許維遹撰；梁運華整理：《呂氏春秋集釋》，頁 357。

雨無正》云：「如何昊天！辟言不信。」《韓非子・問辯》云：「言無二貴，法不兩適，故言行而不軌於法令者必禁。」〔註 138〕可參。是以，「遺老之言」是關於先帝舊臣的言論。

其四，「必當語我哉」意為秦穆公對於「昔之舊聖哲人」治國之道的迫切渴求。子居認為秦穆公在這裡直接稱呼蹇叔為「叔」是非常口語化的用法，筆者認同。然而，子居認為本篇竹簡可能成文於戰國末期，雖然就此處的「遺老」最早的用例可見於《呂氏春秋》，實存於戰國末年，筆者對子居的說法仍抱持保留的態度。

最後，關於秦穆公與蹇叔年紀孰長孰少的問題，秦穆公生卒年為西元前 683 年到西元前 621 年，蹇叔生卒年為西元前 690 年到西元前 610 年，蹇叔年紀比秦穆公年長 7 歲。根據簡文內容背景可推測，當時應為魯僖公 24 年（636 B.C.），秦穆公當時為 47 歲，蹇叔為 54 歲。再從談話的用語來看，蹇叔聽過秦穆公沒聽過的先帝舊臣遺訓，可以證實蹇叔的年紀比秦穆公大，秦穆公就此向蹇叔請教遺老之言。綜上所述，簡文此句可解讀為：「假如蹇叔您真的有聽聞關於先帝舊臣的言論，一定要告訴我啊。」

〔九〕寍（寧）孤是勿能用？

原整理者：寍，讀為「寧」。王引之《經傳釋詞》卷六：「寧，猶豈也。」〔註 139〕

陳斯鵬：「寧孤是勿能用」意謂「難道我真的不能行用嗎」。〔註 140〕

金宇祥：「孤」，是君王自謙。「勿能」，見《說苑・修文》：「若夫置樽俎、列籩豆，此有司之事也，君子雖勿能可也。」簡文意思是：「難道我不能運用嗎？」此外，簡文這一段用來表示穆公的代詞就有：不穀余、我、孤、吾，

〔註 138〕（清）王先慎撰；鍾哲點校：《韓非子集解》，頁 394。

〔註 139〕李學勤主編：《清華大學藏戰國竹簡（柒）》，頁 97。

〔註 140〕陳斯鵬：〈清華大學所藏戰國竹書（柒）虛詞札記〉，頁 5。

四種之多。〔註 141〕

鼎倫謹案：首先，關於「寍」，原整理者讀為「寧」，釋為「豈」，可從。楚文字可見「」（包山・2・72）、「」（郭店・緇衣・20）。另外，「寧」的用例又如《左傳・成公二年》云：「夫齊，甥舅之國也，而大師之後也，寧不亦淫從其欲以怒叔父，抑豈不可諫誨？」〔註 142〕筆者補充此證加以說明。

其次，關於「是」字在本篇〈子犯子餘〉中有兩種不同的寫法，筆者整理如下表：

A				B
 簡 2	 簡 8	 簡 10	 簡 10	 簡 7

「是」字在本篇有 5 例，筆者認為可根據左旁一曲筆的有無區分為 A、B 二類，這兩種「是」字的寫法在楚簡中都可見。

其三，關於「孤」，金宇祥認為是君王自謙，筆者從之。此處是秦穆公謙稱的用法，金宇祥統計本篇秦穆公的自謙詞有四種之多，筆者考察〈子犯子餘〉中秦穆公自稱的用詞，並將「不穀余」分為二，共有五處自謙詞，並且沒有重複，整理成表格如下以清眉目：

不穀（簡 9）	余（簡 9）	我（簡 10）	孤（簡 10）	吾（簡 10）

由此可見，在本篇竹簡中秦穆公的自稱詞十分多樣。另外，這裡的「用」指的是秦穆公想「採用」「昔之舊聖哲人」的治國方法，金宇祥將「用」釋作「運用」，筆者則認為「用」釋作「採用」比較精準，如《尚書・牧誓》云：「今商王受惟婦言是用」，〔註 143〕可參。筆者認為本句為激問語氣，一方面說明秦穆公渴求聖哲人的治國之道，另一方面表達秦穆公對蹇叔的詢問態度。綜上所述，簡文此句可解讀為：「難道我真的不能採用嗎？」

〔註 141〕金宇祥：《戰國竹簡晉國史料研究》，頁 82。

〔註 142〕李學勤主編；《十三經注疏》整理委員會整理：《春秋左傳正義》，頁 816。

〔註 143〕李學勤主編；《十三經注疏》整理委員會整理：《尚書正義》，頁 338。

〔十〕卑（譬）若從⿰鳥垂（雉）肰（然），虗（吾）尚（當）觀亓（其）風■。」

卑	若	從	⿰鳥垂	肰
虗	尚	觀	亓	風

原整理者：從，追逐。《左傳》桓公五年「祝聃請從之」，楊伯峻注：「從之，謂追逐之也。」⿰鳥垂，讀為「雉」。風，句中指雉飛的風向。這兩句意為，譬如追逐雉雞一樣，我們應當觀察它飛的風向。語意近於《淮南子．覽冥》所引《周書》曰：「掩雉不得，更順其風。」〔註 144〕

汗天山：整理者將「從」訓為「追逐」，可從；將「風」理解為「句中指雉飛的風向」。並認為：這兩句意為，譬如追逐雉雞一樣，我們應當觀察它飛的風向。語意近於《淮南子．覽冥》所引《周書》曰：「掩雉不得，更順其風。」——今按：「掩雉不得，更順其風」句，前人或以為是《逸周書》逸文。整理者對「吾尚（當）觀其風」句意的理解似有偏差。簡文中的「風」，當譬喻前文所說的「昔之舊聖折（哲）人」之教化、風氣、作風、風度。《廣韻．東韻》：「風，教也。」《古今韻會舉要．東韻》：「風，王者之聲教也。」「風，風俗也。」《書．畢命》：「既歷三紀，世變風移，四方無予一人以寧。」孔傳：「時代民易，頑者漸化。」《戰國策．秦策一》：「山東之國，從風而服。」《鹽鐵論．非鞅》：「諸侯斂袵，西面而向風。」《呂氏春秋．音初》：「是故聞其聲而知其風，察其風而知其志。」高誘注：「風，風俗。」《孟子．萬章下》：「故聞柳下惠之風者，鄙夫寬，薄夫敦。」句意當是說：秦公向蹇叔請教「昔之舊聖哲人」之道，請蹇叔將所知及所聞於遺老之言儘數告訴自己。同時說明，即便自己不能儘數採用蹇叔告訴他的「昔之舊聖哲人」之道（寧孤是勿能用），

〔註 144〕李學勤主編：《清華大學藏戰國竹簡（柒）》，頁 97。

然這就譬如去追逐雉雞那樣，雖然追逐不上（雉飛得很快，人去追逐雉，只能瞠乎其後，望塵莫及），我（吾，只能理解為我，指秦公自己，而不能理解成我們）也應當可以對「昔之舊聖哲人」之教化、風氣、作風、風度略知一二吧。〔註 145〕

秦公之譬喻極妙——以「從雉（追逐雉雞）」比喻追尋「昔之舊聖哲人」之道；「從雉」不得，只能感受到雉雞飛過帶來的風；以此比喻自己雖然不能儘數採用蹇叔所說的「昔之舊聖哲人」之道，然自己應當也可以藉此對他們的風氣、作風略有所知吧〔註 146〕

王寧：「風」疑是《書．費誓》「馬牛其風，臣妾逋逃，勿敢越逐」的「風」，亦即《左傳．僖公四年》「唯是風馬牛不相及也」之「風」，古訓為「佚」、為「放」，就是逃走的意思。《淮南子．覽冥》說：「《周書》曰：『掩雉不得，更順其風。』今若夫申、韓、商鞅之為治也，捽拔其根，蕪棄其本，而不窮究其所由生，何以至此也。」很明顯，《周書》那兩句的意思是說，捕捉野雞不得，轉而研究一下它是怎麼逃走的，即研究抓不到野雞的原因，所謂「窮究其所由生」。秦穆公說：好像追逐野雞一樣，（即使是抓不到），我也該看看它是怎麼逃走的。言外之意是說，遺老的言論，即使是我用不上，也總該知道他們是怎麼說的吧。〔註 147〕

汗天山：簡 10「從雉」的譬喻，與《周書》「掩雉」句所表示的意思其實是有很大差別的（整理者引彼以證此，雖然文字上有重合之處，其實並不恰當）：「從雉」意為追逐雉，沒說拿工具；「掩雉」則需要畢、羅之類的工具。《詩．小雅．鴛鴦》：「鴛鴦于飛，畢之羅之。」毛傳：「於其飛乃畢掩而羅之。」無論古今，都不可能直接用手去「掩雉」的（不信的話，你用巴掌打蒼蠅試試看？即便現在，去逮雞的話，空手逮也很難逮到，何況是野雞呢）。《周書》「掩雉不得，更順其風」句，字面意思是用（畢、羅之類的）工具去捕捉雉

〔註 145〕見武漢網「簡帛論壇」〈清華七《子犯子餘》初讀〉52 樓，2017 年 4 月 30 日（2019 年 7 月 2 日上網）。

〔註 146〕見武漢網「簡帛論壇」〈清華七《子犯子餘》初讀〉53 樓，2017 年 4 月 30 日（2019 年 7 月 2 日上網）。

〔註 147〕見武漢網「簡帛論壇」〈清華七《子犯子餘》初讀〉57 樓，2017 年 5 月 3 日（2019 年 7 月 2 日上網）。

而不得，應該改變原來掩雉時施用工具的方向，使得工具的施用方向順應風向。因為原來之所以捕捉不到雉，肯定是速度慢了，現在改變施用工具的方向，使其順應風向，自然可以提高速度（從而祈求能夠掩得雉雞）。文句所譬喻，當是治理國家社會應該要順應社會時勢風俗人心的道理。要順應時勢人心，自然應當去探究它，窮究其根本了。這和簡文秦公譬喻的「從雉」似乎沒有多少關係？簡文「從雉」僅僅是追逐雉，心理的預設就是根本追不上（對應簡文「孤是勿能用」），不過是秦公為鼓勵蹇叔知無不言言無不盡，自謙（即使蹇叔說了，自己也不一定能全部採用蹇叔所言的「昔之舊聖哲人」之道），故設此譬喻。這與《周書》「掩雉」「更順」（改變從而順應）云云所譬喻的道理從根本上說是不一樣的。〔註148〕

蕭旭：「䳨」當是「鵜」增旁字，文獻多作「鶇」，古音夷、弟一聲之轉。《說文》：「鵜，鵜胡，汙澤也。鶇，鵜或從弟。」《集韻》引「鵜胡」作「鵜鶘」。《爾雅》：「鶇，鴮鸅。」郭璞注：「今之鶇鶘也，好群飛，沈水食魚，故名洿澤，俗呼之為淘河。」《玉篇》：「鶇，鴮鸅，好食魚，又名陶（淘）河鳥。」P.2011王仁昫《刊謬補缺切韻》：「鶇，鶇鶘，鳥名。」「鵜鶘」也可單稱，《楚辭・九思・憫上》：「鵠竄兮枳棘，鶇集兮帷幄。」洪氏《補注》：「鶇，一作鵜。」考《埤雅》卷11引《禽經》：「鵜鳥不登山，鶮鳥不踏土。」鵜鳥踏土而不登高，故俗字增土旁作「䳨」也。《詩・曹風・候人》：「維鵜在梁，不濡其翼。」《詩》序：「《候人》，刺近小人也，共公遠君子而好近小人焉。」鄭玄箋：「鵜在梁，當濡其翼而不濡者，非其常也，以喻小人在朝，亦非其常。」秦公二語疑用《詩》典，「風」同「諷」，「觀其風」言觀《候人》之諷鵜鳥，秦公自言當近君子也。〔註149〕

子居：風當訓為音聲，指雉的叫聲，這裡雙關並指前賢的遺風。〔註150〕

伊諾：我們認為當從網友「汗天山」釋「風」為風俗、教化，意思是說，

〔註148〕見武漢網「簡帛論壇」〈清華七《子犯子餘》初讀〉58樓，2017年5月3日（2019年7月2日上網）。

〔註149〕蕭旭：〈清華簡（七）校補（一）〉，復旦網，2017年5月27日（2019年7月16日上網）。

〔註150〕子居：〈清華簡七《子犯子餘》韻讀〉，中國先秦史網站，2017年10月28日（2019年7月10日上網）。

希望蹇叔將所聞遺老之言皆告訴我，就好像「從雉」不得而要感受雉雞飛過帶來的風一樣，即使不能盡數採用（遺老之言），也當藉此觀觀他們（昔之舊聖哲人）的教化、風氣。〔註151〕

李宥婕：蕭旭先生將「鴺」當是「鵜」增旁字，即「鵜」字。就字形上，楚簡｛雉｝記寫作「鴺」或假「恚」為之，「恚」即「夷」之增繁，故「鴺」應分析為从「鳥」，「鴺（夷）聲」。「雉」甲骨文異體作「雉」（《合集》8659、37509等），當即「鴺」字，故「鴺」亦淵源有自；然而就文意「從鴺」連看，則不會出現「逐鵜鶘」、「網鵜鶘」等動作。《尹文子》：「雉兔在野，眾人逐之」、《後漢書・馬戎列傳》：「矰碆飛流，纖羅絡縸，遊雉群驚，晨鳧輩作。」可見本有「從雉」的行為。《禮記》：「凡祭宗廟之禮：牛曰一元大武，豕曰剛鬣，豚曰腯肥，羊曰柔毛，雞曰翰音，犬曰羹獻，雉曰疏趾」、《白虎通德論》：「德至鳥獸則鳳皇翔，鸞鳥舞，麒麟臻，白虎到，狐九尾，白雉降，白鹿見，白鳥下。」《論衡》：「周時天下太平，越裳獻白雉。」由以上說明「雉」可為祭品，亦為祥瑞德治的象徵之一，故也常拿來貢獻。那麼秦穆公以「從雉」為譬喻則極為自然。故此處當从整理者說法。〔註152〕

「風」可從汗天山（侯乃峰）之說，當譬喻前文所說的「昔之舊聖折（哲）人」之教化、風氣、作風、風度。〔註153〕

金宇祥：原考釋引《淮南子・覽冥》轉引《周書》：「掩雉不得，更順其風。」與簡文不近，故不從其說。又其它學者之說恐不確。「掩雉不得，更順其風」其中「雉」和「風」的關聯，高誘注中說得很清楚，其云：「言掩雉不得，當更從其上風，順其道理也。」換成現在的意思是，追捕獵物時要在下風處，以免獵物知道獵人的位置。簡文中穆公以此來比喻自己和人民，「雉」表示人民，「風」應是一開頭的聖哲人之道（也包含遺老之言），意思是穆公會以此道（改變施政）來治理人民，方能「使眾若使一人」。〔註154〕

〔註151〕伊諾：〈清華柒《子犯子餘》集釋〉，復旦網，2018年1月18日（2019年7月9日上網）。

〔註152〕李宥婕：《《清華大學藏戰國竹簡（柒）・子犯子餘》集釋》，頁96。

〔註153〕李宥婕：《《清華大學藏戰國竹簡（柒）・子犯子餘》集釋》，頁98。

〔註154〕金宇祥：《戰國竹簡晉國史料研究》，頁83。

鼎倫謹案：首先，關於「鴺」，簡文作「」，為从鳥从夷之字，左半「夷」字下方加「土」為戰國文字中的「無義增繁偏旁」。〔註 155〕原整理者讀為「雉」，汗天山、王寧、子居、伊諾、李宥婕、金宇祥從之；蕭旭認為是「鵜」之增旁字，文獻多作「鵜」。觀察此句「譬若從鴺然，吾當觀其風」為一個完整的句子，其後的「吾當觀其風」有很大的可能是延續其前的「從鴺」。「雉」在甲骨文作「」（合集 26892）、「」（合集 8659）、「」（合集 35344）、「」（合集 26879），戰國文字作「」（上博九・陳公治兵・1），觀察「雉」的甲骨文和本簡此字相異處為「夷」字下方有無「土」形，戰國文字和本簡此字相較下為有無「鳥」旁。「鵜」的戰國文字作「」（天策）。觀察「雉」的字形演變，此處的「」从鳥⿱夷土聲，「⿱夷土」為「夷」增加分化符號，正好在「雉」的古文字演變脈絡中。原整理者讀作「雉」的主要依據，是因為此處語意近《淮南子・覽冥》所引《周書》曰：「掩雉不得，更順其風。」因此，筆者贊成原整理者的說法，讀作「雉」。

其次，關於「從」，原整理者釋作「追逐」，汗天山、王寧、李宥婕從之，筆者認為原整理者之說可從。「從雉」意指「追逐雉雞」，用例如原整理者舉《淮南子・覽冥》所引《周書》曰：「掩雉不得，更順其風。」以及李宥婕舉《尹文子》：「雉兔在野，眾人逐之」之證。

其三，關於「風」，原整理者釋作「雉飛的風向」；汗天山認為應是譬喻前文的「昔之舊聖折（哲）人」之教化、風氣、作風或風度，伊諾從之；王寧釋作「逃走」；子居訓作「音聲」，指雉的叫聲，並且雙關指前賢的遺風。筆者則以原整理者及汗天山之說為基礎，不只將「風」釋作「風向」，如《詩經・鄭風・蘀兮》云：「蘀兮蘀兮，風其吹女！」〔註 156〕更也是指前文的「昔之舊聖哲人」之教化，如《尚書・說命下》云：「咸仰朕德，時乃風。」孔傳：「風，教也。」〔註 157〕《莊子・天下》云：「墨翟、禽滑釐聞其風而說之。為之大過，已之大循。」成玄英疏：「墨翟、滑釐，性好勤儉，聞禹風教，深悅

〔註 155〕何琳儀：《戰國文字通論》（訂補），頁 216。

〔註 156〕李學勤主編；《十三經注疏》整理委員會整理：《毛詩正義》，頁 355。

〔註 157〕李學勤主編；《十三經注疏》整理委員會整理：《尚書正義》，頁 301。

愛之」，〔註 158〕可參。這裡有雙關的含意，表面上是「雉飛的風向」，但背後則和蹇叔論述中的「昔之舊聖哲人」之教化有關。

其四，關於「譬若從雉然，吾當觀其風」的修辭語法，筆者認為此句應為譬喻修辭中的「略喻」，「譬若」依原整理者之說釋作「譬如」，筆者分析是此處譬喻中的「喻詞」，用例如《逸周書．皇門》云：「譬若畋，犬驕用逐禽，其猶不克有獲。」〔註 159〕《史記．魏公子列傳》云：「公子喜士，名聞天下。今有難，無他端而欲赴秦軍，譬若以肉投餒虎，何功之有哉？」〔註 160〕《清華壹．皇門》：「卑（譬）如戒夫」、「卑（譬）如梏夫之有媢妻」、《清華陸．鄭文公問太伯（甲）》：「卑（譬）若雞雛」可參。「秦穆公欲仿效古聖先賢施政方法的此行為」是「本體」，省略不說；「從雉然」為「喻體」；「吾當觀其風」為「喻解」。「吾當觀其風」不僅是追逐雉雞的方法，更也是秦穆公要了解古聖先賢治國的方法。綜上所述，簡文此句可解讀為：「就像是追逐雉雞一樣，我應當要觀察牠的風向。」

〔十一〕邗（蹇）雸（叔）畣（答）曰：「凡君斎=（之所）䎽（問）【簡十】莫可䎽（聞）■。

邗	雸	畣	曰	凡	君
斎	䎽	莫	可	䎽	

鼎倫謹案：首先，這裡出現本篇唯一的合文——「斎」，原整理者讀作「之

〔註 158〕（清）郭慶藩撰；王孝魚點校：《莊子集釋》（北京：中華書局，1961 年），頁 1073。

〔註 159〕黃懷信、張懋鎔、田旭東撰；黃懷信修訂；李學勤審定：《逸周書彙校集注》（修訂本）（上海：上海古籍出版社，2007 年），頁 554。

〔註 160〕（西漢）司馬遷撰；（南朝宋）裴駰集解；（唐）司馬貞索隱；（唐）張守節正義：《史記》，頁 1380。

所」，可從。筆者認為其合文字形亦可見於「」（上博七・君人者何必安哉（甲）・5）及「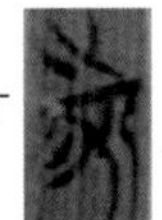」（上博七・君人者何必安哉（乙）・5）。對於此種合文字形，何琳儀《戰國文字通論》認為此種方式為「合文借用筆畫」，並解釋：「借用筆畫，是一個字之內的筆畫共用，合文借用筆畫，則是兩個字之間的筆畫共用。外在形式有異，內在實質相同。」更舉「之所」為其中一例。〔註 161〕這裡「之所」意為蹇叔指秦穆公前文所問的問題。

其次，此句同時有兩個「䎽」，原整理者依其文例將第一個「䎽」讀作「問」，第二個讀作「聞」，可從。另外，「凡君之所問莫可聞」，表面上蹇叔沒有聽聞過秦穆公所問的「遺老之言」，但實際上蹇叔在後文則用商湯與商紂的事例來舉證，間接傳達治國方法，可見蹇叔是有聽聞過「遺老之言」，不像他所說的「凡君之所問莫可聞」，筆者推測是一種謙虛的用法，好讓聆聽者比較接受說話者接下來的話語內容。綜上所述，簡文此句可解讀為：「蹇叔回答說：『凡是君主您所問的沒有聽聞過。』」

〔十二〕昔者成湯以神事山川，以悳（德）和民。

昔	者	成	湯	以
神	事	山	川	以
悳	和	民		

〔註 161〕何琳儀：《戰國文字通論》（訂補），頁 211。

原整理者：事，《周禮・宮正》「凡邦之事蹕」，鄭玄注：「事，祭事也。」以神事山川，即以祭祀神的方式祭祀山川。《管子・侈靡》「以時事天，以天事神，以神事鬼」，用法與此相類。以德和民，見於《左傳》隱公四年，清華簡《管仲》作「和民以德」。〔註162〕

lht：所說的是湯的事跡，用來說明「民心」「或易成」。湯用事奉鬼神的方式來事奉山川，用德來親和人民。對自己的臣民如此，對邊遠地區的少數民族也是如此，沒有先後之分。因此，凡是人見到湯，就像大雨正奔向大地而見又應和之一樣。因此最終能臨政九州而為之君。〔註163〕

潘燈：在版主詮釋的基礎上，我們把全句暫理解為：以前成湯用事奉鬼神的方式來事奉山川地祇，用德來親和人民。周邊方國亦緊隨其後，無不效仿。眾人面見湯，就像疾風暴雨、鷹鹿飛奔一樣急著拜見。因此成湯最終能夠臨政九州，百姓都敬重他奉為聖君。〔註164〕

子居：《子犯子餘》篇自「昔者成湯」至「邦乃遂亡」部分，很可能是邗叔在轉引某個《書》系篇章的逸文。《禮記・表記》載：「殷人尊神，率民以事神，先鬼而後禮，先罰而後賞。」故《子犯子余》舉成湯「以神事山川」在「以德和民」之先。「之所問」這樣的措辭，傳世文獻始見於戰國末期，因此當也能說明《子犯子餘》篇最可能成文于戰國末期。《管仲》所稱「和民以德，執事有餘。既惠於民，聖以行武」同樣是用來形容成湯的行政方式，因此不難判斷，《子犯子餘》的「以德和民」之說當與清華簡《管仲》篇同源。對照《管子・七法》的「和民一眾，不知法不可」可知，清華簡《管仲》及《子犯子餘》篇中成湯用以「和民」的「德」即「法」，也即前文所稱的「政令刑罰」。〔註165〕

〔註162〕李學勤主編：《清華大學藏戰國竹簡（柒）》，頁97。

〔註163〕見武漢網「簡帛論壇」〈清華七《子犯子餘》初讀〉64樓，2017年5月4日（2019年7月2日上網）。

〔註164〕見武漢網「簡帛論壇」〈清華七《子犯子餘》初讀〉65樓，2017年5月4日（2019年7月2日上網）。

〔註165〕子居：〈清華簡七《子犯子餘》韻讀〉，中國先秦史網站，2017年10月28日（2019年7月10日上網）。

鼎倫謹案：首先，關於「昔」字在本篇〈子犯子餘〉中共有兩處，其字形下半部不同，筆者整理如下表：

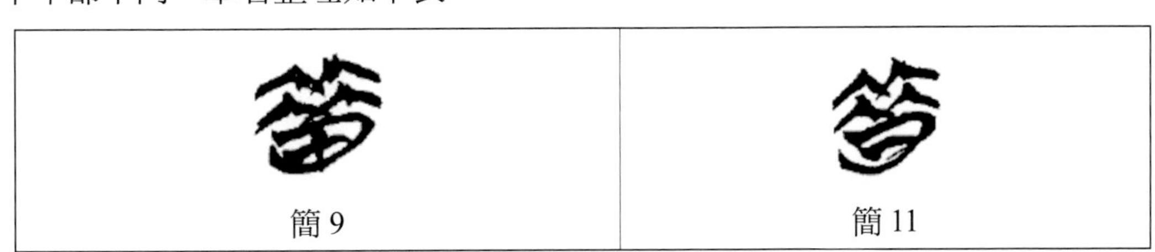

簡 9	簡 11

關於簡 9「昔」字下半的「田」形，筆者在前文已論述過。此處「昔」字下半則為「日」形。可見在同一篇竹簡中分別出現从「日」及从「田」的「昔」，筆者考察出土楚簡中的「昔」字皆不可見如此之例，所以此為第一例，並可見戰國文字的多元性。除此之外，筆者將「昔者」釋作「從前」，如《易經・說卦》云：「昔者聖人之作《易》也，幽贊于神明而生蓍」，孔穎達疏：「據今而稱上世，謂之昔者也。」〔註 166〕可參。

其次，關於「以神事山川」，原整理者引《周禮・天官・宮正》：「邦之事，蹕。」鄭玄注：「事，祭事也。」將「事」釋作「祭事」，並將此句解讀為「以祭祀神的方式祭祀山川」，lht 及潘燈從之，並理解為「用事奉鬼神的方式來事奉山川地祇」，其說可從。祭祀山川是古代重要的大事，「事」指天子、諸侯的國家大事，如《左傳・成公十三年》：「國之大事，在祀與戎。」〔註 167〕祭祀、盟會、兵戎等，皆是春秋時國之大事。是以，筆者贊成原整理者之說，將此句解讀為「以祭事神的方式祭事山川」。

其三，關於「以德和民」，原整理者引《左傳・隱公四年》及《清華陸・管仲》「和民以德」為證，lht、潘燈、子居及伊諾皆從之。〔註 168〕其中，對於「和民」，子居認為「和民」是清華簡諸篇中一個相當重要的觀念，有著齊、宋文化背景和法家導向，〔註 169〕學者多釋作「親和人民」，筆者則認為可釋作「使人民和順安定」，用例如《國語・周語中》云：「宣所以教施也，惠所以和民也。」

〔註 166〕李學勤主編；《十三經注疏》整理委員會整理：《周易注疏》，頁 380。

〔註 167〕李學勤主編；《十三經注疏》整理委員會整理：《春秋左傳正義》，頁 867。

〔註 168〕伊諾：〈清華柒《子犯子餘》集釋〉，復旦網，2018 年 1 月 18 日（2019 年 7 月 9 日上網）。

〔註 169〕子居：〈清華簡七《子犯子餘》韻讀〉，中國先秦史網站，2017 年 10 月 28 日（2019 年 7 月 10 日上網）。

〔註170〕筆者發現《左傳・隱公四年》的文句可和此處相證，但原整理者並無引出，是以筆者補充之，《左傳・隱公四年》云：「臣聞以德和民，不聞以亂。」〔註171〕除此之外觀察「民」的黑白圖版後發現，和黑白圖版的「」相較下，竹簡圖版的「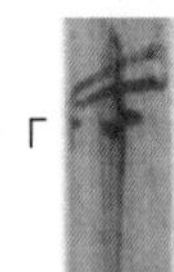」之豎筆較長，筆者懷疑為墨汁滲透所導致。另外，子居認為〈子犯子餘〉的「以德和民」之說當與清華簡〈管仲〉篇同源，伊諾從子居之說。〔註172〕然而，筆者認為文句相同並不代表兩篇文獻可視作同源，必須再有更多的證據加以佐證。總的來說，「以德和民」意為用德使人民和順安定。

綜上所述，簡文此句可解讀為：「從前成湯以祭事神的方式祭事山川，用德使人民和順安定。」

〔十三〕四方巳（夷）莫句（後）與人，

四	方	巳	莫	句
與	人			

原整理者：這句講湯征伐夷的情形，《書》原有載，已佚，《孟子・梁惠王下》、《滕文公下》皆引《書》有論，文句略有不同。《梁惠王下》：「《書》曰：『湯一征，自葛始。』天下信之。東面而征，西夷怨；南面而征，北狄怨。曰：『奚為後我？』」《滕文公下》：「『湯始征，自葛載。』十一征而無敵於天下。東面而征，西夷怨；南面而征，北狄怨。曰：『奚為後我？』」與，訓為

〔註170〕徐元誥撰；王樹民、沈長雲點校：《國語集解》，頁70。

〔註171〕李學勤主編；《十三經注疏》整理委員會整理：《春秋左傳正義》，頁100。

〔註172〕伊諾：〈清華柒《子犯子餘》集釋〉，復旦網，2018年1月18日（2019年7月9日上網）。

「使」，參看裴學海：《古書虛字集釋》（第九頁）。〔註 173〕

馬楠：「與人」當上屬為句。〔註 174〕

ee：「與人」從馬楠先生斷讀。〔註 175〕

簡 10 的「四方巳（夷）莫句（後）與」（應為簡 11）可參《容成氏》39「湯聞之，於是乎慎戒徵賢，德惠而不暇，秕（柔）三十巳（夷）而能之。」可見湯時確有柔撫夷方之事。〔註 176〕

lht：與人面見湯，與讀為「舉」，全。〔註 177〕

王寧：馬楠先生已經指出「『與人』當上屬為句」，應該是對的。「句」應當讀為君后之「后」，清華簡《尹至》、《尹誥》裡都以「句」為「后」是其證。「莫后與人」是不肯把君主之位交給別人，就是不肯讓別人當自己的君主的意思，他們都想讓湯來作君主，所以下文說「面見湯」。〔註 178〕

林少平：從結構上看，筆者認為當作如下斷讀：昔者，成湯以神事山川，以悳（德）和民，四方巳（夷）莫，句與人面，見湯若雺（濡）雨，方奔之，而鹿雁（膺）女（焉）。

從內容來看，此段主要是講成湯的「仁德」，正與下文講紂的「殘暴」形成對比。說到成湯的「仁德」莫過於文獻中所記載的「網開三面」典故。

《呂氏春秋．孟冬紀．異用》：「湯出，見野張網四面，祝曰：『從天墮者，從地出者，從四方來者，皆入吾網。』湯曰：『嘻！盡之矣。非桀其熟為此也？』湯收其三面，置其一面，更教祝曰：『昔蛛蝥作網罟，今之人學紓。欲左者左，欲右者右，欲高者高，欲下者下，吾取其犯命者。』漢南之國聞之曰：『湯之

〔註 173〕李學勤主編：《清華大學藏戰國竹簡（柒）》，頁 97。

〔註 174〕清華大學出土文獻讀書會（石小力整理）：〈清華七整理報告補正〉，清華網，2017 年 4 月 23 日（2019 年 7 月 10 日上網）。

〔註 175〕見武漢網「簡帛論壇」〈清華七《子犯子餘》初讀〉6 樓，2017 年 4 月 23 日（2019 年 7 月 2 日上網）。

〔註 176〕見武漢網「簡帛論壇」〈清華七《子犯子餘》初讀〉12 樓，2017 年 4 月 24 日（2019 年 7 月 2 日上網）。

〔註 177〕見武漢網「簡帛論壇」〈清華七《子犯子餘》初讀〉37 樓，2017 年 4 月 27 日（2019 年 7 月 2 日上網）。

〔註 178〕王寧：〈清華簡七《子犯子餘》文字釋讀二則〉，武漢網，2017 年 5 月 2 日（2019 年 7 月 10 日上網）。

德及禽獸矣！』四十國歸之。人置四面未必得鳥，湯去其三面，置其一面以網其四十國，非徒網鳥也。」《史記．殷本紀》：「湯出，見野張網四面，祝曰：『自天下四方皆入吾網。』湯曰：『嘻，盡之矣！』乃去其三面，祝曰：『左，左。欲右，右。不用命，乃入吾網。』諸侯聞之，曰：『湯德至矣，及禽獸。』」

那麼，清華柒《子犯子餘》所見成湯之事，是否與「網開三面」典故有關呢？筆者認為「四方夷莫，句與人面」講的就是這個典故。

四方，與「四面」同義。《文選．陸倕．石闕銘》：「區宇乂安，方面靜息。」劉良注：「方面，四方之面也。」夷，讀作「尸」。段玉裁《說文注》：「《周禮注》：『《周禮》夷之言屍也者，謂夷即屍之叚借也。尸，陳也。」莫，讀作「幕」。《史記．李廣傳》注引《索隱》曰：「凡將軍謂之幕府者，蓋兵門合施帷帳，故稱幕府。古字通用，遂作莫耳。」《左傳．莊公二十八年》：「（楚伐鄭），諸侯救鄭，楚師夜遁。鄭人將奔桐丘，諜告曰：『楚幕有烏。』乃止。」注：「幕，帳也。」又：「幕，音莫。」古文「帳」通「張」。《史記．高帝紀》：「復留止張，飲三日。」注：「張，幃帳也。」《周禮．秋官．冥氏》：「掌設弧張。」注：「弧張，罿罦之屬。」《史記．龜策傳》：「宋元王二年，江使神龜使於河，至於泉陽，漁者豫且舉網得而囚之。置之籠中。夜半，龜來見夢于宋元王曰：『我為江使於河，而幕網當吾路。』」此處「幕」與「網」並列，可證實「幕」當可指「網」一類之物。可知「陳幕」與「張網」同義。故簡文「四方夷莫」與「四面張網」同義。

句，整理者讀作「後」，非是，當讀作本字，義為「止」。《玉篇》：「止也，言語章句也。」文獻所記載「湯曰：『嘻，盡之矣！』」盡，《小爾雅》：「止也。」「盡之」即「止之」。與，讀作「以」。《詩經．國風．召南》：「之子歸，不我與。」朱《注》：「與，猶以也。」人面，讀作「仁面」。後世有所謂成湯「仁人面」的說法，即成湯所留之「一面」。

綜上說述，清華柒《子犯子餘》所見「四方夷莫，句與人面」，實際上就是指文獻所記載的成湯「網開三面」典故。〔註179〕

lht：所說的是湯的事跡，用來說明「民心」「或易成」。湯用事奉鬼神的方

〔註179〕林少平：〈清華簡所見成湯「網開三面」典故〉，復旦網，2017年5月3日（2019年7月16日上網）。

式來事奉山川，用德來親和人民。對自己的臣民如此，對邊遠地區的少數民族也是如此，沒有先後之分。因此，凡是人見到湯，就像大雨正奔向大地而見又應和之一樣。因此最終能臨政九州而為之君。〔註 180〕

潘燈：「與」讀「舉」，或可讀「輿」，有眾、多義。《史記・酈生陸賈列傳》：「人眾車舉，萬物殷富。」《漢書》：作「輿」。……在版主詮釋的基礎上，我們把全句暫理解為：以前成湯用事奉鬼神的方式來事奉山川地祇，用德來親和人民。周邊方國亦緊隨其後，無不效仿。眾人面見湯，就像疾風暴雨、鷹鹿飛奔一樣急著拜見。因此成湯最終能夠臨政九州，百姓都敬重他奉為聖君。〔註 181〕

水墨翰林：「四方夷莫后與人面見湯若[雨＋皃]雨方奔之而鹿膺焉用果念政九州而命君之」斷句方式應為「四方夷莫后與人面見湯，若[雨＋皃]雨方奔之而鹿膺，焉用果念政九州而命君之。」〔註 182〕

陶金：此句中比較關鍵的詞彙是「人面」，它在先秦兩漢文獻中有一種特殊的用法，在後世較少使用。《墨子・明鬼下》引《商書》曰：「嗚呼！古者有夏，方未有禍之時，百獸貞蟲，允及飛鳥，莫不比方。矧住（隹、惟）人面，胡敢異心？山川鬼神，亦莫敢不寧。若能共允，住（隹、惟）天下之合，下土之葆。」

其中所引《商書》是先秦《書》篇，裡面提到了「山川鬼神」，與簡文所言「成湯以神事山川」相似，同時也出現了「人面」這個詞，因此可以用來與簡文含義進行比勘。

《墨子閒詁》對「矧住（隹、惟）人面」一句有較為詳細的解讀，茲引錄如下：

> 「畢（沅）云：『隹』，古惟字，舊誤作『住』。江聲說同。王引之云：古『惟』字但作『隹』，古鍾鼎文『惟』字作『隹』，石鼓文亦然。又夏竦《古文四聲韻》載《道德經》『惟』字作『隹』。《墨子》多古

〔註 180〕見武漢網「簡帛論壇」〈清華七《子犯子餘》初讀〉64 樓，2017 年 5 月 4 日（2019 年 7 月 2 日上網）。

〔註 181〕見武漢網「簡帛論壇」〈清華七《子犯子餘》初讀〉65 樓，2017 年 5 月 4 日（2019 年 7 月 2 日上網）。

〔註 182〕見武漢網「簡帛論壇」〈清華七《子犯子餘》初讀〉67 樓，2017 年 5 月 4 日（2019 年 7 月 2 日上網）。

字，後人不識，故傳寫多誤。『矧惟』者，語詞，《康誥》曰：『矧惟不孝不友』，又曰『矧惟外庶子訓人』。《酒誥》曰：『矧惟爾事，服休服采。矧惟若疇，圻父薄違，農父若保，宏父（定辟）……』，皆其證也。《鹽鐵論．未通篇》曰：『周公抱成王聽天下，恩塞海內，澤被四表，矧惟人面，含仁保德，靡不得其所』，《繇役篇》曰：『普天之下，惟人面之倫，莫不引領而歸其義』，《後漢書．章帝紀》曰：『訖惟人面，靡不率俾』，《和帝紀》曰：『戒惟人面，無思不服』，並與《墨子》同意。案：王說是也，顧說同。人面，言有面目而為人，非百獸、貞蟲、飛鳥之比也。《國語．越語》『范蠡曰：余雖靦然而人面哉，余猶禽獸也。』」。

此段注釋所引文例中，除《國語．越語》之外，其餘皆是類似「矧惟（訖惟、戒惟）人面，靡不（莫不）……」的句式；而《越語》所載范蠡之語的「人面」義亦與之同。

「矧惟人面，靡不……」及類結構的句子在漢武帝之後的兩漢官方文獻中較為頻繁運用，現存儒家典籍中卻沒有出現，似表明兩漢時流傳的《尚書》類文獻尚有此語。兩漢之後保存此語的《尚書》類文獻正典失傳，而「矧惟人面」早已保存在《墨子》所引《商書》之中，尚存一線，只是文字略有訛誤，《墨子閒詁》已經指明。《偽古文尚書．伊訓》化用《墨子》中的文字，將原句篡改為：「古有夏先后，方懋厥德，罔有天災。山川鬼神，亦莫不寧，暨鳥獸魚鱉咸若。」

裡面沒用「矧惟人面」等句，可見造偽者已經不明其義，故而捨棄不用。

按照《墨子閒詁》對此處「人面」的解釋，即長著人臉而為人類之意。簡文「𡰥莫」當讀為「夷貊」。「莫」、「貊」古字通用，古人對四方蠻夷有鄙視的觀念，認為他們是動物之種，《說文》：「南方蠻、閩从虫，北方狄从犬，東方貉从豸，西方羌从羊：此六種也。」段注「此六種也」云：「當云『皆異穜也』」，可能是對的，比如《說文》還說「蠻：南蠻，蛇種」、「閩：東南越，蛇穜」、「狄：赤狄，本犬種」等等，即認為他們固非人類之種，故用「人面」指代可視為人類的群體。《國語．越語》載吳使王孫雒指責范蠡助天為虐，范蠡答覆說：「余雖靦然而人面哉，余猶禽獸也，又安知是諓諓者乎」，這是帶有狡辯色彩的回答，說自己雖然很慚愧地長著張人面，可還是和禽獸一樣，不知道那些巧言令色之語。把「人面」與「禽獸」對舉，則「人面」者為人類，與禽獸相異。《墨子》引《商書》則是將「百獸、貞蟲、飛鳥」與「人面」對舉，也是相似的用法。

「句」不應讀為「後」或「后」，當讀為「苟」，出土文獻中用「句」為「苟」的例子很多。簡文中的「句與」如果讀作「苟與」，有兩種解讀方案。

其一，將「苟與人面」和「矧惟人面」視作同義語互參。「苟與」相當於「矧惟」，「矧」為發語詞，在不同的語境有多種含義，故同為「矧惟」，「矧」有猶「又」、「應」、「當」、「即」等多種解釋，隨文意而有不同；「苟」猶「但」也，「惟」猶為也，「與」亦為也，「矧惟」或「苟與」的意思相當於「只要為」、「只要是」。「夷貊」應該視為地域概念，表示遠方，並不表示種族。「四方夷貊，苟與人面」則可解讀為：四方夷貊（之地），只要是長著人面的（都會去見湯）。若將「夷貊」視作種族，則與「人面」的範圍有交叉，即「夷貊」之中亦有「人面」。

其二，將「人面」與「夷貊」概念完全對立。「苟」，訓為「且」。「四方夷貊，苟與人面」一句可與下文「殷邦之君子，無小大，無遠邇」對看，後者用於描述「殷邦之君子」的成份，前者則是用於描述歸附成湯群體的成份，「人面」是主體，放在句後，「夷貊」是「人面」的追隨者。則此句可解讀為：四方夷貊隨同有面目之人（一起去見成湯）。

兩種解讀均可言之成理，筆者目前傾向於後一種解讀，待求教於方家。〔註 183〕

蕭旭：整理者句讀不誤，讀句為後，引《孟子》以證，亦不誤。惟謂「《書》已佚」則失考，《書・仲虺之誥》：「初征自葛，東征西夷怨，南征北狄怨。曰：『奚獨後予？』攸徂之民，室家相慶，曰：『徯予後，後來其蘇。』」……與，介詞，猶以也，用也。〔註 184〕

子居：整理者所說誤，將此句與下文描述紂時的內容對比，不難看出此句是指遠方四夷的爭相歸附，並沒有涉及成湯的征伐。馬楠已指出：「『與人』

〔註 183〕陶金：〈清華簡七《子犯子餘》「人面」試解〉，武漢網，2017 年 5 月 26 日（2019 年 7 月 16 日上網）。

〔註 184〕蕭旭：〈清華簡（七）校補（一）〉，復旦網，2017 年 5 月 27 日（2019 年 7 月 16 日上網）。

當上屬為句。」所說是，「與」訓為「於」，此句當讀為「四方夷莫後於人」。〔註 185〕

伊諾：我們從子居先生說，即將此句釋讀為：「四方巳（夷）莫句（後）與人，面見湯若霷（靈）雨，方奔之，而麇（皆）雁（安）攵（焉）」。「莫句（後）與人」即「莫句（後）於人」。〔註 186〕

袁證：當依整理者讀為「四方夷莫後」。「莫後」見賈誼《新書・傅職》：「行而莫先莫後」。「與人」理解為「與他人」亦可。《孟子・梁惠王下》：「與人樂樂」。這裏是說「四方夷」不甘落後，同別人一起「面見湯」。〔註 187〕

李宥婕：林少平先生將此句與網開三面的典故連結，則下句「見湯若霷（濡）雨」的主語不明。陶金先生將「人面」解讀為「長著人面的夷貊」或「有面目之人」，整句話解讀為四方夷貊（之地），只要是長著人面的（都會去見湯）或四方夷貊隨同有面目之人（一起去見成湯）兩種解釋都有未安之處。其一，四方夷貊如何分別長著人面和非人面的？在史書上也尚未記載四方夷貊有跟隨著「人面」歸順成湯一事。「與人」當上屬為句，斷讀為「四方莫句與人」。「與」字於此可看作表示比較的介詞，《詩・小雅・車舝》：「雖無德與女，式歌且舞。」楊樹達《詞詮》：「與，用同於」。對照《容成氏》簡 39：「湯聞之，於是乎慎戒徵賢，德惠而不貿，秜三十巳而能之。」、《孟子・梁惠王下》：「《書》曰：『湯一征，自葛始。』天下信之。『東面而征，西夷怨；南面而征，北狄怨。曰：奚為後我？』」來看，可見此句即說明成湯當時的確有柔撫夷方之事。蹇叔回應秦穆公所問的昔日聖哲之道，即是湯的「以悳（德）和民」，使四方夷皆爭先恐後欲歸附湯。〔註 188〕

金宇祥：此處「後」意為時間較遲或較晚，與「先」相對。「與」字訓為「親附」，並屬上讀，新的斷句如下：「四方巳（夷）莫句（後）與」，意思是四方夷不要後親附於湯。此意即與《孟子・梁惠王下》：

〔註 185〕子居：〈清華簡七《子犯子餘》韻讀〉，中國先秦史網站，2017 年 10 月 28 日（2019 年 7 月 10 日上網）。

〔註 186〕伊諾：〈清華柒《子犯子餘》集釋〉，復旦網，2018 年 1 月 18 日（2019 年 7 月 9 日上網）。

〔註 187〕袁證：《清華簡《子犯子餘》等三篇集釋及若干問題研究》，頁 30～31。

〔註 188〕李宥婕：《《清華大學藏戰國竹簡（柒）・子犯子餘》集釋》，頁 104～105。

> 臣聞七十里為政於天下者，湯是也。未聞以千里畏人者也。《書》曰：「湯一征，自葛始。」天下信之。東面而征，西夷怨；南面而征，北狄怨，曰：「奚為後我？」民望之，若大旱之望雲霓也。

《孟子‧滕文公下》：

> 湯始征，自葛載，十一征而無敵於天下。東面而征，西夷怨；南面而征，北狄怨，曰：「奚為後我？」民之望之，若大旱之望雨也。」

兩處的「奚為後我」意思相近，表示這些夷狄皆不想落於後。此亦可與《荀子‧王制》：「故周公南征而北國怨，曰：『何獨不來也！』東征而西國怨，曰：『何獨後我也！』」此段相參照。這兩句新的釋文應作：「四方（夷）莫句（後）與，人面見湯」。〔註189〕

鼎倫謹案：首先，關於「四方夷」，原整理者引《孟子》之說，蕭旭從之，筆者亦認為可從。如原整理者引《孟子‧滕文公下》：「東面而征，西夷怨；南面而征，北狄怨。」「四方夷」指的就是四面各方的夷狄。筆者將譚其驤《中國歷史地圖集》第 1 冊的「商時期全圖」擷取為圖 5，並標註「商」為當時商湯國都的位置，以及當時能見得的夷狄，西方有羌方、犬戎，北方有西落鬼戎、翳徒戎，南方有淮夷等，如此能較清楚了解當時的地理環境狀況：

〔註189〕金宇祥：《戰國竹簡晉國史料研究》，頁85。

圖 5　商湯時期四方夷狄分布圖〔註 190〕

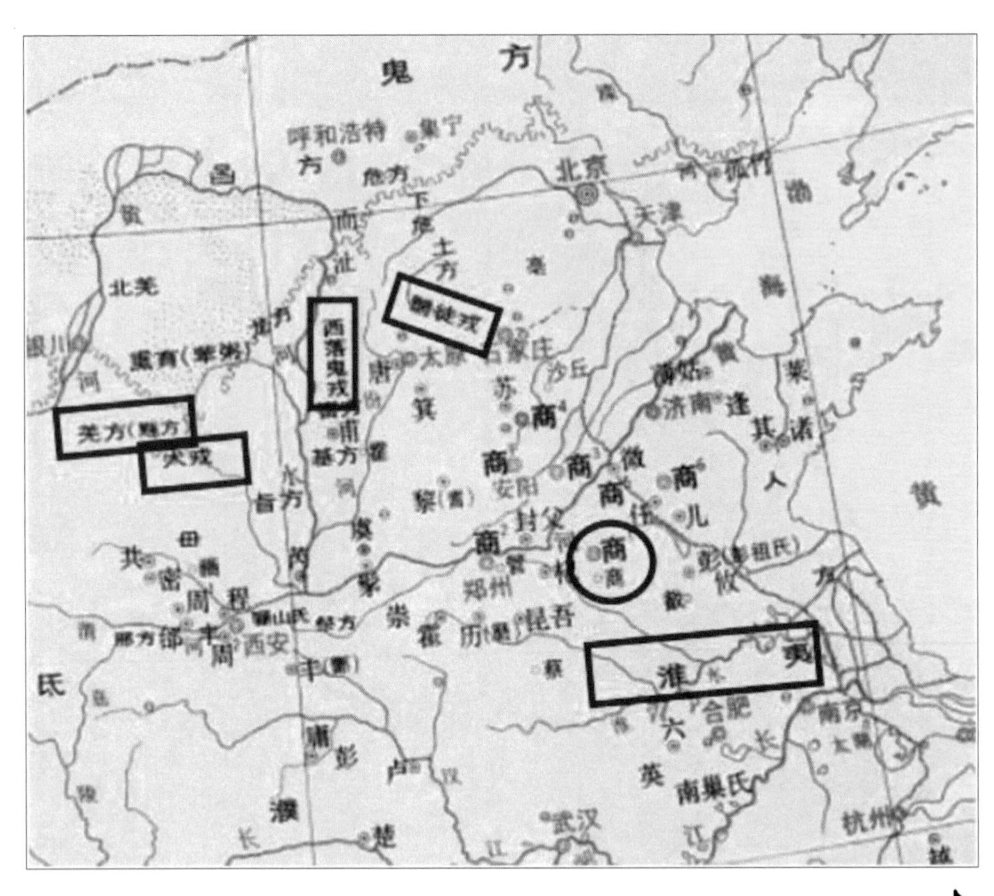

除此之外，關於「𡰥」，原整理者讀作「夷」，林少平讀作「尸」。此處的「」和簡 10「」右半的「夷」旁不同，但是此處之字在楚簡亦可見，如「」（包山・2・180）、「」（上博一・孔子詩論・21）。所以讀作「夷」沒有問題，原整理者之說可從。

其次，關於「莫後與人」。筆者先將學者們斷讀的方式整理成表格如下：

原整理者主之 蕭旭、袁證從之	四方夷莫後，與人面見湯，若濡雨方奔之而鹿膺焉
馬楠	四方夷莫後與人，面見湯，若溥雨方奔之而鹿鷹焉
ee	四方夷莫後與人，面見湯，若暴雨方奔之而庇雁焉
lht	四方夷莫後。舉人面見湯。若雹雨方奔之而鹿應焉
王寧	四方夷莫后與人，面見湯若風雨，方奔之而響應焉
林少平	四方尸幕，句以仁面，見湯若濡雨，方奔之，而鹿膺焉

〔註 190〕譚其驤：《中國歷史地圖集》第 1 冊（北京：中國地圖出版社，1996 年），頁 11～12。

潘燈	四方夷莫後。（舉／輿）人面見湯，若霍雨方奔之而鹿鷹焉
水墨翰林	四方夷莫后與人面見湯，若〔雨＋皀〕雨滂（渤／浡）之而鹿膺，焉用果念政九州而命君之。
陶金	四方夷貊，苟與人面
子居主之 伊諾從之	四方夷莫後與人，面見湯靈雨，方奔之，而皆安焉
李宥婕	四方夷莫後與人，面見湯若暴雨方奔之，而鹿膺焉
金宇祥	四方夷莫後與，人面見湯，若（濡／霧）雨方奔之，而庇蔭焉

原整理者將「莫」讀如本字，林少平讀作「幕」。原整理者將「句」讀作「後」，蕭旭、袁證、金宇祥從之；王寧讀作「后」；林少平讀如本字，釋作「止」，並下讀；陶金讀為「苟」。原整理者將「與」訓作「使」；馬楠認為「與人」當上讀，王寧從之；lht 讀作「舉」，釋作「全」，並下讀；潘燈讀作「舉」或「輿」，釋作「眾多」；蕭旭釋為「以、用」；子居訓作「於」，伊諾從之。筆者從原整理者之說將「莫」讀如本字，筆者進一步釋作「不」，並將「句」讀作「後」。另外，筆者認為「後」可表示「時間上較遲或較晚」之意，與「先」相對，如《易經．坤》云：「君子有攸往，先迷後得主利。」〔註191〕可參。筆者認為「與人」如馬楠所讀較為通順，進一步而言，如李宥婕云「與」字於此可看作表示比較的介詞。筆者將「與」釋作「比得上」，如《荀子．天論》云：「望時而待之，孰與應時而使之！」〔註192〕《漢書．爰盎晁錯傳．晁錯》云：「中國之人弗與也：此匈奴之長技也。」〔註193〕可參。總的來說，「莫後與人」意為不比其他人慢。綜上所述，簡文此句可解讀為：「四方的夷狄不比其他人慢」。

〔十四〕面見湯若䨲（暴）雨方奔之，而鹿（庇）膺（蔭）女（焉），

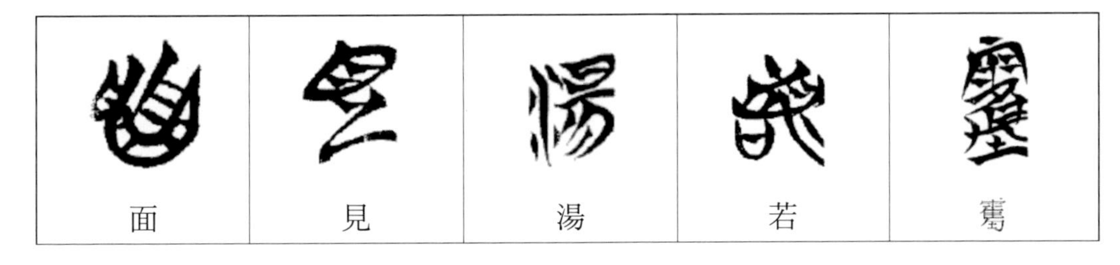

面	見	湯	若	䨲

〔註191〕李學勤主編；《十三經注疏》整理委員會整理：《周易注疏》，頁29。

〔註192〕（清）王先謙撰；沈嘯寰、王星賢點校：《荀子集解》，頁317。

〔註193〕（東漢）班固撰；（唐）顏師古注：《漢書》，頁2281。

 雨	 方	 奔	 之	 而
 鹿	 雁	 女		

原整理者：[雨/㲋]，从雨，㲋聲（參看單育辰：《談戰國文字中的「㲋」》，《簡帛》第三輯，上海古籍出版社，二〇〇八年，第二一～二八頁），疑讀為「濡」。《史記·刺客列傳》「鄉使政誠知其姊無濡忍之志」，司馬貞索隱：「濡，潤也。」「鹿」字形近於「」（睡虎地秦簡《日書》甲七五背）。雁，讀為「膺」。《楚辭·天問》「鹿何膺之」，王逸注：「膺，受也。」《楚辭·天問》「蓱號起雨，何以興之？撰體脅脅，鹿何膺之」，以鹿喻風神，呼應雨神蓱號。疑簡文也是以鹿喻風呼應上文的雨。〔註194〕

馬楠：[雨/㲋]从㲋得聲，可讀為溥，訓為大。雁讀為鷹。「方」用作副詞，表示正在，如《左傳》「國家方危，諸侯方貳」。「面見湯，若溥雨方奔之而鹿鷹焉」，「而」字或為衍文。與下文「見受若大岸將具崩方走去之」正相對應。〔註195〕

難言：从「雨」从「㲋」那字是「雹」字，簡文可能不通假為別字。〔註196〕

ee：「[雨＋㲋]雨」疑讀為「暴雨」。「鹿」字釋可疑，寫法也有訛誤，可能是「廌」或從「廌」的字。〔註197〕

正規的「廌」頭與「鹿」頭寫法並不一樣，單育辰已說：「雖然楚文字中『廌』頭與『鹿』頭常常混同，但 B 字的頭部作兩角交叉形，可參新蔡甲三

〔註194〕李學勤主編：《清華大學藏戰國竹簡（柒）》，頁97。

〔註195〕清華大學出土文獻讀書會（石小力整理）：〈清華七整理報告補正〉，清華網，2017年4月23日（2019年7月10日上網）。

〔註196〕見武漢網「簡帛論壇」〈清華七《子犯子餘》初讀〉1樓，2017年4月23日（2019年7月2日上網）。

〔註197〕見武漢網「簡帛論壇」〈清華七《子犯子餘》初讀〉6樓，2017年4月23日（2019年7月2日上網）。

401『 　』、上博三《周易》簡 51『 　』亦如此寫，它們大概是正規寫法的『鳸』頭」（參《由清華四〈別卦〉談上博四〈柬大王泊旱〉的「㢘」字》，《古文字研究》第三十一輯）原釋文中所謂的「鹿」明顯是先寫「鹿」頭，後發覺有誤，改為「鳸」，這種改筆的例子還可見上博八《志書乃言》中的「爯」字（參李松儒文），其字可隸定為「【鳸＋比】」，「比」形是否由鹿足演化而來尚不可知，但此字若從「比」聲，則應讀為「庇」，「雁」字怎麼讀尚不詳。〔註 198〕

金宇祥：原考釋認為這句話講湯征伐夷的情況，並引《孟子．滕文公下》為書證。此句原文作：「湯始征，自葛載，十一征而無敵於天下，東面而征西夷怨，南面而征北狄怨，曰『奚為後我？』民之望之，若大旱之望雨也。」原考釋未引最後一句「民之望之，若大旱之望雨也。」若簡文此句與湯征伐夷有關，在文獻中大旱望雨的情況常用「淫雨」或「霖雨」來形容。「暴雨」會造成災害，如《管子．小問》：「飄風暴雨為民害，涸旱為民患。」故原考釋的思路較佳，但「[雨＋㒵]」可考慮讀為「霧」，兩者為唇音，皆為合口三等侯部，見《楚辭．大招》：「霧雨淫淫，白皓膠只。」〔註 199〕

王寧：[雨＋㒵]這個字從「㒵」聲，「㒵」從「勹（伏）」聲，由此而言，這個字可能讀為「風」。「風」甲骨文皆假「鳳」為之，「風（鳳）」雖然是幫紐侵部字，但《說文》言「鳳」之古文「故以為朋黨字」，「勹（伏）」與「朋」音同並紐雙聲、職蒸對轉疊韻音近，因此這個從雨㒵聲的字很可能讀為「風」。甲骨文中「風」有從雨鳳聲的寫法（見《合》12817 正、《懷》239）。《管子．幼官（玄宮）》：「說行若風雨，發如雷電」；又《輕重甲》「發若雷霆，動若風雨」，言其行之疾速。ee 先生已經指出「鹿」有可能是「鳸」字，這個字很可能是「麌」或「麢」的一種寫法，「麌（或麢）雁」也許該讀為「響應」。那麼，此句很可能當讀為「若風雨方奔之而響應焉」，文意比較通達。〔註 200〕

〔註 198〕見武漢網「簡帛論壇」〈清華七《子犯子餘》初讀〉8 樓，2017 年 4 月 23 日（2019 年 7 月 2 日上網）。

〔註 199〕見武漢網「簡帛論壇」〈清華七《子犯子餘》初讀〉41 樓，2017 年 4 月 27 日（2019 年 7 月 2 日上網）。

〔註 200〕見武漢網「簡帛論壇」〈清華七《子犯子餘》初讀〉47 樓，2017 年 4 月 28 日（2019

明珍：〈越公其事〉簡 26 有「鹰」字作，字形的上部與下部結構皆與本篇字不同。故本篇的當從原考釋釋為「鹿」字，〈越公其事〉的為「鹰」字。甲骨「鹿」字有作（28334）、（28353）者，其特徵為下足近似「匕匕」形，「鹰」字作（05658 反）、（28420）則無此特徵。〔註 201〕

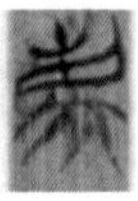

王寧：那個從雨梟聲的字，可能和《楚帛書》甲篇裡的「雹虘」（包犧、伏羲）的「雹」有關，也許是同一字的異體。〔註 202〕

王寧：「湯」後不當斷句，而應讀作「面見湯若霱雨」為句，「方奔之而鹿雁焉」為句，與簡 13 的「方走去之」句式略同，「方」當訓「並」，《漢書．揚雄傳上》：「方玉車之千乘」，顏注：「方，並也。」《揚雄傳上》又云：「雖方征僑與偓佺兮」，顏注：「方謂並行也。」《荀子．致士》：「莫不明通方起以尚盡矣」，楊注：「方起，并起。」「方奔」、「方走」即「並奔」、「並走」，也可以理解為「皆奔」、「皆走」。

「梟」字《廣韻》防無切，古音應該並紐魚部。但此字是從「勹」得聲，「勹」是「伏」或「匐」的初文，則「梟」古音當是讀若「伏」，即並紐職部。于省吾先生已經指出「匍匐二字係由象形的勹字附加甫和畐以為音符，遂發展為雙聲謰語」，「匍匐」二字蓋即「勹」之緩讀，大約是因為「匍」的緣故，「梟」隨之轉入魚部，所以馬楠先生認為讀「溥」，也是魚部。

此字又不能不讓人想到《楚帛書》甲篇中的「」字，關於此字諸家說法極多，現在一般的認為是「雹」字，文中的「雹虘」就是包犧、庖犧、炮犧、宓戲、虙犧、宓羲，通作伏羲，應該是對的，這個字當是傳抄古文中的「靁（雹）」之本字，楚文字中是從「勹」聲。

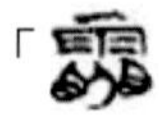

年 7 月 2 日上網）。

〔註 201〕見武漢網「簡帛論壇」〈清華七《子犯子餘》初讀〉54 樓，2017 年 5 月 1 日（2019 年 7 月 2 日上網）。

〔註 202〕見武漢網「簡帛論壇」〈清華七《子犯子餘》初讀〉55 樓，2017 年 5 月 1 日（2019 年 7 月 2 日上網）。

在這些字裡，「伏」并紐職部，「包」、「庖」、「炮」是幫紐、並紐幽部，「雹」是並紐覺部，「宓」（房六切）、「虙」都是並紐質部，這些字都是唇音字，屬於雙聲或旁紐雙聲，其中職部、覺部、質部都是入聲韻通轉，而幽部字則是陰聲韻，差距較大，很可能它本是如《楚帛書》作「雹」，後因為幽覺對轉的關係而轉為幽部的「包」、「庖」、「炮」等字。而「包」這個字可能本是從勹從子會意的，而後人認為是從「勹」聲，因此「勹」也隨之轉入幽部。

據此，《子犯子餘》中的這個從雨梟聲的字釋「雹」應該是正確的，但它和《楚帛書》甲篇裡的字形一樣，在先秦的古音一定是和「勹（伏）」音同或音近，因為「雹」這個名稱，很可能是來源於「冰」，《說文》：「雹，雨冰也。」《清異錄》卷上引《博學記》：「冰子，雹。」今江蘇、安徽、河北、上海等地一些方言裡，直接稱雹子是「冰」或「冰塊」，或「冰雹」連言，當為一物異名並舉。蓋雹本即天雨之冰，古人稱「冰」而又為示區別，破讀若音近的「伏」，故其字從雨勹（伏）聲；後「勹」轉入覺部又轉入幽部，「雹」也跟著從「包」聲轉入覺部了，這大概是秦漢時期才有的事情。看看《楚帛書》甲篇裡的「雹戲」之「雹」是從「勹（伏）」作，而在《莊子》、《商君書》、《文子》、《荀子》這些先秦的文獻裡都是作「伏羲」或「伏戲」，用「包」或從「包」的字都是秦漢的書，可為旁證。

在古書中可以看到「雨雹」（下雹子）的記載，但沒有說「雹雨」的，更見不到「若雹雨」或「如雹雨」這樣話，所以《子犯子餘》中從雨梟聲之「雹」不能依字讀，而應該讀為「風」。

甲骨文中「風」皆以「鳳」為之，「風（鳳）」雖然是幫紐侵部字，但《說文》言「鳳」之古文「故以為朋黨字」，《書・益稷》：「朋淫於家」，孫星衍《疏》：

> 「朋讀為風，放也。《說文》引《虞書》『堋淫于家』，蓋壁中古文借堋字。《後漢書・樂成靖王傳》安帝詔曰：『風淫于家。』」

是「風」與「朋」、「堋」通假。「鳳」用為「朋」，是因為它可以讀為「朋」聲，馬王堆漢墓帛書《十大經・成法》：「昔者皇天使馮（鳳）下道，一言而止。」《集成》注引原注：「馮，疑讀為鳳。故以鳳為上帝使者，殷墟卜辭有祭『帝史（使）鳳』之文。」「馮」當是「風」，《太平御覽》卷九引《河圖帝通紀》曰：「風者，天地之使。」又引《龍魚河圖》曰：「風者，天地之使也。」

《成法》顯然是以「馮」為「風」。《太平御覽》卷十一引《太公金匱》曰：「風伯名姨」，這個說法顯然是根據河伯名馮夷改造來的，把「馮」讀為「風」，「夷」也就是「姨」。「馮」、「朋」古音都是並紐蒸部字音同，此亦可證古或讀「風」為並紐蒸部字，所以古書以之假「朋」、「堋」，或以「馮」為「風」，故許慎所言有據。

「勹（伏）」與「朋」音同並紐雙聲、職蒸對轉疊韻音近，古書中亦有「伏」與「馮」通假之例，因此這個从雨凫聲的「雹」字本音「伏」而可讀為「風」。

「風雨」乃古書常見詞彙，說「若（或如）風雨」的話也很多，如：《管子・幼官（玄宮）》：「說行若風雨，發如雷電。」又《輕重甲》：「發若雷霆，動若風雨。」《淮南子・兵略》：「發如雷霆，疾如風雨。」《新序・善謀下》：「且匈奴者，輕疾悍前之兵也，……至不及圖，去不可追；來若風雨，解若收電。」均言行動之疾速。簡文言「面見湯若風雨」，謂像風雨一樣急速地去面見湯。

筆者曾認為 ee 先生的看法對，這個字很可能是「慶」或「鏖」的一種寫法，「慶（或鏖）雁」也許該讀為「響應」。現在看來還有進一步討論確認的餘地的，這個字應該是从鹿茍（敬）省聲，可能就是「慶」字的異構。其字形如下：

《子犯》11 [字形]

它上面的筆畫即不似「鹿」也不似「廌」，非常特別。同書《越公其事》中的「敬」字如下：

[字形] 簡 59、[字形]、[字形] 簡 53、[字形] 簡 58

對照可以看出，《子犯子餘》的所謂「鹿」字上面的筆畫其實就「茍（敬）」的頭部，中間的橫筆和「勹」形筆與「鹿」的筆畫重合或共用，所以這個字當分析為从鹿茍（敬）聲。「敬」是見紐耕部字，「慶」見紐陽部字，二字雙聲、耕陽對轉疊韻音近，古書里「荊」、「慶」通假，而「荊」、「敬」都是見紐耕部字，這個字从鹿敬聲，自可讀為「慶」，它很可能是「慶」的一種特殊寫法。

在簡文中「慶」當讀為「響應」，「響」、「慶」曉溪旁紐雙聲、同陽部疊韻；「應」從「雁」聲，雁均音近可通。「響應」一詞典籍習見，《文子・上義》：「發號行令而天下響應。」賈誼《過秦論》：「（陳涉）斬木為兵，揭竿為旗，天下雲合嚮應。」《春秋繁露・郊語》:「王者有明著之德行於世，則四方莫不嚮應，風化善於彼矣。」所以，這段簡文可能當讀為:「昔者成湯以神事山川，以德和民，四方夷莫后與人，面見湯若風雨，方奔之而嚮應焉。」

這樣文從字順，也比較容易理解。《藝文類聚》卷十一引《尚書中候》曰:「天乙（湯）在亳，諸鄰國襁負歸德」，說的也是這個事情。〔註 203〕

潘燈：清華簡七《子犯子餘》中「[illegible]雨」之「[illegible]」，或是「霍」的繁構，直接讀「霍」。宗福邦等《故訓匯纂》（商務印書館，2007 年）4598 頁「霍」字條：霍，鳥飛急疾貌也。《玉篇・隹部》。霍，倏忽急疾之貌也。《慧琳音義》卷十七「霍然」注引顧野王云。霍，疾貌也。《文選枚乘〈七發〉》「霍然病已」李善注。若把[illegible]釋為「霍」，訓為疾速貌，則句中「面見湯若（霍）雨」正如王寧先生所言「像風雨一樣急速地去面見湯」，可能字義會更為妥帖些。〔註 204〕

在荊州當地，形容雨大迅疾，至今還有「huǒ 地 huǒ 地下」的方言，[illegible]從霍音，與 huǒ 音近，此方言之字，或許即為[illegible]，似也可備一說。〔註 205〕

有天門朋友告之，他們當地形容疾風暴雨，就有「霍地霍地下」一說。〔註 206〕

林少平：從結構上看，筆者認為當作如下斷讀：昔者，成湯以神事山川，以悳（德）和民，四方巳（夷）莫，句與人面，見湯若[illegible]（濡）雨，方奔之，而鹿雁（膺）女（焉）。

從內容來看，此段主要是講成湯的「仁德」，正與下文講紂的「殘暴」形成對比。〔註 207〕

〔註 203〕王寧：〈清華簡七《子犯子餘》文字釋讀二則〉，武漢網，2017 年 5 月 2 日（2019 年 7 月 10 日上網）。

〔註 204〕見武漢網「簡帛論壇」〈清華七《子犯子餘》初讀〉60 樓，2017 年 5 月 3 日（2019 年 7 月 3 日上網）。

〔註 205〕見武漢網「簡帛論壇」〈清華七《子犯子餘》初讀〉61 樓，2017 年 5 月 3 日（2019 年 7 月 3 日上網）。

〔註 206〕見武漢網「簡帛論壇」〈清華七《子犯子餘》初讀〉62 樓，2017 年 5 月 3 日（2019 年 7 月 3 日上網）。

〔註 207〕林少平：〈清華簡所見成湯「網開三面」典故〉，復旦網，2017 年 5 月 3 日（2019

水之甘：「雨\皃雨」懷疑皃字為蒦的訛體，包山「皃莊」之皃下部寫的類似又形，懷疑二者有訛混，从蒦則可以讀為「雩」，雩於為祈雨。但字形上並不太好。〔註 208〕

lht：所說的是湯的事跡，用來說明「民心」「或易成」。湯用事奉鬼神的方式來事奉山川，用德來親和人民。對自己的臣民如此，對邊遠地區的少數民族也是如此，沒有先後之分。因此，凡是人見到湯，就像大雨正奔向大地而見又應和之一樣。因此最終能臨政九州而為之君。〔註 209〕

潘燈：雁我們直接讀「鷹」，在版主詮釋的基礎上，我們把全句暫理解為：以前成湯用事奉鬼神的方式來事奉山川地祇，用德來親和人民。周邊方國亦緊隨其後，無不效仿。眾人面見湯，就像疾風暴雨、鷹鹿飛奔一樣急著拜見。因此成湯最終能夠臨政九州，百姓都敬重他奉為聖君。關於「雹」字，雨下所從，在包山簡、曾侯乙簡和新蔡簡中都有出現，作：包文 183、曾 46、曾 86、曾 89、新乙四・76。肯定與雨有關，音義還有待進一步探究。〔註 210〕

簡帛網字形庫把包文 183、望 2・13 釋為「堆」。〔註 211〕

水墨翰林：「四方夷莫后與人面見湯若[雨＋皃]雨方奔之而鹿膺焉用果念政九州而命君之」斷句方式應為「四方夷莫后與人面見湯，若[雨＋皃]雨方奔之而鹿膺，焉用果念政九州而命君之。」其中的「[雨＋皃]雨方奔之而鹿膺」一句是大家爭論最多的地方。「[雨＋皃]」字結構清晰，但不能確定它到底是哪個字，寫的是哪個詞，其中的原因之一是對「方奔」與「鹿膺」這兩

年 7 月 16 日上網）。

〔註 208〕見武漢網「簡帛論壇」〈清華七《子犯子餘》初讀〉63 樓，2017 年 5 月 4 日（2019 年 7 月 3 日上網）。

〔註 209〕見武漢網「簡帛論壇」〈清華七《子犯子餘》初讀〉64 樓，2017 年 5 月 4 日（2019 年 7 月 3 日上網）。

〔註 210〕見武漢網「簡帛論壇」〈清華七《子犯子餘》初讀〉65 樓，2017 年 5 月 4 日（2019 年 7 月 3 日上網）。

〔註 211〕見武漢網「簡帛論壇」〈清華七《子犯子餘》初讀〉66 樓，2017 年 5 月 4 日（2019 年 7 月 3 日上網）。

個詞沒有搞清楚。實際上，我們認為「方奔」是一個雙聲連綿詞，「方」為幫母陽部字，「奔」乃幫母文部字，「方奔」一詞應讀為「滂渤／滂浡」，「方」通作「滂」自無問題，「渤／浡」為並母物部字，與「奔」相通音理也自無問題。「滂渤／滂浡」指氣勢勃發盛大，《後漢書．馮衍傳下》：「淚汍瀾而雨集兮，氣滂浡而雲披。」是此詞可用來形容雨勢之大之證。「方奔」也可能讀為「滂霈」，只不過「奔」與「霈」韻部不是太近，待考。整理者引《孟子．滕文公下》為書證，是合適的。但誠如金宇祥先生所言「原考釋未引最後一句『民之望之，若大旱之望雨也。』」實際上這最後一句也十分重要，對於我們正確理解「[雨＋lt]雨方奔之而鹿膺」十分有幫助。先秦典籍在講述先聖王宣教化，蠻夷歸之唯恐不及，而用比喻的方式來描寫這種歸附情形的例子很多，如《孟子．梁惠王》：「民歸之如水之就下，沛然誰能禦之。」簡文在此也應是用比喻的方式說明四方夷面見湯之情形。暴雨確實容易成災，但用暴雨來形容不可阻擋之勢也無不可。《藝文類聚》卷二引晉潘尼《苦雨賦》曰：「始蒙濊而徐墜，終滂霈而難禁。」是其證。「之」應是助詞而無實意。至於「鹿膺」當是何詞，現在不能遽定，其意當如「難擋」。「焉用」指哪裡用得著，如《左傳．僖公三十年》：「焉用亡鄭以陪鄰。」簡文前述湯以神事山川，以德和民，四方夷即來之，後反問哪裡用得著武力征伐，符合述理邏輯。〔註 212〕

蕭旭：「方奔之」與下文「方走去之」相對應，「而」非衍文。與，介詞，猶以也，用也。「人面」指人形面具，此四夷風俗。言四夷之人莫肯後人，戴著人形面具去朝見湯。某氏說「雨」讀為暴雨，是也，專字作「瀑雨」，指急疾之雨、大雨。《孟子．梁惠王下》：「民望之，若大旱之望雲霓也。」又《滕文公下》：「民之望之，若大旱之望雨也。」司馬相如《論難蜀父老書》「蓋聞中國有至仁焉，舉踵思慕，若枯旱之望雨」，亦用此典。簡文言民之望湯如大旱之望大雨也，狀其急迫、渴望之心，而不是狀其急速奔走。方，猶將也。「鹿」字是。「膺」是「鷹」古文（見《玉篇》），《說文》作「雁」，云：「雁，鳥也，从隹，瘖省聲，或从人，人亦聲。鷹，籀文从鳥。」俗字譌變從疒作癃、鷹。雁，讀為應。《詩．鹿鳴》：「呦呦鹿鳴，食野之苹。」毛傳：「興也。苹，萍

〔註 212〕見武漢網「簡帛論壇」〈清華七《子犯子餘》初讀〉67 樓，2017 年 5 月 4 日（2019 年 7 月 3 日上網）。

也。鹿得蓱，呦呦然鳴而相呼，懇誠發乎中，以興嘉樂賓客當有懇誠相招呼以成禮也。」簡文言湯至仁，四夷之人如大旱之望大雨，將奔走朝見湯，其往也，如鹿鳴之相呼應也。〔註 213〕

羅小虎：整理報告對這句話的理解可商。對 A 字（）的釋讀，應該考慮這個字下半部分的相關字形在楚簡中的辭例及用法。本文暫從單育辰先生所說，把這個字的下半看成「凫」字。所以對形的分析與整理報告相同。凫，並母魚部。懷疑可讀為並母藥部的「暴」（ee（單育辰）先生在第五樓發言亦已經提及）。楚系文字中，魚部與藥部的字可通。如《容成氏》「虍（下有口字）」通「虐」，前者為魚部字，後者為藥部字。「暴雨」一詞，古書多見。如《逸周書・月令解》：「行秋令則民大疫，疾風暴雨數至，藜莠蓬蒿並行。」方，正在、正當。奔，奔跑、急走。鹿，可看成是「麗」字形省，附著、依附。B 字（），疑為「膺」字形省，可讀為「蔭」。「膺」為影母蒸部，「蔭」為影母侵部，音近可通。蔭，蔭蔽。「鹿膺」，即「麗蔭」，依附於蔭蔽。《論衡・指瑞篇》：「夏后孔甲畋於首山，天雨晦冥，入於民家……夫孔甲之入民室也，偶遭雨而蔭蔽也。」此句與簡文在「遭雨而蔭蔽」這一點上有近似之處。結合上下文，這句話可以理解為：四方夷見到商湯，就如同下大雨正奔跑著避雨時，遇到蔭蔽並且依附之一樣。蹇叔說這句話，是為了形容商湯的德政，並以此與商紂的虐政相比較。〔註 214〕

水之甘：那個釋為「鹿」的字非常可疑，當成「麗」的省體的話，可能要讀為「灑」；當成「鹿」，則讀為「漉」，漉可以訓為「竭、涸」，「膺」為影母蒸部，訓為受。當然目前最好的看法讀為「慶膺」，《文選》：「昭哉世族，祥發慶膺。」李善注：「慶膺，猶膺慶也。」指接受福澤。〔註 215〕

子居：所謂「凫」字若按于省吾所說从勹，而勹「即伏之本字」，那麼勹

〔註 213〕蕭旭：〈清華簡（七）校補（一）〉，復旦網，2017 年 5 月 27 日（2019 年 7 月 16 日上網）。

〔註 214〕見武漢網「簡帛論壇」〈清華七《子犯子餘》初讀〉97 樓，2017 年 7 月 13 日（2019 年 7 月 3 日上網）。

〔註 215〕見武漢網「簡帛論壇」〈清華七《子犯子餘》初讀〉98 樓，2017 年 7 月 26 日（2019 年 7 月 3 日上網）。

字上古音為幽部字，伏為之部或職部字，則「鳬」字理論上自然也最有可能是幽部、之部或職部字，然而「鳬」卻是侯部字，此其一；若勹即伏之本字，那麼理論上從勹的字當多有伏義，然而除了于省吾所挑選出的匍匐外，幾乎找不出再有多少从勹為伏義的字，反倒是多有包義，甚至匍匐本身，因為按《說文》為「手行」，是四肢著地狀，因此同樣是一種抱的狀態，也即伏是一種特殊的抱，此其二；將「⿱雨鳬」讀為「濡」、「溥」、「雹」、「暴」等字，顯然是因為各人皆意識到了若「⿱雨鳬」从雨从鳬，沒有和「⿱雨鳬」直接對應的字可作釋讀，此其三。因此，筆者認為，既然並沒有直接證據證明勹「即伏之本字」，那麼否定這個說法才更值得考慮，若回到《說文》，則《說文・勹部》:「勹，裹也。象人曲形，有所包裹。」那麼勹形就沒必要別出新義，仍按原說理解為包才更為可取，由於甲骨文中縱書與橫書往往無別，因此豎寫的勹是抱，橫書似是以手觸地形的自然也仍是抱。以是，甲骨文从隹从勹的字，還有楚簡中从隹从匀的字，當皆即⿰鳥包字，⿰鳥包即鴇，雖然現在是瀕危物種，但在先秦時期由諸書可見，是很常見的鳥類。……《子犯子餘》篇此處也當以網友難言所說……為是。筆者且認為，「雹雨」當為「靈雨」之誤，《說文・雨部》:「靁，古文雹。」而春秋晚期《郘公鈚鐘》靈字作「」，胡厚宣《殷代的冰雹》文更是以甲骨文中「靈」、「雹」為一字。因此，無論二者是否曾為一字，「」都有被抄手誤為「靁」因而轉寫為「⿱雨鳬」的可能，類似於「豈」字被誤書為「豊」字的情況。《詩經・鄘風・定之方中》:「靈雨既零，命彼倌人，星言夙駕，說于桑田。」鄭箋：「靈，善也。」諸書皆記湯時曾大旱，所以此處將湯比喻為靈雨，《廣雅・釋詁》:「時，善也。」故時雨即靈雨，《孟子・梁惠王下》:「《書》曰：『湯一征，自葛始。』天下信之。『東面而征，西夷怨；南面而征，北狄怨。曰，奚為後我？』民望之，若大旱之望雲霓也。歸市者不止，耕者不變。誅其君而弔其民，若時雨降，民大悅。」《孟子・滕文公下》:「『湯始征，自葛載』，十一征而無敵於天下。東面而征，西夷怨；南面而征，北狄怨，曰：『奚為後我？』民之望之，若大旱之望雨也。歸市者弗止，芸者不變，誅其君，弔其民，如時雨降，民大悅。」皆同樣是以雨比湯。整理者隸定為「鹿」的字當是从倒矢从鹿，即麌字，網友 ee 提到的「麕」也是从倒矢得聲，麌即麔，《說文・鹿部》:「麔，大麋也。狗足。从鹿旨聲。麂，或从几。」故麌當可讀為「皆」。按全句用韻，此處的「雁」似當讀為「安」，《荀子・議兵》:「因

其民，襲其處，而百姓皆安。」[註216]

伊諾：我們從子居先生說，即將此句釋讀為：「四方巳（夷）莫句（後）與人，面見湯若䨵（靈）雨，方奔之，而虞（皆）雁（安）女（焉）」。[註217]

李宥婕：由「䨵雨方奔之」的「奔」可見「䨵雨」應該是大雨，故「霧雨」、「靈雨」暫不考慮。「濡雨」、「溥雨」、「雹雨」、「霍雨」在文獻中尚未見，似不辭。「[illegible]」字就字形上看从雨，臭聲。「臭」字甲金文从「隹」，「勹」聲，為幫紐幽部字，則可將「[illegible]」字視為幫紐幽部字。「暴」字為並母宵部字，「[illegible]」、「暴」二字聲音相近，故此處或可將「雨」釋為「暴雨」。「方」則可如字讀，解釋為正在，例如《詩．大雅．行葦》「方苞方體，維葉泥泥」孔穎達疏：「此葦方欲茂盛，方欲成體。」「之」字可解釋為句末助詞，無義。如《孟子．梁惠王上》：「七八月之間旱，則苗槁矣。天沛然下雨，則苗勃然興之矣。」「面見湯若䨵（暴）雨方奔之」可解釋為四方夷貊面見成湯之心如同暴雨驟奔，道出四方夷貊莫後與人而急於奔向成湯的渴望與氣勢。[註218]

故本篇的[illegible]當從原考釋為「鹿」。「鹿」可讀為「祿」，如銀雀山漢木竹簡《孫臏兵法．見威王》：「黃帝戰蜀（涿）祿（鹿）」其中可證「祿」、「鹿」可通假。《詩．大雅．既醉》：「天被爾祿」，即福也。「[illegible]雁」即「祿膺」。《文選》：「昭哉世族，祥發慶膺。」李善注：「慶膺，猶膺慶也。」指接受福澤。則「祿膺」即「膺祿」，《尚書．必命》：「三后協心，同底于道，道洽政治，澤潤生民，四夷左衽，罔不咸賴，予小子永膺多福。」「四方巳莫句與人，面見湯若䨵（濡）雨方奔之，而鹿雁（膺）女（焉）」則解釋為四方夷狄不想慢於人，面見成湯都如同大雨正驟奔般聲勢浩大，並且接受成湯的福澤。[註219]

金宇祥：「[illegible]雨」的[illegible]字，原考釋認為从雨臭聲可從，不過各家對於此

[註216] 子居：〈清華簡七《子犯子餘》韻讀〉，中國先秦史網站，2017年10月28日（2019年7月10日上網）。

[註217] 伊諾：〈清華柒《子犯子餘》集釋〉，復旦網，2018年1月18日（2019年7月9日上網）。

[註218] 李宥婕：《《清華大學藏戰國竹簡（柒）．子犯子餘》集釋》，頁109～110。

[註219] 李宥婕：《《清華大學藏戰國竹簡（柒）．子犯子餘》集釋》，頁114。

字的通讀看法不同。首先檢「雹雨」說，甲骨「雹」字作□（《合》07370），過去有學者或釋為「霽」、「霎」，沈建華指出此字應釋為「雹」，其云：「卜辭雹字用本義，最能說明問題的是《殷虛文字丙編》六十一即兩條對貞的卜辭：『癸未卜穷貞，𢆶□（雹）隹降囚？癸未卜穷貞，𢆶□（雹）不隹降囚？』與災咎聯繫的，當然絕不會是雨止的霽。」如沈建華所言，甲骨的「雹」明顯是一種致災的天氣現象，文獻中亦是如此，如《左傳・僖公二十九年》：「秋，大雨雹，為災也。」筆者於武漢大學簡帛研究中心網站論壇已指出此處與《孟子・滕文公下》：「民之望之，若大旱之望雨也。」有關，人民面見湯當是正面的敘述，不會以致災的「雹雨」來形容之，故此說不可從。

再檢「暴雨」說，如上述，此句主旨應是「大旱望雨」，而此說之失，筆者於武漢網論壇已有言，其後武漢網帳號「水墨翰林」引潘尼《苦雨賦》曰：「始蒙瀎而徐墜，終滂霈而難禁。」認為有以「暴雨」來形容不可阻擋之勢。但其說恐不恰當，此賦僅寫雨之形成及下雨之狀，表示久雨成淫之意，與《孟子・滕文公下》「民之望之，若大旱之望雨也。」所要表達之意相去甚遠。拙著〈談楚簡中特殊的「齊」字〉一文整理了先秦文獻雨和旱的關係，就文獻所記，若發生旱災，會以「時雨」或「淫雨」等詞，未見以「暴雨」來形容的。又《孟子・梁惠王下》：「民望之，若大旱之望雲霓也。」焦循云：

> 當其望也，雨猶未降，乃若時雨降也。《大戴禮・主言篇》云：「孔子曰：『明主之所征，必道之所廢也。』彼廢道而不行，然後誅其君，致弔其民，故曰明主之征也，猶時雨也，則民悅矣。」

從焦循和其所引《大戴禮記》可知，古人對於這類語境是以「時雨」而非「暴雨」來說明。

最後是原考釋之說，其說已引《史記》為證。而以下兩處書證亦可佐其說，《左傳・襄公十九年》：

> 季武子如晉拜師，晉侯享之。范宣子為政，賦〈黍苗〉。季武子興，再拜稽首曰：「小國之仰大國也，如百穀之仰膏雨焉！若常膏之，其天下輯睦，豈唯敝邑？」賦〈六月〉。

《國語・晉語四》：

> 明日宴，秦伯賦〈采菽〉，子餘使公子降拜。秦伯降辭。子餘曰：「君

> 以天子之命服命重耳，重耳敢有安志，敢不降拜？」成拜卒登，子餘使公子賦〈黍苗〉。子餘曰：「重耳之卬君也，若黍苗之卬陰雨也。若君實庇廕膏澤之，使能成嘉穀，薦在宗廟，君之力也。」

兩處皆引〈黍苗〉一詩來言其志，此詩出自《詩・小雅・黍苗》：「芃芃黍苗，陰雨膏之」鄭箋：「興者，喻天下之民如黍苗然，宣王能以恩澤育養之，亦如天之有陰雨之潤。」在以上兩處外交場合中，一處用以言小國對大國的關係，另一處言重耳和秦穆公的關係。「陰雨膏之」的「膏」字即有「潤澤」之意，原考釋「濡雨」的「濡」字與此意思相近，可備一說。但因「濡雨」一詞不見於先秦文獻，故此處將「⿱雨㒵」讀為「霧」，「⿱雨㒵」从雨㒵聲，「㒵」、「霧」同為脣音，皆為合口三等侯部，「霧雨」見《楚辭・大招》：「霧雨淫淫，白皓膠只。」「淫淫」，湯炳正認為是久雨不止貌。《爾雅・釋天》：「久雨謂之淫，淫謂之霖」又《說文解字》云：「霖，凡雨三日已往為霖。」其實單就「淫」字不能看出是好或壞，如《左傳・莊公十一年》：「天作淫雨，害於粢盛，若之何不弔？」即是害；《清華叁・說命中》簡4：「若天𣆀（旱），汝作淫雨。」此句是武丁對傅說所言，武丁把當時的政治情勢比喻為天旱，把傅說比喻為旱災時渴求連綿不斷的雨，這樣的比喻反映武丁求才若渴的心情，此即有益的淫雨。所以重點不在於下雨時間的長短，而在於下雨的時機，《清華柒・子犯子餘》此處當屬後者。

「 　雁」的 　字（後文以△表示），△字上半所从，學者有「鹿」、「廌」兩種說法。關於△字上半部，雖然楚簡「鹿」、「廌」頭有混同的現象，不過在本篇是可以區分二者的，原因是《清華柒》另一篇〈晉文公入於晉〉，與本篇〈子犯子餘〉為同一書手，〈晉文公入於晉〉簡7有一「麜」字作 　（上从「鹿」下从「彔」），上半「鹿」頭與△字上半有別，故△字上半應為「廌」頭。又「鹿／廌」作上半偏旁時有一種寫法與△字接近，此種寫法作： 　《包山》簡137「慶」字； 　《清華肆・筮法》簡61「廌」字、 　《清華肆・別卦》簡4「纏」字，三字頭部以外皆有所省略，並作類似「八」的兩撇筆。

另外，書手也有區分「鹿、廌」二字情況如： 　《清華陸・子儀》簡2「慶」字； 　《清華陸・子儀》簡16「廌」字，後一字原考釋趙平安釋為从

力、鹿聲，而對比同篇「慶」字上半，可知後一字應非「鹿」而是「廌」。但也有區分錯誤的情況，如：《上博六・天子建州乙》簡 10「鹿」字；《上博六・天子建州乙》簡 8「廌」字，此書手雖有區分二字，但前一「鹿」字卻寫作「廌」頭；後一「廌」字卻寫作「鹿」頭。還有不區分的情況，如：《上博五・鬼神之明》簡 6「鹿」字；《上博五・鬼神之明》簡 1「灋」字（廌字所从），前一字為「鹿」字無誤，但後一「灋」字所从的「廌」字卻寫跟前一「鹿」字相同。整理上述，楚簡「鹿」、「廌」頭混同的現象，以及書手的區分，這兩點可作為一般情形的參考，但還是要視實際情況去作判斷。

至於△字下半部，有從獸足演變而來的可能性存在，但「鹿／廌」的獸足寫法如：《上博八・成王既邦》簡 15、《上博九・靈王遂申》簡 5、《清華壹・楚居》簡 7、《曾侯》163（以上「鹿」字）；《上博一・緇衣》簡 5、《上博四・曹沫之陳》簡 14、《上博六・天子建州乙》簡 8、《清華柒・越公其事》簡 26（以上「廌」字），未見如△字下半那樣的寫法，又△字下半與楚簡「比」字（《清華壹・楚居》簡 1）十分相近，故下半應為「比」。△字應釋為「⿱廌比」，上从「廌」下从「比」。簡文「⿱廌比雁」，「⿱廌比」可讀為「庇」。「雁」可讀為「蔭」，聲紐同為影紐，韻部蒸侵旁轉。「庇蔭」一詞，可與《國語・晉語四》：「子餘曰：『重耳之卬君也，若黍苗之卬陰雨也。若君實庇蔭膏澤之，使能成嘉穀，薦在宗廟，君之力也。』」其中的「若君實庇蔭膏澤之」相參照。〔註 220〕

鼎倫謹案：首先，學者對於「⿱雨臱」的釋讀，眾說紛紜，筆者先列點整理如下：

1. 从雨，臱聲，讀為「濡」，釋為「潤」。（原整理者主之，林少平從之。）
2. 讀為「溥」，訓為「大」。（馬楠主之。）
3. 即是「雹」字。（難言主之，子居從之。）
4. 讀為「暴」。（ee 主之，羅小虎、李宥婕從之。）

〔註 220〕金宇祥：《戰國竹簡晉國史料研究》，頁 86～89。

5. 讀為「霧」。（金宇祥主之。）

6. 可能是「雹」的異體字，讀為「風」。（王寧主之。）

7. 為「霍」的繁構，讀為「霍」，訓作「疾速貌」。（潘燈主之。）

8. 是「蒦」的訛體，讀為「雩」，釋為「祈雨」。（水之甘主之。）

9. 讀為「瀑」。（蕭旭主之。）

10. 為「靈」之誤。（子居主之，伊諾從之。）

「」字如原整理者所云，為从雨鳧聲。「鳧」的甲骨文為「」（合集 14161 正），金文為「」（再毁 / 集成 03913）、「」（鳧叔盨 / 集成 04425），《說文新證》云：「从隹，乁（象人側面俯伏之形，即勹、伏的初文）聲，从隹與从鳥同。」〔註 221〕是以，觀察該疑難字下部从鳧，表聲符，「土」為羨符，「雨」為意符。這裡的文意為四方夷狄面見商湯十分急切，書手用「䨣雨奔之」來形容急切貌，和後文「大隓將具崩」的緊急之感形成對比。因此，「濡雨」（濕潤的雨）、「霧雨」（連綿不絕的雨）、「雩雨」（祈雨）、「靈雨」（善雨）等說法皆不考慮。另外，本篇已有「風」字作「」（簡 10），亦不考慮該疑難字讀作「風」。再者，觀察「雹」的甲骨文為「」（合集 7370），戰國文字為「」（帛甲・1・5），《說文解字》所收古文為「」，皆和此處寫法有別，再加上金宇祥認為人民面見湯當是正面的敘述，不會以致災的「雹雨」來形容之，此說可從。再如潘燈引「」（包山・2・183）、〔註 222〕「」（曾侯乙・46）、〔註 223〕「」（曾侯乙・86）、「」（曾侯乙・89）、「」（新乙四・76）為例，透過這個部件可推測的是，此字主要跟鳧聲有關係，而非從這裡得知跟雨有關係。潘燈認為可讀作「霍」，雖然「霍」的甲骨文作「」（合集 36784）金文作「」（叔男父匜 / 集成 10270），跟本疑難字相較而言，「霍」多了一

〔註 221〕季旭昇：《說文新證》，頁 233。

〔註 222〕《包山楚墓文字全編》將文例讀作「鳧公肱」。李守奎、賈連翔、馬楠編著：《包山楚墓文字全編》，頁 154。

〔註 223〕《曾侯乙墓竹簡文字編》將文例讀作「鳧旃」。張光裕、滕壬生、黃錫全主編：《曾侯乙墓竹簡文字編》（臺北：藝文印書館，1997 年），頁 186。

些「隹」形，「⿱雨匋」多了「匋」形，字形上有別，音韻上亦有別，所以不考慮讀作「霍」。關於「瀑雨」及「溥雨」在先秦文獻中未可見得，故不考慮。筆者認為該疑難字可從 ee 的說法，讀作「暴」，二字音韻接近，故可通假。「暴雨」指大而急的雨，如《管子・小匡》云：「時雨甘露不降，飄風暴雨數臻。五穀不蕃，六畜不育」，〔註 224〕現今我們在日常生活中亦常使用這語詞。而這裡是用「暴雨」來比喻四方夷狄急著奔向成湯的急切如同暴雨又急又快速一樣。

其次，學者對於「鹿」的釋讀，筆者先列點整理如下：

1. 讀作「鹿」，比喻風神（原整理者主之，明珍、林少平、蕭旭從之。）
2. 可能是「廌」或从「廌」的字，讀為「庇」（ee 主之。）
3. 从鹿茍（敬）省聲，可能是「慶」或「麠」的一種寫法，讀為「響」（王寧主之。）
4. 讀為「慶」，釋為「福澤」（水之甘主之。）
5. 「麗」字形省，釋為「附著、依附」（羅小虎主之。）
6. 从倒矢从鹿，即「麇」字，讀為「皆」（子居主之，伊諾從之。）
7. 讀作「祿」（李宥婕主之。）
8. 讀作「庇」（金宇祥主之。）

綜理學者們的說法，該疑難字的釋讀方法多由「鹿」、「廌」及「慶」等方向去推論思考。觀察「」的上形可能和「廌」形訛混，下方「比」形則和戰國文字常見「鹿」的「北」形寫法不同，倒是接近「鹿」秦篆的寫法。關於「鹿」字上形起初為角形，如「」（合集 10281）、「」（命簋／集成 04112），直到戰國文字角形簡化和「廌」頭形相似，《說文新證》云：「戰國文字雙角形漸漸簡化，遂似一角，而與『廌』頭不易區分矣。」〔註 225〕「廌」的甲骨文作「」（合集 5658 反）、「」（合集 28422），戰國文字作「」（包山・2・265）、「」（郭店・成之聞之・5）、「」（新甲 3・80）、「」（新甲 3・401），和本疑難字「」相較之下，如金宇祥所言該字上半為「廌」頭，本字上頭

〔註 224〕黎翔鳳撰；梁運華整理：《管子校注》，頁 426。

〔註 225〕季旭昇：《說文新證》，頁 744。

是常見「鹿」之混。另外，筆者收集甲骨文、金文、戰國時期（齊、楚、秦系）對於「鹿」部件的寫法，甚至再加上秦篆及隸楷的寫法，整理為表格如下：

	下形為「比」	下形為反「比」	下形為「北」
甲骨文	 （合集 10281）（鹿）  （甲 265）（鹿）  （戬 42・1）（鹿）	 （乙 1534）（鹿）  （京津 1494）（鹿）  （餘 12・3）（麋）	
金文	 （命簋／集成 04112）（鹿）  （貉子卣／集成 05409）（鹿）  （元年師旋簋／集成 04279）（麗）  （秦公簋／集成 04315）（慶）  （伯其父簠／集成 04581）（慶）		

戰國文字	齊系			 （古陶文 3 · 153）（鹿）  （古陶文 3 · 333）（鹿）  （古陶文 3 · 523）（鹿）  （古陶文 3 · 713）（鹿）
	秦系	 （石鼓 · 湯）（鹿）  （石鼓 · 湯）（麋）		
	楚系	 （本簡）  （曾侯乙 · 163）（麗）  （曾侯乙 · 164）（麗）  （曾侯乙 · 203）（麗）		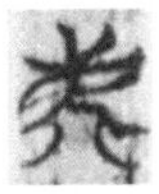 （包山 · 2 · 179）（鹿）  （包山 · 2 · 181）（鹿）  （包山 · 2 · 190）（鹿）  （上博二 · 容成氏）（鹿）

					 （上博二・容成氏）（鹿）  （上博五・鬼神之明融師有成氏）（鹿）  （上博六・天子建州（甲））（鹿）  （上博六・天子建州（乙））（鹿）  （上博八・有皇將起）（鹿）  （上博九・史蒥問於夫子）（鹿）  （清華壹・楚居）（鹿）  （清華陸・鄭文公問太伯（甲））（鹿）  （清華陸・鄭文公問太伯（乙））（鹿）

				（新甲 1 · 15）（麡） （清華壹 · 尹誥）（麗） （清華壹 · 楚居）（麗） （清華陸 · 子儀）（麗） （清華陸 · 子儀）（麗）
秦篆		（睡虎地 · 日甲 75 背 · 張）（鹿） （說文解字）（鹿） （說文解字）（儷） （陶彙 5 · 194）（麗） （說文解字）（麗）		

	（睡虎地・封 51・甲）（麋）		
隸楷	（西漢・一號墓木牌七・篆）（鹿） （西漢・武威簡・燕禮 31・篆）（麗） （西漢・老子乙前 172 下・篆・）（麋） （東漢・禮器碑・篆）（鹿）		

觀察上表後，甲骨文的「鹿」下部為「比」形及反「比」形寫法；金文則多為「比」形寫法；戰國齊系文字有「北」形寫法，戰國秦系文字則是「比」形寫法，楚系文字除了本簡及「麗」字為「比」形寫法之外，其他「鹿」字則是「北」形寫法；秦篆及隸楷則是「比」形寫法。由此可知，「鹿」下部部件的字形演變，在甲骨文及金文時常見「比」形寫法，到戰國時期除了秦系保留「比」形，大多的齊系及楚系則為「北」形的寫法，秦篆及隸楷則回到「比」形。

就字形上的特徵而言，筆者認為「」上部為「鹿」和「廌」訛混，疑似接近楚系的「」（新甲 3・401）（廌）上半；下半為「比」形，和「」（包山・2・253）、「」（包山・2・254）相同。金宇祥認為疑難字下半與楚簡「比」字「」（清華壹・楚居・1）十分相近，故下半應為「比」，此說可從。金宇祥認為該字上从「鳫」下从「比」，筆者則認為應上从「鹿」，下从「比」，在字形演變過程中實屬特別。筆者贊成 ee 及金宇祥的說法，讀作「庇」，可視為四方夷狄受成湯的庇佑及保護，並且此句文意為形容下大雨時急切奔走去尋求成湯的庇護及庇佑，如《墨子・公輸》云：「天雨，庇其閭中」，〔註 226〕《左傳・文公七年》云：「昭公將去羣公子，樂豫曰：『不可。公族，公室之枝葉也。若去之，則本根無所庇陰矣。』」〔註 227〕《詩經・大雅・雲漢》云：「赫赫炎炎，云我無所。」漢鄭玄箋：「熱氣大盛，人皆不堪，言我無所庇陰而處」，〔註 228〕可參。

其三，學者對於「雁」，的釋讀，筆者先列點整理如下：

1. 讀為「膺」，釋為「受」（原整理者主之，水之甘、李宥婕從之。）
2. 讀為「鷹」（馬楠主之，潘燈從之。）
3. 讀為「應」（王寧主之，lht、蕭旭從之）
4. 讀為「蔭」（羅小虎主之，金宇祥從之。）
5. 讀為「安」（子居主之，伊諾從之。）

「雁」从隹、从人，厂聲，戰國文字中有人形在厂形外的寫法，如「」（包山・2・165）、「」（包山・2・184），亦有人形在厂形內的寫法，如「」（包山・2・91），有時人形會再多加一撇，如「」（天卜），有時人形的長撇筆寫法會類化成短撇筆，如「」（新乙 2・11）、「」（新乙 3・22），戰國文字演變至最後，「厂」有時會寫成「广」：「」（包山・2・121）、「」（包山・2・122）、「」（包山・2・123），如《說文新證》云：「漢代文字『厂』聲訛作『广』形」。〔註 229〕本疑難字「」从隹、从人，广聲，讀為「蔭」。假如讀為「鷹」則於文意未安，並且本篇有「安」

〔註 226〕（清）孫詒讓撰；孫啟治點校：《墨子閒詁》，頁 488。

〔註 227〕李學勤主編；《十三經注疏》整理委員會整理：《春秋左傳正義》，頁 595。

〔註 228〕李學勤主編；《十三經注疏》整理委員會整理：《毛詩正義》，頁 1409。

〔註 229〕季旭昇：《說文新證》，頁 289。

的初文「」（簡 1），所以不考慮讀為「鷹」或「安」的說法。另外，「庇應」及「庇膺」於古籍未可見，所以筆者贊成羅小虎及金宇祥的說法，讀為「蔭」，金宇祥認為「䧹」可讀為「蔭」，聲紐同為影紐，韻部蒸侵旁轉，其說可從。和前面的「庇」連讀為「庇蔭」，如《國語・晉語九》云：「木有枝葉，猶庇蔭人，而況君子之學乎？」〔註 230〕《詩經・小雅・隰桑》云：「隰桑有阿，其葉有難」，漢鄭玄箋：「其葉又茂盛，可以庇廕人。」〔註 231〕可參，衍伸為受成湯的庇護或保護之意。

其四，關於「而方奔之」，馬楠認為「而」是衍文；蕭旭認為「而」不是衍文。馬楠認為「方」是副詞，表示「正在」；王寧將「方」訓為「並」；羅小虎釋為「正在」；水墨翰林將「方奔」視為雙聲連綿詞，讀作「滂渤／滂浡」。羅小虎將「奔」釋為「疾走」。筆者贊成蕭旭的說法，「而」不是衍文，認為「而」為連詞，表示承接，釋作「就」、「然後」，如《易經・繫辭下》云：「君子見幾而作，不俟終日。」〔註 232〕《論語・學而》云：「學而時習之，不亦說乎？」〔註 233〕《呂氏春秋・用民》云：「夫種麥而得麥，種稷而得稷，人不怪也。」〔註 234〕《公羊傳・莊公三十二年》云：「君親無將，將而誅焉。」〔註 235〕可參。另外，「方奔」二字不必另外通假，直接讀如本字。「方」如馬楠及羅小虎的說法，釋作「正在」。「奔」可釋為「直趨、投向」，如《史記・吳王濞列傳》云：「吳糧絕，卒飢，數挑戰，遂夜犇條侯壁，驚東南。」〔註 236〕並且「奔」在此有方向性，指四方夷奔向成湯，和後文殷邦之君子「方走去之」指逃離紂，兩者形成對比。

最後，「面見」為「親自見到」之意，如《尚書・立政》云：「謀面，用丕

〔註 230〕徐元誥撰；王樹民、沈長雲點校：《國語集解》，頁 446。

〔註 231〕李學勤主編；《十三經注疏》整理委員會整理：《毛詩正義》，頁 1082。

〔註 232〕李學勤主編；《十三經注疏》整理委員會整理：《周易注疏》，頁 363。

〔註 233〕李學勤主編；《十三經注疏》整理委員會整理：《論語注疏》，頁 1。

〔註 234〕許維遹撰；梁運華整理：《呂氏春秋集釋》，頁 523。

〔註 235〕李學勤主編；《十三經注疏》整理委員會整理：《春秋公羊傳注疏》，頁 217。

〔註 236〕（西漢）司馬遷撰；（南朝宋）裴駰集解；（唐）司馬貞索隱；（唐）張守節正義：《史記》，頁 1719。

訓德」，孔傳：「謀所面見之事，無疑，則能用大順德」，〔註 237〕《漢書・公孫劉田王楊蔡陳鄭傳・楊惲》云：「我親面見受詔，副帝肄，秺侯御。」〔註 238〕可參。綜上所述，本句可解讀作：「親自見到湯就像是下大雨正要奔走一樣急切，然後受到湯的庇蔭」。

〔十五〕用果念（臨）政【簡十一】九州而𩆜（均）君之。

用	果	念	政	九
州	而	𩆜	君	之

原整理者：用，裴學海《古書虛字集釋》（第九二頁）：「猶則也。」果，《國語・晉語三》「果喪其田」，韋昭注：「果猶竟也。」念，疑讀為「臨」。「念」在泥母侵部，「臨」在來母侵部，音近可通。臨，《穀梁傳》哀公七年「春秋有臨天下之言焉」，范甯注引徐乾曰：「臨者，撫有之也。」政，讀為「正」。《周禮・宰夫》「歲終則令羣吏正歲會」，鄭玄注：「正，猶定也。」𩆜，不識，疑讀為「承」，或讀為「烝」。《詩・文王有聲》「文王烝哉」，毛傳：「烝，君也。」〔註 239〕

程浩：整理報告從「蠅」的角度考慮將其讀為「承」，放在簡文中「承君之後世」還是比較通達的。〔註 240〕

ee：「念政」原讀為「臨政」，按此句「念」應與清華一《保訓》簡 3：「恐弗念終」之「念」義應近，《保訓》之「念」有讀為「堪」者，此處或亦然，不

〔註 237〕李學勤主編；《十三經注疏》整理委員會整理：《尚書正義》，頁 552。

〔註 238〕（東漢）班固撰；（唐）顏師古注：《漢書》，頁 2891。

〔註 239〕李學勤主編：《清華大學藏戰國竹簡（柒）》，頁 97～98。

〔註 240〕程浩：〈清華簡第七輯整理報告拾遺〉，清華網，2017 年 4 月 23 日（2019 年 7 月 15 日上網）。此文也發表於李學勤主編：《出土文獻》（第十輯）（上海：中西書局，2017 年 4 月），頁 134～135。

過讀為「勘」也通。〔註 241〕

趙嘉仁：「果」應該就訓為「果敢」、「果決」。〔註 242〕

陳斯鵬：整理者注前者引裴學海《古書虛字集釋》云：「猶則也。」然檢裴書該條所引書證，如《尚書．盤庚》「今我民用蕩析離居，罔有定極」，《尚書．立政》「其在商邑，用協于厥邑。其在四方，用丕式見德」等，句式與簡文實不相類。值得注意的是，裴氏引《尚書．微子》：「我祖厎遂陳于上，我用沈酗于酒，用亂敗厥德于下。」他認為「猶則也」的是上一個「用」，而特別說明：「下『用』字訓『以』。」仔細體味，這下一個「用」才與簡文的「用」字用法相同，應該是一個表結果的連詞，可譯作「於是……」。……簡文「用果念政（正／征）九州而寷君之」大意是，（成湯有道）於是果能征服九州而為天下君主。〔註 243〕

王寧：《趙簡子》中「[宀、䵶、廾]將軍」的从宀、䵶、廾的字恐怕就是崇尚之「尚」的後起字，讀為「上」。清華 6《管仲》簡 16 中有「[䵶＋甘]天下之邦君」，「[䵶＋甘]」的字應該是「嘗」的或體，也該讀為「上」。《子犯子餘》中「[宀䵶甘]君」，「君」前一字當是从宀嘗聲，恐怕也該讀「上君」。「上將軍」、「上君」二詞古書習見。〔註 244〕

ee：《趙簡子》簡 1「趙柬簡子既受[宀／䵶／廾]將軍，在朝」、《趙簡子》簡 2「今吾子既為[宀／䵶／廾]將軍已」，「[宀／䵶／廾]」應該與「[䵶＋曰]」為一字，如本篇《子犯子餘》簡 2「用果念政【11】九州，而[宀＋䵶＋曰]君之後世」，亦加「宀」。「[䵶＋曰]」字已經出現多次，我一直懷疑是「貴」字，主要是郭店《窮達以時》簡 7「百里轉鬻五羊，為伯牧牛，釋鞭箠而為「[䵶＋曰]」卿，遇秦穆。」可參《韓非子．六微》：「共立少見愛幸，長為貴卿」、上博五《鮑叔牙與隰朋之諫》簡 5+6：「而欲【5】知萬乘之邦而貴尹。」從

〔註 241〕見武漢網「簡帛論壇」〈清華七《子犯子餘》初讀〉6 樓，2017 年 4 月 23 日（2019 年 7 月 3 日上網）。

〔註 242〕趙嘉仁：〈讀清華簡（七）散札（草稿）〉，復旦大學出土文獻與古文字研究中心網學術討論區，2017 年 4 月 24 日（2019 年 7 月 15 日上網）。

〔註 243〕陳斯鵬：〈清華大學所藏戰國竹書（柒）虛詞札記〉，頁 5。

〔註 244〕見武漢網「簡帛論壇」〈清華七《子犯子餘》初讀〉15 樓，2017 年 4 月 24 日（2019 年 7 月 3 日上網）。

文例上看，「[黽＋曰]」有可一定能是「貴」。「[黽＋曰]」可能不是形聲字，而是會意字，象「龜」加「口」（《趙簡子》則加「廾」）會「貴」義，遣策中的「[黽＋曰]」則讀為「繢（繪）」，但釋「貴」尚無決定性證據。〔註 245〕

心包：「堪」字從 ee 老師讀，「政」似讀為「定」好一些。〔註 246〕

厚予：「九州」後可點斷，「[宀＋黽＋甘]」可讀為「黽」，勉也。〔註 247〕

劉偉浠：該字習作[illegible]，主要見於包山簡牘、天星觀楚簡、信陽楚簡、郭店楚簡等。百里轉鬻五羊，為伯牧牛，釋板桎以為[illegible]卿，遇秦穆。（郭店《窮達以時》7）學者對[illegible]字形和意義認定有別，字形隸定或从黽从日，或从黽从甘，或从龜从甘。郭店簡整理者隸定為[illegible]，讀為「朝」。裘錫圭先生認為从黽得聲，「黽卿」可讀為「名卿」。馮勝君先生認為从龜得聲，古籍中「龜」常與「皸」通假，而「皸」从軍得聲，「黽卿」可讀為「軍卿」。禤健聰先生釋為从甘，龜得聲，古音近讀為「耆」，為百里奚七十歲始為秦卿。若[illegible]與[illegible]為同一字的話，依禤健聰先生可讀為「耆」，訓「強大」，《廣雅．釋詁一》：「耆，強也。」此意云使君的後代強大起來。〔註 248〕

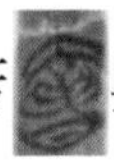

雲間：莊子天運，命冥相諧。黽冥可通。用果念政九州，而命君之後世。〔註 249〕

明珍：[illegible]讀「竈」，用法與金文「竈囿四方」近同，或讀為「造」，始也。〔註 250〕

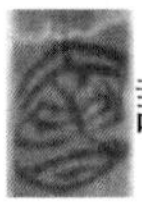

〔註 245〕見武漢網「簡帛論壇」〈清華七《趙簡子》初讀〉7 樓，2017 年 4 月 25 日（2019 年 7 月 3 日上網）。

〔註 246〕見武漢網「簡帛論壇」〈清華七《子犯子餘》初讀〉17 樓，2017 年 4 月 24 日（2019 年 7 月 3 日上網）。

〔註 247〕見武漢網「簡帛論壇」〈清華七《子犯子餘》初讀〉19 樓，2017 年 4 月 24 日（2019 年 7 月 3 日上網）。

〔註 248〕見武漢網「簡帛論壇」〈清華七《子犯子餘》初讀〉26 樓，2017 年 4 月 25 日（2019 年 7 月 3 日上網）。

〔註 249〕見武漢網「簡帛論壇」〈清華七《子犯子餘》初讀〉27 樓，2017 年 4 月 25 日（2019 年 7 月 3 日上網）。

〔註 250〕見武漢網「簡帛論壇」〈清華七《趙簡子》初讀〉11 樓，2017 年 4 月 26 日（2019 年 7 月 3 日上網）。

lht：(「[宀＋嘗]」）還是讀為尊吧，尊與君同義。〔註 251〕

王寧：這裡面的古文字形（「 」)，從文意上看，讀為「上」文從字順，「上將軍」、「上君」都是先秦兩漢古書里習見的詞語。「上君」在傳世文獻中相當於「聖君」、「明君」，如:《晏子春秋・問上》:「上君全善，其次出入焉，其次結邪而羞問。」《荀子・王制》:「孔子曰：『大節是也，小節是也，上君也；大節是也，小節一出焉，一入焉，中君也；大節非也，小節雖是也，吾無觀其餘矣。』」《韓非子・用人》:「故上君明而少怒，下盡忠而少罪。」又《外儲說左下》:「吾聞上君所與居，皆其所畏也；中君之所與居，皆其所愛也；下君之所與居，皆其所侮也。」又《八經》:「下君盡己之能，中君盡人之力，上君盡人之智。」《子犯子餘》中「上君」用為動詞，「之」猶「于（於）」也，「上君之後世」即「上君於後世」，於後世被稱為上君之意。《子犯子餘》中的字當分析為从宀嘗聲，由聲求之，很可能是敞開之「敞」的專字，表示房屋敞開之意，故从宀會意，亦即後來的「廠」字。《集韻・上聲六・三十六養》:「敞，《說文》:『平治高土可以遠望也。』一曰開也，露也。」又云:「廠，屋無壁也。」《廣韻・上聲・養韻》:「廠，露舍也。」「敞」有「開」、「露」義，屋無壁則開露，所謂「露舍」。「敞」、「廠」與「嘗」、「尚」、「上」音昌禪旁紐雙聲、同陽部疊韻，讀音相近，故亦可用為「上」。〔註 252〕

王寧：「尚（常）」可能是古人對釘皮的一種稱謂，今言「上鞋」、「掌鞋」應該就是此語，字書裡作「鞝」或「緔」。則信陽簡中的「鞔屨，紫韋之納，紛（粉）純，紛（粉）[黽＋甘]」的「[黽＋甘]」字可能也就是漢簡中鞋名「尚（常）韋」的「尚」或「常」，這裡用為名詞，是指屨上釘的皮（可能是底也可能是幫）。車馬具上的這個字也有可能讀為「尚」，是指用皮革釘成的或加釘了皮革。若此說還算合理，則[黽＋甘]字釋「嘗」讀為「尚」或「上」應可備一說，當然正確與否，還可進一步討論。〔註 253〕

〔註 251〕見武漢網「簡帛論壇」〈清華七《子犯子餘》初讀〉38 樓，2017 年 4 月 27 日（2019 年 7 月 3 日上網）。

〔註 252〕王寧：〈釋楚簡文字中讀為「上」的「嘗」〉，復旦網，2017 年 4 月 27 日（2019 年 7 月 17 日上網）。

〔註 253〕見武漢網「簡帛論壇」〈清華七《子犯子餘》初讀〉44 樓，2017 年 4 月 27 日（2019 年 7 月 3 日上網）。

張崇禮：[黽＋甘]當為蜩字初文，下部甘像蟬的腹部。鼂即朝旦字，旦表意，其聲旁黽應即蜩字。郭店簡、清華簡《管仲》和此處簡文應讀朝，其他簡文讀如與綢字音近義通的字。〔註 254〕

陳偉：我們懷疑此字應如楊蒙生先生所說，是从「黽」得聲，讀為「命」。……「命」則是命令義，「命君」猶命令、君臨。〔註 255〕

陳治軍：「政」不必改釋為「正」。可讀作「用果，臨政九州而朕君之。」意是用這樣的方法結果則可臨政九州而君臨天下。〔註 256〕

汗天山：《子犯子餘》11～12 號簡：（成湯）用果念政九州而～君之。若將～字看作與《趙簡子》1、2 號簡之字同字的話，則《子犯子餘》篇或可讀為「主君」，為同義連用。〔註 257〕

陳偉：《古書虛字集釋》「用」之訓「則」，存在質疑。簡文「用」，恐當訓為「乃」，於是義。念，疑當讀為「咸」或「奄」，皆、盡義。政，在讀為「正」之外，也可能讀為「征」。《孟子·滕文公下》：「湯始征，自葛載。十一征而無敵于天下。東面而征，西夷怨；南面而征，北狄怨，曰：『奚為後我？』」《叔夷鐘》銘「（成唐）咸有九州」，《詩·商頌·玄鳥》「（湯）奄有九有」，可參看。〔註 258〕

jdskxb：關於此字有多位學者論及，包括大家少引的蘇建洲、譚生力、張峰等先生文章，我覺得還是从龜要好。《子犯》簡 11～12：「用果念（臨？）政（正）11 九州而[illegible]君之。」「用」為「於是」的意思（陳偉先生已有說）。[illegible]當讀為「久」（均屬見母之部）〔註 259〕

〔註 254〕見武漢網「簡帛論壇」〈清華七《子犯子餘》初讀〉45 樓，2017 年 4 月 27 日（2019 年 7 月 3 日上網）。

〔註 255〕陳偉：〈也說楚簡從「黽」之字〉，武漢網，2017 年 4 月 29 日（2019 年 7 月 10 日上網）。

〔註 256〕陳治軍：〈清華簡〈趙簡子〉中從「黽」字釋例〉，復旦網，2017 年 4 月 29 日（2019 年 7 月 17 日上網）。

〔註 257〕見武漢網「簡帛論壇」〈清華七《趙簡子》初讀〉17 樓，2017 年 5 月 1 日（2019 年 7 月 3 日上網）。

〔註 258〕陳偉：〈清華七《子犯子餘》校讀（續）〉，武漢網，2017 年 5 月 1 日（2019 年 7 月 10 日上網）。

〔註 259〕見武漢網「簡帛論壇」〈清華七《子犯子餘》初讀〉59 樓，2017 年 5 月 3 日（2019

lht：所說的是湯的事跡，用來說明「民心」「或易成」。湯用事奉鬼神的方式來事奉山川，用德來親和人民。對自己的臣民如此，對邊遠地區的少數民族也是如此，沒有先後之分。因此，凡是人見到湯，就像大雨正奔向大地而見又應和之一樣。因此最終能臨政九州而為之君。整理者把「𩂣」讀為「承」，又讀為「烝」，引《詩．大雅．文王有聲》「文王烝哉」，毛傳：「烝，君也。」這是把「𩂣」、「君」看作同義詞。我們認為這種看法是正確的。因此在確定「𩂣」字如何解讀之前，需要先搞清楚「君」字的詞性和用法。《孟子．公孫丑上》：「得百里之地而君之，皆能以朝諸侯、有天下。行一不義，殺一不辜而得天下，皆不為也。」趙岐注：「此三人君國，皆能使鄰國諸侯尊敬其德而朝之。」「念（臨）政九州而𩂣君之。」與《公孫丑上》「得百里之地而君之」文例相近，二「君之」用法應該相同。《公孫丑上》「君」之賓語為方圓百里之國，則「君」之賓語應為「九州」，指天下，《史記．平原君列傳》「湯以七十里之地而王天下」是也。〔註260〕

潘燈：在版主詮釋的基礎上，我們把全句暫理解為：以前成湯用事奉鬼神的方式來事奉山川地祇，用德來親和人民。周邊方國亦緊隨其後，無不效仿。眾人面見湯，就像疾風暴雨、鷹鹿飛奔一樣急著拜見。因此成湯最終能夠臨政九州，百姓都敬重他奉為聖君。〔註261〕

水墨翰林：「四方夷莫后與人面見湯若[雨＋皃]雨方奔之而鹿膺焉用果念政九州而命君之」斷句方式應為「四方夷莫后與人面見湯，若[雨＋皃]雨方奔之而鹿膺，焉用果念政九州而命君之。」〔註262〕

林少平：明珍先生以為此等字例當从鼄得聲，讀為「箠」，訓作「副」。筆者以為可信。「副」，《廣韻》：「佐也。」又《爾雅．釋詁》注：「副者，次長之稱。」「倅」，《說文》：「副也。」可知，古文「副」、「倅」皆有「佐」義。「（成

年7月3日上網）。

〔註260〕見武漢網「簡帛論壇」〈清華七《子犯子餘》初讀〉64樓，2017年5月4日（2019年7月3日上網）。

〔註261〕見武漢網「簡帛論壇」〈清華七《子犯子餘》初讀〉65樓，2017年5月4日（2019年7月3日上網）。

〔註262〕見武漢網「簡帛論壇」〈清華七《子犯子餘》初讀〉67樓，2017年5月4日（2019年7月3日上網）。

湯）用果念政九州而寵君之。」即「（成湯）以『果念』正九州而佐其君之。」〔註 263〕

水之甘：那還不如直讀君，君君。〔註 264〕

蕭旭：「果」字整理者說是，猶終也。「用」字、「政」字陳偉說是。念，讀為𢦏，字亦作戡、堪，亦征伐義，與「政（征）」同義連文。《書・西伯戡黎》：「西伯既戡黎。」《釋文》：「戡，音堪，《說文》作『𢦏』，云『殺也』，以此。戡訓刺，音竹甚反。」清華簡（一）《耆夜》：「武王八年，延（征）伐䢐（耆），大𢦏之。」《爾雅》：「堪，勝也。」郭璞注引《書》作「堪黎」。《左傳・昭公二十一年》：「王心弗堪。」《漢書・五行志》作「𢦏」，孟康曰：「𢦏，古堪字。」㝈，圖版作「[illegible]」，說法甚多，皆未洽，待考。〔註 265〕

心包：應從整理者說，讀為「臨政（正）」。〔註 266〕

林少平：（「[illegible]」）「龕」，古文亦同「戡」。《揚子・重黎篇》：「劉龕南陽。」注：「取也。與戡同。」如此，讀作「戡」，似乎要優於「臨」。〔註 267〕

lht：把「念」讀為「臨」可從，「政」讀如本字即可。「臨政」一詞古書習見。《左傳》襄公二十六年：「夙興夜寐，朝夕臨政，此以知其恤民也。」《管子・正》：「廢私立公，能舉人乎？臨政官民，能後其身乎？」「臨政九州」與《墨子・節用上》「為政一國」、「為政天下」意思相當。用從「今」聲之「念」表示「臨」，可以佐證「[illegible]」是「臨」字異體的觀點。〔註 268〕

〔註 263〕林少平：〈也說清華簡《趙簡子》从黽字〉，復旦網，2017 年 5 月 10 日（2019 年 7 月 17 日上網）。

〔註 264〕見武漢網「簡帛論壇」〈清華七《子犯子餘》初讀〉71 樓，2017 年 5 月 12 日（2019 年 7 月 3 日上網）。

〔註 265〕蕭旭：〈清華簡（七）校補（一）〉，復旦網，2017 年 5 月 27 日（2019 年 7 月 16 日上網）。

〔註 266〕見武漢網「簡帛論壇」〈清華七《子犯子餘》初讀〉74 樓，2017 年 6 月 3 日（2019 年 7 月 3 日上網）。

〔註 267〕見武漢網「簡帛論壇」〈清華七《子犯子餘》初讀〉82 樓，2017 年 6 月 27 日（2019 年 7 月 3 日上網）。

〔註 268〕見武漢網「簡帛論壇」〈清華七《子犯子餘》初讀〉90 樓，2017 年 7 月 1 日（2019

羅小虎：用，可理解為「於是」、「所以」，表示結果。《書．益稷》：「朋淫於家，用殄厥世。」〔註 269〕

《子犯子余》中的「用果念政九州而命君之」，陳偉先生認為，「『命』為『命令』之義，『命君』猶命令、君臨，『命天下』即號令天下。」此說似可商榷。從傳世文獻上看，有「受命」一詞，其語義雖然煩雜，但大致有二：一是受君命，指臣子而言。如「命卿」、「命將軍」等。一是指受天命，指君主而言。如：《尚書．商書．咸有一德》：「惟尹躬暨湯，咸有一德，克享天心，受天明命，以有九有之師，爰革夏正。」《禮記．表記》子曰：「唯天子受命於天，士受命於君。」《淮南子．精神訓》：「我受命於天，竭力而勞萬民，生寄也，死歸也，何足以滑和？」《呂氏春秋．恃君覽》：「禹仰視天而歎曰：『吾受命於天，竭力以養人。』」所以，《子犯子余》簡 12 中的「命君」，應當理解為「天命之君」、或者「受天命之君」，在這個句子中作為名詞性結構而用為動詞。整句話應該理解為，所以湯最終臨政九州而做了他們的天命之君。〔註 270〕

此字（「」）當讀為「命」，命君，意思為「天命之君」或「受天命之君」，此處用為動詞。命君之，作他們的天命之君。〔註 271〕

孟蓬生：「念政」即傳世文獻之「奄征」。此句話可以試讀為「（成湯）用果念（奄）政九州而終君之」，意謂成湯果然大舉征伐九州並最終君臨天下。郭店簡《成之聞之》：「君子曰：『唯有其恆而可，能終之為難。』『槁木三年，不必為邦旗』曷，言䨪之也。」「䨪」似即上文之「終」。〔註 272〕

年 7 月 3 日上網）。

〔註 269〕見武漢網「簡帛論壇」〈清華七《子犯子餘》初讀〉92 樓，2017 年 7 月 2 日（2019 年 7 月 3 日上網）。

〔註 270〕見武漢網「簡帛論壇」〈清華七《趙簡子》初讀〉69 樓，2017 年 7 月 7 日（2019 年 7 月 3 日上網）。

〔註 271〕見武漢網「簡帛論壇」〈清華七《子犯子餘》初讀〉99 樓，2017 年 7 月 30 日（2019 年 7 月 3 日上網）。

〔註 272〕孟蓬生：〈楚簡从「黽」之字音釋——兼論「蠅」字的前上古音〉《第三屆出土文獻與上古漢語研究（簡帛專題）學術研討會論文集》（北京：中央社會科學院，2017 年 8 月），頁 110。

子居：「用」當訓為「因此」。念當讀為𢦏，「念政」即「戡征」，馬王堆帛書《黃帝書・經法》：「逆節始生，慎毋戡征，彼且自抵其刑。」即其辭例。寍或即「定」字異體，讀為「正」，《孟子・離婁上》：「君義莫不義，君正莫不正，一正君而國定矣。」《說苑・建本》：「有正春者無亂秋，有正君者無危國。」皆為「正君」辭例，只不過《子犯子餘》此處的「正君」是名詞動用。〔註273〕

袁證：諸位學者所訓乃、於是、因此等，含義基本相同，皆可從。〔註274〕

李宥婕：「用」字從陳斯鵬先生、陳偉先生、袁證先生說法，當訓為「乃」，表結果的連詞，可譯作「於是……」。「果」字整理者釋為「竟」。即「終」也。解惠全《古書虛詞通解》中提到此用法與「果」作表態副詞，指凡先事豫期，後來事實竟相符應的用法相去不遠，其來源亦相同。如《史記・殷本紀》：「武丁夜夢得聖人，名曰說。以夢所見視群臣百吏，皆非也。於是乃使百工營求之野，得說於傅險中。是時說為胥靡，筑於傅險。見於武丁，武丁曰是也。得而與之語，果聖人，舉以為相，殷國大治。」此處不如解釋為「果然」，則順承前文因為成湯以德和民，四方夷競相奔之，於是果然能征服九州統治之。「念」字則從陳偉之說讀為「咸」。「念」字屬侵韻見母，「咸」字屬侵韻匣母，兩字聲音接近。「政」可通假為「征」，例如《阜陽・頤》：「六二，奠（顛）頤，弗（拂）經・于丘頤，政（征）兇（凶）。」傳世文獻本有「奄征」一詞，如《左傳・襄公十三年》：「君命以共，若之何毀之，赫赫楚國，而君臨之，撫有蠻夷，奄征南海，以屬諸夏，而知其過，可不謂共乎。」「奄」，皆、盡義。故「念（咸）征」應與「奄征」意同。「寍」字說法大致可分為从「黽」聲、从「龜」聲兩種。楚文字常見「」一類的字形，研究者的看法非常分歧，劉洪濤先生曾作過總結，其說如下：「䵷卿」之「䵷」，《郭店》145 頁釋文讀為「朝」，應該是把它看作「鼂」字異體。很多學者已經指出，此字从「黽」从「甘」（或釋作「曰」），不从「旦」或「日」，因此不可能是「鼂」字異體。楷書作為偏旁的「黽」至少有四種來源：（1）一種鼃類動物的象形，如「鼃」、「鼆」、「鼀」、「鼁」等字所從；（2）一種龜類動物的象形，如「鼈」、「鼈」、「鼂」、「鼉」等字所從；（3）

〔註273〕子居：〈清華簡七《子犯子餘》韻讀〉，中國先秦史網站，2017年10月28日（2019年7月10日上網）。

〔註274〕袁證：《清華簡《子犯子餘》等三篇集釋及若干問題研究》，頁33。

一種黽鼃類昆蟲的象形，如「鼅」、「鼄」等字所從；（4）蒼蠅的象形，如「蠅」、「繩」等字所從。第（1）種來源即今天的「黽」字。第（2）種來源即今天的「龜」字，只是由原來寫作側視龜形變為正面俯視龜形，才與「黽」字混同。《說文》「龜」字古文即此種寫法，可以釋寫作「龜」。楚文字中用為「龜」的所謂「黽」其實就是正面俯視寫法的「龜」字，並非「黽」字。第（3）、（4）兩種來源之字則僅保存在上述形聲字中，只能依稀看到它們曾經獨立成字的影子。何琳儀先生、裘錫圭先生、宋華強先生等認為是第（1）種來源即「黽」字，裘先生把本篇「𪓐卿」讀為「名卿」，宋先生讀為「命卿」。馮勝君先生、禤健聰先生根據楚文字可以確認的「龜」字與本篇「𪓐」所從之「黽」寫法相同，認為是第（2）種來源，馮先生把「𪓐卿」讀為「軍卿」，禤先生讀為「耆卿」。李家浩師、李守奎先生、劉國勝先生等認為是第（4）種來源，把一部分「𪓐」字及「繩」字釋為或讀為繩索之「繩」。宋華強先生後來放棄前說，改從第（4）種來源之說。按楚文字中可以確認用為「龜」的字全都作「黽」，不从「甘」。根據這種現象，我們認為「𪓐」應該是「黽」字的異體。古文字「甘」旁常用作羨符，可加也可不加，但是作為「黽」字異體的「𪓐」之所以一定要加羨符「甘」，大概是為了跟寫作「黽」形的「龜」字區別開來。蘇師建洲則認為楚簡「蠅」或「繩」字都從「興」旁，如「蠅」作（《上博一・孔子詩論》28）、《清華一・皇門》11「是緆（陽）是繏（繩）」、《清華三・芮良夫》19「約結繏（繩）剸（斷）」。更直接的例證是左塚漆梮既有「」，研究者或釋為「繩德」。但還有「」，此字無疑是「繩」字，這也證明「」不可能是「蠅」或是「蠅」、「繩」等字所从。那「」能否考慮為从「竈」得聲？戰國文字的「竈」字有兩種寫法，一是寫作从「告（造）」得聲，見於齊系文字陳麗子戈、莒公孫潮子編鎛、編鐘等均作「窖」。另一種是沿襲金文从「黿（秋）」得聲，如秦系、三晉系的「竈」均寫作从「黽」。這兩種寫法從不在同一文字系統中出現，如後者均不從「告（造）」。齊系文字則均从「告（造）」得聲，不从「黽」。《包山》木籤用「竁」來表示為五祀之一的「竈」。又見於《清華七・趙簡子》簡8「宮中六窖（竈）并六祀」。可以證明楚系文字的「竈」不會寫作「黽」旁，這也與上述「蠅」、「繩」寫作从「興」聲的現象相同。凡此均可證明「」

不會从「竈」聲，也可以比較放心的推測楚簡的「黽」形應該就是「龜」，「」可以隸定作「⿱龜甘」。至於「⿱龜甘」字「甘」旁的性質，可能是單純的飾符，這種情形在楚文字很常見，如：（1）「禱」作：（《新蔡》乙四 140）、（《新蔡》乙一 13）（2）「禱」作：（《望山》1・10）、（《望山》1・108）（3）「鄦」作：（4616，鄦子妝匿）、（2738，蔡大師鼎）但考慮到「龜」這個詞從沒有寫作「⿱龜甘」者，二者用法顯然不同。這從底下這個例證可以看得更清楚。《上博九・陳公治兵》簡 20「偏申（陣）遙（後），乃右林左林，申（陣）遙（後）若⿰糸龜；或偏申（陣）前，右林左林▨」，其中「⿰糸龜」作：，雖然簡文殘缺無法釋讀，但顯然是作為名詞用，可能就讀為「龜」。《包山》竹牘「（⿰糸⿱龜甘）」應該是「⿰糸龜」加上「甘」旁區別符號，辭例「⿰糸⿱龜甘鞁」是形容詞的用法，這說明「⿱龜甘」與「龜」用法確實不同，形成「異體分工」的現象。至於「⿱龜甘」的本義是什麼意思，以目前的材料來看仍無法確知。《子犯子餘》9 亦出現「上⿰糸龜（繩）不逵（失）」，與此處「⿱雨龜君之」對照，亦證明「⿱雨龜」不是「⿰虫龜」或是「蠅」、「繩」等字所从。據此，「⿱雨龜」應是从「龜」得聲。从「龜」聲，可讀為「鈞／均」。《莊子・逍遙遊》：「宋人有善為不龜手之藥者」，郭慶藩《集釋》：「李楨曰：『龜手，《釋文》云：徐舉倫反，蓋以龜為皸之叚借。』」《廣雅・釋言》：「皸，跛也。」王念孫《疏證》：「龜，與皸聲近義同。」「皸」从「軍」聲，「軍」又从「勻」聲，可見「龜」可以讀為「鈞」。「鈞」可做為副詞，訓為「同」，如《國語・晉語一》：「鈞之死也，無必假手于武王。」《孟子・告子上》：「鈞是人也，或為大人，或為小人，何也？」此處「⿱雨龜君」可與「念（咸）政（征）」對看，皆為副動結構，則「⿱雨龜」讀為「鈞／均」作副詞用，釋為「同」，詞意也可對應「奄」。《清華六・管仲》有「⿱龜甘（鈞／均）天下之邦君，箸（孰）可以為君？箸（孰）不可以為【一六】君？」整理者認為「⿱龜甘」从「龜」聲，故讀為「舊」。蘇師建洲則贊同「⿱龜甘」分析為从「龜」聲，亦讀為「鈞／均」。「君」作動詞，解釋為統治，如《管子・權修》：「君國不能壹民，而求宗廟社稷之無危，不可得也。」故簡文「用果念（咸）政（征）九州而⿱雨龜（鈞／均）君之」意即（成湯）於是果然盡征（四夷）而全

部統治之。〔註 275〕

侯乃峰：「𩃬（黿）」亦當讀為「主」。「（成湯）用果念（戡）政（正）九州而主君之」意即「成湯因此最終平定九州而成為九州之君主」。如果考慮到名動相因，「𩃬（黿）」亦或可讀為「冢」。《書・牧誓》：「我友邦冢君。」《國語・鄭語》：「其冢君侈驕。」「冢君之」即「成為九州之冢君」。〔註 276〕

金宇祥：「用」從陳偉之說。「果」，果然、果真。「臨政」從武漢網帳號「lht」之說。句意為「於是果然可以臨政九州然後黽勉治理天下」〔註 277〕

金宇祥：（「  」）此處從武漢網帳號「厚予」讀為「黽」，「黽勉」之意，簡文此句意思是湯以神事山川，以德和民，於是臨政九州然後黽勉治理天下。〔註 278〕

鼎倫謹案：首先，學者對於「用」的釋讀，筆者先列點整理如下：

1. 釋為「則」（原整理者主之，金宇祥從之）
2. 釋為「於是」（陳斯鵬主之，陳偉、jdskxb、蕭旭、羅小虎、子居、伊諾、〔註 279〕袁證、李宥婕從之）

關於「用」字，在本篇共出現三處，一是簡十「寧孤是勿能用」，二是本處「用果念政九州而𩃬君之」，三是簡十三「用凡君之所問莫可聞」。除簡十的「用」當作動詞，釋作「採用」之外，其餘兩個「用」皆如陳斯鵬所言，引裘氏用《尚書・微子》：「我祖厎遂陳于上，我用沈酗于酒，用亂敗厥德于下」為證當作例子，文例中第二個「用」和本處的「用」用法相同，當作連詞，釋作「於是」。「用」在此的用法為連接前文四方夷狄面見湯時的急切貌，並受到成湯的庇蔭，以及帶出後文成湯因此臨政九州治理天下之意。

其次，學者對於「果」的釋讀，筆者先列點整理如下：

〔註 275〕李宥婕：《〈清華大學藏戰國竹簡（柒）・子犯子餘〉集釋》，頁 121～124。

〔註 276〕侯乃峰：〈清華簡（七）《趙簡子》篇從「黽」之字試釋〉，復旦網，2019 年 3 月 20 日（2019 年 7 月 17 日上網）。

〔註 277〕金宇祥：《戰國竹簡晉國史料研究》，頁 89。

〔註 278〕金宇祥：《戰國竹簡晉國史料研究》，頁 90。

〔註 279〕伊諾：〈清華柒《子犯子餘》集釋〉，復旦網，2018 年 1 月 18 日（2019 年 7 月 9 日上網）。

1. 釋為「竟」(原整理者主之，蕭旭、伊諾從之。〔註 280〕)

2. 訓為「果敢」、「果決」(趙嘉仁主之)

3. 釋為「果然」(李宥婕主之，金宇祥從之。)

關於「果」字，在本篇共出現二處，一是簡八「曷有僕若是而不果以國」，二是本處「用果念政九州而寷君之」。簡八的「果」釋為「實現、信實」，代表與預期相合。本處的「果」所表示的涵義不偏離「與預期相合」之意，筆者贊成李宥婕的說法，釋作「果然」，意指成湯果然臨政九州而治理天下，和前文蹇叔舉成湯「以神事山川」、「以德和民」、「四方夷若暴雨方奔之」等種種事蹟相呼應，這裡用「果」表示敘述這一小段成湯事蹟的結尾。

其三，學者對於「念」的釋讀，筆者先列點整理如下：

1. 讀為「臨」(原整理者主之，陳治軍、心包、lht、金宇祥從之)

2. 讀為「堪」(ee 主之，心包從之)

3. 讀為「咸」、「奄」，釋為「皆」、「盡」(陳偉主之，李宥婕從之)

4. 讀為「戡」，亦作「戡」、「堪」(蕭旭主之，伊諾從之〔註 281〕)

5. 讀為「戡」(林少平主之，子居從之)

關於「念」字，原整理者透過「念」和「臨」聲紐相近、韻部相同的方式進行通假，此說可從。筆者考察先秦古籍，「堪政」、「咸政」及「戡政」皆未可見得，因此就古籍用例而言上述三說皆不考慮。「念」讀作「臨」可和下文的「政」連用。

其四，學者對於「政」的釋讀，筆者先列點整理如下：

1. 讀為「正」，釋為「定」。(原整理者主之，心包從之)

2. 讀為「政」(lht 主之，陳治軍、金宇祥從之)

3. 讀為「征」(陳偉主之，蕭旭、子居、伊諾、〔註 282〕李宥婕從之)

關於「政」字，本篇已有「正」字「」(簡八)和本處「」有別，書

〔註 280〕伊諾：〈清華柒《子犯子餘》集釋〉，復旦網，2018 年 1 月 18 日(2019 年 7 月 9 日上網)。

〔註 281〕伊諾：〈清華柒《子犯子餘》集釋〉，復旦網，2018 年 1 月 18 日(2019 年 7 月 9 日上網)。

〔註 282〕伊諾：〈清華柒《子犯子餘》集釋〉，復旦網，2018 年 1 月 18 日(2019 年 7 月 9 日上網)。

手寫成他字，既然本字可通，那麼就不必再改讀「正」。筆者認為該字讀如本字即可，「臨政」二字在古籍有例，如《左傳・襄公二十六年》云：「夙興夜寐，朝夕臨政，此以知其恤民也。」〔註283〕釋作「親理政務」。

其五，關於學者對於「  」的釋讀，筆者先列點整理如下：

1. 讀為「承」（原整理者主之，程浩從之）
2. 讀為「烝」，釋為「君」（原整理者主之）
3. 从黽从曰，讀為「繢（繪）」，釋為「貴」（ee 主之）
4. 从宀嘗聲，讀為「上」，釋為「明」、「聖」（王寧主之）
5. 从宀从黽从甘，讀為「黽」，釋為「勉」（厚予主之，金宇祥從之。）
6. 讀為「耆」，訓為「強大」（劉偉浠主之）
7. 讀為「命」（雲間主之，陳偉從之）
8. 讀為「竈」，或讀「造」，釋為「始」（明珍主之，林少平從之）
9. 讀為「尊」，釋為「君」（lht 主之）
10. 从黽从甘，為蜩字初文，讀為「朝」（張崇禮主之）
11. 讀為「主」（汗天山主之）
12. 从「黽」得聲，讀為「命」（陳偉主之）
13. 从「龜」得聲，讀為「久」（jdskxb 主之）
14. 讀為「君」（水之甘主之）
15. 讀為「命」，釋為「受天命」（羅小虎主之）
16. 讀為「終」（孟蓬生主之）
17. 「定」字異體，讀為「正」（子居主之）
18. 从「龜」得聲，讀為「鈞／均」（李宥婕主之）
19. 讀為「主」或「冢」（侯乃峰主之）

關於「𩕗」字的釋讀，學者們多從「龜」及「黽」二字聲系發想，筆者先比較「龜」及「黽」二字在古文字上寫法的異同，下表為古文字中常見的「龜」字：

〔註283〕李學勤主編；《十三經注疏》整理委員會整理：《春秋左傳正義》，頁1201。

合集 30025	合集 18366	龜父丙鼎／集成 01569	郭店・緇衣・46	郭店・緇衣・46
新甲・3・15、60	新甲・3・244	新乙・4・129	新乙・4・141	新零・207
新零・241	新零・245	新零・283	新零・297	上博三・周易・24
上博四・柬大王泊旱・1	上博四・曹沫之陣・52	上博六・天子建州（甲）・11	上博九・卜書・2	清華伍・厚父・8
清華伍・殷高宗問於三壽・11	清華陸・管仲・2			

「龜」在甲骨文及金文中有側面及正面的寫法，如同龜形，《說文新證》云：「其正視形與『黽』相似，差別為龜有尾、後腿直伸，黽無尾、後腿回折。戰國文字『龜』逕與『黽』同形」，〔註 284〕可知「龜」的戰國文字常寫為「黽」形，二字容易相混。筆者再羅列古文字中常見的「黽」字如下：

父辛黽卣／集成 04979	黽且乙觚／集成 07073	鄂君啟車節／集成 12110	黽父丁鼎／集成 1584	黽父丁鼎／集成 1583
師同鼎／集成 02779	大良造鞅鐓	珍秦・142	陶彙・5・118	

觀察其字形，很明顯如同《說文新證》所言，「黽」字無尾並且後腿回折。上面

〔註 284〕季旭昇：《說文新證》，頁 900。

可見「黽」的戰國文字和「龜」字極為接近，就楚簡而言，蘇建洲〈論楚文字的「龜」與「𪚦」〉云：「我們可以肯定地說目前楚簡並沒有「黽」字。」〔註285〕又如李宥婕所言，楚文字中可以確認用為「龜」的字全都作「黽」，不从「甘」。另外，「」（安大簡・11）為「𦆀」（繩）可備為一說。進一步而論，筆者再羅列戰國文字中从「龜」部件之字：

包山・2・172	包山・2・179	包山・2・270	信陽・2・028	信陽・2・028
包山・2・273	新乙・2・8	天策	郭店・窮達以時・7	郭店・成之聞之・30
清華陸・管仲・16〔註286〕	清華柒・趙簡子・1〔註287〕	清華柒・趙簡子・2〔註288〕	本簡	

上表中从「龜」部件之字皆是从龜从甘《清華柒・趙簡子》的二字為从宀、从龜、从廾，《清華柒・子犯子餘》的疑難字則為从宀、从龜、从甘，筆者認為李宥婕將「」隸定為从龜、从甘仍不精確，因為該字還从宀，因此筆者將本疑難字隸定作「𪛋」。綜上所述，該字从「龜」為聲符，因此學者們透過「黽」聲通假的說法可先不考慮，如「黽」、「上」、「朝」、「主」或「冢」等。另外，

〔註285〕蘇建洲：〈論楚文字的「龜」與「𪚦」〉，《出土文獻與物質文化》（香港：中華書局，2017年12月），頁10。

〔註286〕文例為：「天下之邦君，孰可以為君？孰不可以為君？」（清華陸・管仲・簡16～17），原整理者讀作「舊」。李學勤主編：《清華大學藏戰國竹簡（陸）》，頁112。

〔註287〕文例為：「趙簡子既受將軍」（清華柒・趙簡子・簡1）。李學勤主編：《清華大學藏戰國竹簡（柒）》，頁107。

〔註288〕文例為：「今吾子既為將軍已」（清華柒・趙簡子・簡2）。李學勤主編：《清華大學藏戰國竹簡（柒）》，頁107。

本篇已經有「命」字：「　」（簡 9），六處的「君」字，如「　」（簡 12），以及讀作「正」的「定」字：「　」（簡 2），因此該疑難字不可能又再讀作「命」、「君」以及「定」。除此之外，本篇亦有从興的「繩」字如：「　」（簡 9）和本疑難字有別，所以本字不會是「蠅」或是「蠅」、「繩」等字所从。再如李宥婕所云，《清華柒．趙簡子》簡八中有「　」（文例：宮中六窖（竈）并六祀），〔註 289〕筆者再補充該篇簡九亦有「　」，作相同文例，是以「　」不會从「竈」聲。除此之外，蘇建洲〈論楚文字的「黽」與「𩏂」〉云：「已知『𩏂』當從『黽』得聲。況且前面也提過楚文字的『繩』都是從『興』旁的，沒有例外」。〔註 290〕因此，筆者從李宥婕的說法認為「𩏂」从「甘」為飾符，讀作「均」，但是釋作「全部」不太精確，筆者改釋為「公平、均勻」，如《詩經．小雅．北山》云：「大夫不均，我從事獨賢。」鄭玄箋：「王不均大夫之使。」〔註 291〕在此有公平對待，不偏頗之意。

最後，「君」當作動詞，釋為「統治」，從李宥婕之說，筆者補充文例如《尚書．說命上》云：「天子惟君萬邦，百官承式」，〔註 292〕《管子．內業》云：「執一不失，能君萬物。」〔註 293〕可參。綜上所述，本句可解讀為：「於是（成湯）果然親理九州政務並且公平的治理它」。

〔十六〕逡（後）殜（世）稾（就）受（紂）之身，

〔註 289〕李學勤主編：《清華大學藏戰國竹簡（柒）》，頁 107。

〔註 290〕蘇建洲：〈論楚文字的「黽」與「𩏂」〉，頁 20。

〔註 291〕李學勤主編；《十三經注疏》整理委員會整理：《毛詩正義》，頁 931。

〔註 292〕李學勤主編；《十三經注疏》整理委員會整理：《尚書正義》，頁 293。

〔註 293〕黎翔鳳撰；梁運華整理：《管子校注》，頁 937。

原整理者：就，《爾雅．釋詁》：「終也。」〔註 294〕

鄭邦宏：「就」，當與《趙簡子》簡 2、簡 8、簡 10 的「就」一樣，為介詞，與其後內容組成介詞短語，表示時間。〔註 295〕

陳偉：這種寫法的「就」，楚文字多見。曾有一些推測，李零先生釋為「就」，學者從之。李零先生歸納此字在《鄂君啓節》和望山、天星觀、包山卜筮簡中的用法，認為其指空間或時間的起迄，是抵達或到的意思。其實，卜筮簡中也有從某人至某人的用法。如包山 246 號簡「與禱荊王，自酓鹿（麗）以（就）武王」。而在辭義方面，早先朱德熙、李家浩先生討論此字時，已將此字在卜筮簡中的用法，與天星觀簡「從七月以至來歲之七月」的「至」對比，指出其與「至」同義。簡文此字，與楚卜筮簡中的「就」字作相同理解，訓為至、到，當更為允當。〔註 296〕

羅小虎：上古漢語中，「就」訓「終」的實例其實並不常見。有個例子比較典型，《國語．越語下》：「先人就世，不穀即位。」韋昭注：「就世，終世也。」「就世」，古書多做「即世」，楚簡中也多如此作。因為這兩個字都可表示「趨向、去往」之義，故可換用。「就」字訓「終」，其實來源於「成」，是由「成」這一語義的引申。《爾雅．釋詁下》「就，終也」郝懿行《義疏》云：「就者，是成之終也。」某件事完成了，就意味著終了。從古訓中把「就」訓為「終」的幾個例子看，比如「就世」、「就命」，都是「死亡」的隱語，與簡文不太相合。不過我們也注意到這樣的一個例子：《史記．李將軍列傳》：「終廣之身，為兩千石四十餘年。」這個例子中的「終廣之身」看上去可以和「終受之身」對讀。但細細體會，可能未必。這句話的意思是說，李廣終其一生，兩千石的官職做了四十餘年，沒有升遷。如果按照這個解釋，簡文就應該理解為，後世商紂終其一生，殺了三無辜，制定了炮烙之刑……。這樣的理解，是不太妥當的。簡文中的「就」，即「趨近，往」。在具體的語境中，可理解

〔註 294〕李學勤主編：《清華大學藏戰國竹簡（柒）》，頁 98。

〔註 295〕清華大學出土文獻讀書會（石小力整理）：〈清華七整理報告補正〉，清華網，2017 年 4 月 23 日（2019 年 7 月 10 日上網）。另可見鄭邦宏：〈讀清華簡（柒）札記〉，頁 250。

〔註 296〕陳偉：〈清華七《子犯子餘》校讀（續）〉，武漢網，2017 年 5 月 1 日（2019 年 7 月 10 日上網）。

為「及」，到。《詩經邶風谷風》:「就其深矣，方之舟之。」孔穎達疏:「若值其難也，則勤之勞之。」《漢語大字典》據此專設「遇、值」一義項。(601 頁）要不要設立這個義項，尚可以討論。但是孔穎達的解釋是有價值的。此例中的「值」，與「及」同義，其實也是從「趨向」、「到往」這一具體動作引申而來。所以，「就受之身」可以理解為「及受之身」。結合上下文，這句話的意思大致是說，後世到了商紂的時候，殺三無辜，為炮烙之刑……。從文意來看，商紂的虐政與湯的德政是有對比的意味。傳世古籍中，有如下的例子:《孟子．滕文公下》:「及紂之身，天下又大亂。」《孟子．梁惠王上》:「及寡人之身，東敗於齊，長子死焉。」《淮南子．道應訓》:「及孤之身，而晉罰楚，是孤之過也。」這幾個例子和簡文中的例子取意相近。尤其是第一例，與簡文表達的意思相同，也是談商紂之事，可為確證。另外，《趙簡子》簡二「就吾子之將長」、簡八「就吾先君襄公」、簡十「就吾先君坪公」、與此簡中的「就」都是一個意思，可以理解為「及」。補充：沈培先生《清華簡和上博簡「就」字用法合證》(簡帛網，2013 年 1 月 6 號）已經指出楚簡中這一類的就字用法：「古書中與之用法相當的詞是『及』」。又：清華六《管仲》簡 23:「及幽王之身」，其意義與此篇簡文「及紂之身」相同。〔註 297〕

伊諾：我們認為「就」訓為「到」可從。〔註 298〕

李宥婕：此處可從陳偉所說，訓為「及」，至、到之意。〔註 299〕

金宇祥:「就」字從鄭、陳之說，學者對於楚簡「就」字的研究，即如兩人文中所引用。前句簡文所述為成湯之事，此處用「就」來連接，文意通順。〔註 300〕

鼎倫謹案：首先，關於「後世」，可釋作「後代」，如《易經．繫辭下》云：「上古穴居而野處，後世聖人易之以宮室」，〔註 301〕此指紂為成湯好幾代之後

〔註 297〕見武漢網「簡帛論壇」〈清華七《子犯子餘》初讀〉91 樓，2017 年 7 月 2 日（2019 年 7 月 3 日上網）。

〔註 298〕伊諾：〈清華柒《子犯子餘》集釋〉，復旦網，2018 年 1 月 18 日（2019 年 7 月 9 日上網）。

〔註 299〕李宥婕：《《清華大學藏戰國竹簡（柒）．子犯子餘》集釋》，頁 125。

〔註 300〕金宇祥：《戰國竹簡晉國史料研究》，頁 91。

〔註 301〕李學勤主編；《十三經注疏》整理委員會整理：《周易注疏》，頁 355。

的君王，「後世」和前文「昔者」相對。

其次，關於「亯」，原整理者讀作「就」，釋作「終」；鄭邦宏認為是介詞，表示時間，陳偉訓作「到」，伊諾、李宥婕、金宇祥從之；羅小虎釋作「趨近」、「及」，子居從之。〔註 302〕「就」的金文作「」（子亯鼎 / 集成 01313），戰國文字作「」（郭店・六德・1）、「」（郭・六德・2）、「」（新甲・3・137）。觀察「就」的字形，如季旭昇《說文新證》云：「楚系文字亯形下半與京形上半共筆」，〔註 303〕並如陳偉所說本處的這種寫法在楚文字多見。對於「就」的釋義，筆者從鄭邦宏及陳偉的說法，釋作「到」。沈培〈清華簡和上博簡「就」字用法合證〉云：「我們認為這種『就』的用法可能是楚方言的特有用法。大概由於它是方言，又因為其用法跟通語的『及』相同，因此後來就被『及』吞併而消失了。」〔註 304〕也就是說「就」在楚國文獻中有釋作「及」之例，但是就其他古籍可見的資料而言，「就」仍有「及」之義，並無消失此義。「就」在古籍中有在空間上的 A 點到 B 點之義，如《國語・齊語》云：「處工，就官府；處商，就市井；處農，就田野。」〔註 305〕亦有時間上 A 到 B 之義，如陳偉舉天星觀簡「從七月以至來歲之七月」為例。因此，筆者贊成陳偉釋作「到」或「至」。

其三，楚簡常見用「受」來表示「紂」的用例，如《上博二・容成氏》簡 42、簡 46、簡 50、簡 52、簡 53，原考釋者云：「『受』即紂，古書或作『紂』，或作『受』，簡文作『受』。」〔註 306〕以及《上博四・曹沫之陳》簡 65，此處亦為一例。

其四，關於「就紂之身」，「之身」為古籍習語，如《左傳・哀公十一年》

〔註 302〕子居：〈清華簡七《子犯子餘》韻讀〉，中國先秦史網站，2017 年 10 月 28 日（2019 年 7 月 10 日上網）。

〔註 303〕季旭昇：《說文新證》，頁 454。

〔註 304〕沈培：〈清華簡和上博簡「就」字用法合證〉，簡帛網，2013 年 1 月 6 日（2019 年 11 月 11 日上網）。

〔註 305〕徐元誥撰；王樹民、沈長雲點校：《國語集解》，頁 219。

〔註 306〕馬承源主編：《上海博物館藏戰國楚竹書（二）》（上海：上海古籍出版社，2002 年），頁 283。

云：「當子之身，齊人伐魯而不能戰，子之恥也。大不列於諸侯矣。」〔註 307〕《國語・晉語八》云：「是以沒平公之身無內亂也。」〔註 308〕《國語・吳語》云：「當孤之身，實失宗廟社稷。」〔註 309〕可參。然而，如果把「就紂之身」翻譯成「後代直到紂本身」文義則不通順，這邊很清楚講的就是「湯」在位的時候，人民都前來歸慕，而後世到了紂的時代，濫殺無辜，因此人民奔走。羅小虎引《孟子・滕文公下》：「及紂之身，天下又大亂。」楊伯峻《孟子譯注》翻譯成「到商紂的時候，天下又大亂。」〔註 310〕語意十分清楚。「及紂之身」顯然就是「及紂之世」，古籍中「某某之世」很常見，我們最熟悉的是《說文解字・敘》云：「以迄五帝三王之世，改易殊體。」〔註 311〕「之世」可以翻譯成「……的時候」，完全與前文的「後世」不衝突。因此，「就紂之身」應該是指「到了紂之世」，在〈越公其事〉簡 3 裡有「不才（在）前後，丁（當）孤之殜（世）」一句，意思是「天將禍患予越國，不在以前，不在以後，就發生在夫差身上（也可以翻成就發生在夫差的時代）」，其中簡文「當孤之世」，《國語・吳語》作「當孤之身」。〔註 312〕除此之外，《清華陸・管仲》簡 18 及簡 23 亦有「及后辛之身」、「及幽王之身」為證。綜上所述，簡文此句可解讀為：「後代直到紂之世」。

〔十七〕殺三無殆（辜），為爊（炮）為烙；

殺	三	無	殆	為
爊	為	烙		

〔註 307〕李學勤主編；《十三經注疏》整理委員會整理：《春秋左傳正義》，頁 1905。

〔註 308〕徐元誥撰；王樹民、沈長雲點校：《國語集解》，頁 421。

〔註 309〕徐元誥撰；王樹民、沈長雲點校：《國語集解》，頁 561。

〔註 310〕楊伯峻譯注：《孟子譯注》，頁 203、頁 205。

〔註 311〕（東漢）許慎著；（清）段玉裁注：《說文解字注》，頁 754。

〔註 312〕徐元誥撰；王樹民、沈長雲點校：《國語集解》，頁 561。

原整理者：殺三無辜，《史記．殷本紀》有載，即「醢九侯」、「脯鄂侯」、「剖比干」。爒，从橐省，缶聲，讀為「炮」。為炮為烙，指炮烙之刑，也作「炮格」。《荀子．議兵》：「紂……為炮烙刑。」《史記．殷本紀》：「紂乃重刑辟，有炮格之法。」〔註313〕

趙平安：所謂炮烙，「炮」和「烙」都是名詞，炮烙不是偏正結構，而是並列結構。烙相當於盂，是盛炭的器具。炮相當於《容成氏》中的「圜木」。這個「圜木」，古書也叫金柱、銅柱。「木」和「柱」是同一種東西的不同叫法。〔註314〕

孟耀龍：本文開頭所引之簡文，內容可與上博簡《容成氏》對讀。《容成氏》簡 44：「於是乎作為九成之台，寘盂炭其下，加圜木於其上，使民道之，能遂者遂，不能遂者入而死，不從命者從而桎梏（梏）之。於是乎作為金桎三千。」簡文之「為炮為烙」即《容成氏》之「寘盂炭其下，加圜木於其上」〔註315〕

羅小虎：結合上下文，這句話的意思大致是說，後世到了商紂的時候，殺三無辜，為炮烙之刑……。從文意來看，商紂的虐政與湯的德政是有對比的意味。〔註316〕

子居：《子犯子餘》篇所說「三無辜」，未見得即是指「九侯」、「鄂侯」、「比干」三人，如銀雀山漢簡《聽有五患》：「（紂）貴為天子，富有天下，殺王子比干，戮箕子胥餘，誅賢大夫二人而天下之士皆亡……」《呂氏春秋．過理》：「刑鬼侯之女而取其環，截涉者脛而視其髓，殺梅伯而遺文王其醢，不適也。文王貌受以告諸侯。作為琁室，築為頃宮，剖孕婦而觀其化，殺比干而視其心，不適也。」《韓非子．難言》：「以智說愚必不聽，文王說紂是也。故文王說紂而紂囚之，翼侯炙，鬼侯臘，比干剖心，梅伯醢。」《韓詩外傳》卷十：「昔殷王紂殘賊百姓，絕逆天道，至斮朝涉，刳孕婦，脯鬼侯，醢梅伯，然所以不亡者、以其有箕子比干之故。微子去之，箕子執囚為奴，比干諫而

〔註313〕李學勤主編：《清華大學藏戰國竹簡（柒）》，頁98。

〔註314〕趙平安：〈清華簡第七輯字詞補釋（五則）〉，頁140。

〔註315〕孟耀龍：〈《清華七》「梾（桎）」字試釋〉，復旦網，2017年5月11日（2019年11月11日上網）。

〔註316〕見武漢網「簡帛論壇」〈清華七《子犯子餘》初讀〉91樓，2017年7月2日（2019年7月3日上網）。

死，然後周加兵而誅絕之。」所說商紂殺的臣子就與整理者之說有異。〔註317〕

伊諾：整理者、趙說皆可從。〔註318〕

李宥婕：趙平安先生對「㸅（炮）」、「烙」的解釋可從。〔註319〕

金宇祥：「㸅」字圖版作，原考釋言「從槖省」待商，《說文》將「橐」字分析為「槖」省，裘錫圭和季師旭昇皆認為是錯的，裘錫圭並指出金文有「橐」字，形旁作，象縛住兩頭的橐，應該就是「橐」的象形初文。據此，「㸅」字右半應分析為从「橐」、「缶」聲，楚簡「橐」字作：《信陽》簡2-03、《上博二・容成氏》簡 9、《上博三・周易》簡 40、《清華壹・程寤》簡 4，亦可作相同分析，「缶」與「包」上古音相同，皆為幫紐幽部，楚簡兩字通假之例可參白於藍：《戰國秦漢簡帛古書通假字會纂》86～87頁，故在此可讀為「炮」。左半从「火」作為義符，可能跟炮烙之刑有關。

「炮烙之刑」，先秦文獻中見於《荀子》、《韓非子》、《呂氏春秋》等書，但對此刑沒有詳細的說明，此後學者如鄭珍認為「格」是銅器，俞樾認為炮烙有二義，一義是《荀子・議兵》：「紂刳比干，囚箕子，為炮烙刑」楊倞引《列女傳》：「炮格為膏銅柱加之炭上，令有罪者行焉，輒墜火中，紂與妲己大笑。」此則炮格為淫刑以逞之事；另一義是《韓非子・喻老》：「紂為肉圃，設炮格，登糟丘，臨酒池。」則似為飲食奢侈之事。上博簡出版後，趙平安曾考證《上博二・容成氏》所載此刑，認為「烙」是〈容成氏〉簡文的「盂」，是盛炭的器具。但此說未解釋「炮」的意思。而在〈子犯子餘〉此處，趙平安根據簡文「為㸅（炮）為烙」將「炮」解釋「圜木」，便將「炮烙之刑」解釋清楚了。〔註320〕

鼎倫謹案：首先，筆者發現「殺」在本篇的寫法有二種，整理成表格如下：

〔註317〕子居：〈清華簡七《子犯子餘》韻讀〉，中國先秦史網站，2017年10月28日（2019年7月10日上網）。

〔註318〕伊諾：〈清華柒《子犯子餘》集釋〉，復旦網，2018年1月18日（2019年7月9日上網）。

〔註319〕李宥婕：《《清華大學藏戰國竹簡（柒）・子犯子餘》集釋》，頁126。

〔註320〕金宇祥：《戰國竹簡晉國史料研究》，頁92。

A	B
簡 12	簡 12

二字的字形結構大致相同，差別在於左半的橫筆數不同。A 形有三橫筆，B 形有二橫筆，在楚簡中較常見二橫筆的「殺」，如「」（上博五・三德・14）、「」（上博四・柬大王泊旱・7）、「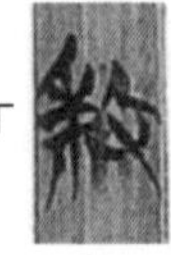」（清華貳・繫年・99）、「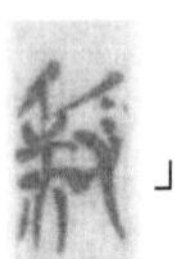」（郭店・尊德・3）及「」（包山・2・84 正）。幾乎不見三橫筆之例，然而在戰國文字紛亂繁雜的時代，如何琳儀《戰國文字通論》云：「結構歧異，筆畫多變，是六國文字最大的特點。」〔註 321〕因此「殺」字左旁多一橫筆並不意外，此處「」的左半三橫筆寫法則可作為一證。

其次，關於「殆」，原整理者讀作「辜」，筆者從之。相似字形在楚簡亦可見，如「」（天卜）（文例：由攻解於不殆弘死者）、「」（天卜）（文例：殆雁楊占之吉）、「」（天卜）（文例：不殆弫死）、「」（望山・1・78）（文例：與不殆），〔註 322〕可見該字左半上部寫作 V 形或 N 形皆為常見。此外，關於「三無辜」原整理者認為是九侯、鄂侯及比干；子居則認為可能是比干、箕子等人。經筆者考察傳世文獻後發現，大多明顯記載紂確定有殺的人為比干，如《荀子・堯問》云：「天地不知，善桀紂，殺賢良。比干剖心，孔子拘匡，接輿避世，箕子佯狂。」〔註 323〕《說苑・尊賢》云：「紂殺王子比干，

〔註 321〕何琳儀：《戰國文字通論》（訂補），頁 308。

〔註 322〕滕壬生：《楚系簡帛文字編》（武漢：湖北教育出版社，2008 年 10 月），頁 402～403。

〔註 323〕（清）王先謙撰；沈嘯寰、王星賢點校：《荀子集解》，頁 553～554。

箕子被髮而佯狂。」〔註 324〕《史記・齊太公世家》云：「紂殺王子比干，囚箕子。」〔註 325〕可參。可知紂王剖比干心，箕子發瘋而被紂王囚禁。《史記・殷本紀》更云：

> 紂愈淫亂不止。微子數諫不聽，乃與大師、少師謀，遂去。比干曰：「為人臣者，不得不以死爭。」迺強諫紂。紂怒曰：「吾聞聖人心有七竅。」剖比干，觀其心。箕子懼，乃詳狂為奴，紂又囚之。殷之大師、少師乃持其祭樂器奔周。周武王於是遂率諸侯伐紂。紂亦發兵距之牧野。甲子日，紂兵敗。紂走入，登鹿臺，衣其寶玉衣，赴火而死。周武王遂斬紂頭，縣之〔大〕白旗。殺妲己。釋箕子之囚，封比干之墓，表商容之閭。〔註 326〕

由此可見，比干因為勸諫紂王而被剖心而死；微子逃離紂王，在商被滅之後，微子被周成王封於商丘，建立宋；箕子裝瘋被囚，周滅商之後則被釋放出來。關於此三賢者在《論語・微子》云：「微子去之，箕子為之奴，比干諫而死。孔子曰：『殷有三仁焉。』」〔註 327〕簡言之，三仁中唯一被紂殺死的只有比干，是以子居認為紂殺「三無辜」中有箕子，筆者認為有誤。另外簡文的「三無辜」也和「三仁」不同，「三無辜」所指較為可能如原整理者所云，如《史記・殷本紀》云：「紂怒，殺之，而醢九侯。鄂侯爭之彊，辨之疾，并脯鄂侯。」〔註 328〕可見文獻記載紂殺九侯及鄂侯，再加上前文的比干，確實為三無辜。但是，筆者認為或許簡文的「三無辜」為多指，〔註 329〕一如《史記・李斯列

〔註 324〕（西漢）劉向撰；向宗魯校證：《說苑校證》（北京：中華書局，1987 年），頁 181。

〔註 325〕（西漢）司馬遷撰；（南朝宋）裴駰集解；（唐）司馬貞索隱；（唐）張守節正義：《史記》，頁 699。

〔註 326〕（西漢）司馬遷撰；（南朝宋）裴駰集解；（唐）司馬貞索隱；（唐）張守節正義：《史記》，頁 97。

〔註 327〕李學勤主編；《十三經注疏》整理委員會整理：《論語注疏》，頁 280。

〔註 328〕（西漢）司馬遷撰；（南朝宋）裴駰集解；（唐）司馬貞索隱；（唐）張守節正義：《史記》，頁 94。

〔註 329〕邱郁茹學姊於成功大學第四十二次古文字讀書會（2018 年 4 月 29 日）告訴筆者可能無法肯定是哪三人。

傳》云：「紂殺親戚，不聽諫者」，〔註330〕紂因為不聽諫臣子言，而誅殺了許多人，「三無辜」意旨許多無辜之人。

其三，關於「為」，筆者發現在本篇共有三處，且有兩種寫法，整理成表格如下：

A	B	
 簡 12	 簡 12	 簡 12

二類字形結構亦大致相同，相異處為 A 類右半寫法「」筆勢和 B 類的「」不同，但仔細觀察可發現仍是同一字形。此外，B 類的爪形相對於 A 類在二橫筆的上方。這樣的寫法可和上述「殺」字及「殆」字的多種寫法，可視為戰國文字混亂的用法之例。在本篇的用例有「為炮為烙」、「為桎梏三百」，「為 A 為 B」為古文常見的用法，如《詩經．國風．葛覃》云：「為絺為綌」、〔註331〕《詩經．大雅．桑柔》云：「為謀為毖」、〔註332〕《詩經．大雅．瞻卬》云：「為梟為鴟」、〔註333〕《詩經．小雅．蓼蕭》云：「既見君子，為龍為光。」〔註334〕《詩經．小雅．正月》云：「謂山蓋卑，為岡為陵。」〔註335〕《詩經．小雅．何人斯》云：「為鬼為蜮，則不可得。」〔註336〕《詩經．小雅．楚茨》云：「為豆孔庶，為賓為客。」〔註337〕《詩經．周頌．豐年》云：「為酒為醴」，〔註338〕可參。

〔註330〕（西漢）司馬遷撰；（南朝宋）裴駰集解；（唐）司馬貞索隱；（唐）張守節正義：《史記》，頁 1505。

〔註331〕李學勤主編；《十三經注疏》整理委員會整理：《毛詩正義》，頁 38。

〔註332〕李學勤主編；《十三經注疏》整理委員會整理：《毛詩正義》，頁 1387。

〔註333〕李學勤主編；《十三經注疏》整理委員會整理：《毛詩正義》，頁 1479。

〔註334〕李學勤主編；《十三經注疏》整理委員會整理：《毛詩正義》，頁 723～724。

〔註335〕李學勤主編；《十三經注疏》整理委員會整理：《毛詩正義》，頁 832。

〔註336〕李學勤主編；《十三經注疏》整理委員會整理：《毛詩正義》，頁 894。

〔註337〕李學勤主編；《十三經注疏》整理委員會整理：《毛詩正義》，頁 953。

〔註338〕李學勤主編；《十三經注疏》整理委員會整理：《毛詩正義》，頁 1557。

其四，關於「⿰火櫜」，原整理者讀為「炮」，趙平安進一步解釋為《上博二・容成氏》的「圜木」，孟耀龍、伊諾、李宥婕即金宇祥皆從之，筆者認為其說可信。另外，原整理者認為「⿰火櫜」从「橐」省，金宇祥否定之，並分析為从「櫜」、「缶」聲之字，並且於楚簡可見，其說可從。「櫜」甲骨文作「」（合集 9419 反）、「」（合集 9424）、「」（合集 9419 反），金文作「」（毛公鼎／集成 02841）、「」（散氏盤／集成 10176），戰國文字作「」（信陽・2・03）、「」（上博二・容成氏・9），此處从「櫜」作「」。筆者加以補充二字的音理關係，「櫜」上古音為「並紐幽部」，〔註 339〕「炮」上古音為「並紐幽部」，〔註 340〕二字聲紐及韻部相通，故可通假。簡文此字左半从「火」，表示「炮」的性質。

其五，關於「烙」，趙平安認為相當於盂，是盛炭的器具，孟耀龍認為可跟《上博二・容成氏》「實盂炭其下，加圜木於其上」對讀，李宥婕、金宇祥從之，筆者亦從之。此外，趙平安認為「炮」、「烙」皆為名詞，當為兩種不同的東西，非偏正結構，而是屬於並列結構，其說可信。《說文解字》云：「炮，毛炙肉也。」〔註 341〕《字源》云：

> 相傳殷紂王有一種酷刑，用炭將銅柱燒熱，令人在柱上爬行，墜入炭中燒死，銅柱叫作「格」，因此這種酷刑稱作「炮格」，後人改「格」為「烙」，義為「燒灼」。〔註 342〕

可見「炮」與「烙」能視為一種殘酷的刑罰，原整理者認為「炮烙」也可作「炮格」，筆者根據《字源》的說法審視之，認為其說可從。關於「為炮為烙」在古籍的用例，除了原整理者索引可參外，《韓詩外傳・卷四》云：「紂殺比干，而囚箕子，為炮烙之刑，殺戮無時」，〔註 343〕此相似文例可和簡文做為佐證。「為

〔註 339〕（東漢）許慎撰；（清）段玉裁注；李添富總校訂：《新添古音說文解字注》，頁 279。

〔註 340〕（東漢）許慎撰；（清）段玉裁注；李添富總校訂：《新添古音說文解字注》，頁 487。

〔註 341〕（東漢）許慎著；（清）段玉裁注：《說文解字注》，頁 482。

〔註 342〕李學勤主編：《字源》，頁 901。

〔註 343〕（西漢）韓嬰著；徐芹庭、徐耀環註譯：《韓詩外傳》，頁 305。

炮為烙」補充說明「殺三無辜」所施行的刑罰。此句「殺三無辜，為炮為烙」和後文「殺某之女，為桎梏三百」為兩件事，但都是在述說商紂暴虐無道之事，所以筆者用分號將其區隔開來。綜上所述，簡文此句可解讀為：「殺許多無辜之人，施炮烙之刑」。

〔十八〕殺某（梅）之女，為桊（拳）橶（梏）三百。

 殺	 某	 之	 女	 為
 桊	 橶	 三	 百	

原整理者：某，音在明母之部，讀為滂母的「胚」，《爾雅．釋詁》：「胎未成。」《墨子．明鬼下》「剒剔孕婦」，孫詒讓《閒詁》引皇甫謐《帝王世紀》：「紂剖比干妻，以視其胎。」或疑讀為「梅」。梅之女，即梅伯之女，紂時有梅伯。《楚辭．天問》：「梅伯受醢。」《韓非子．難言》也記「梅伯醢」，但《殷本紀》載為「醢九侯」，並云「九侯有好女，入之紂。九侯女不熹淫，紂怒，殺之。」據此，梅伯疑即九侯，簡文所記「梅之女」即為《史記》所載的「九侯女」。桊，疑讀為「桎」，《說文》：「足械也。」橶，从木，𡙇聲，讀為「梏」，《說文》：「手械也。」𡙇，「梏」的本字（參看趙平安：《釋「䓥」及相關諸字》，《新出簡帛與古文字古文獻》，商務印書館，二〇〇九年，第一一九頁）。桎梏，《易．蒙》「用說桎梏」，鄭玄注：「木在足曰桎，在手曰梏。」紂用桎梏，也見於上博簡《容成氏》：「不從命者從而桎𡙇（梏）之，於是虐（乎）复（作）為金桎三千。」〔註 344〕

趙平安：「梅之女」這種結構，慣常的理解就是梅伯之女，可是古書未見紂殺梅伯之女的說法，故整理報告取第一說。《淮南子．俶真訓》：「逮至夏桀、殷紂，燔生人，辜諫者，為炮烙，鑄金柱，剖賢人之心，析才士之脛，醢鬼

〔註 344〕李學勤主編：《清華大學藏戰國竹簡（柒）》，頁 98。

侯之女，菹梅伯之骸。」高誘注：「鬼侯、梅伯，紂時諸侯。梅伯說鬼侯之女美好，令紂妻之，女至，紂以為不好，故醢鬼侯之女，菹梅伯之骸。一曰紂為無道，梅伯數諫，故菹其骸也。」根據高誘的說法，梅之女，可以理解為梅伯介紹的鬼侯之女。名詞加之加名詞這類偏正結構，兩者之間的關係是極其複雜的。〔註345〕

王挺斌：「桊」、「桎」古音遠隔，恐怕難以相通。「桊」字，可能是指圈束，《廣雅》：「桊，枸也。」王念孫《疏證》：「枸，猶拘也……桊，猶圈束也。《說文》：『桊，牛鼻中環也。』《衆經音義》卷四云：『今江北曰牛拘，江南曰桊。』《吕氏春秋．重己》篇：『使五尺豎子引其棬，而牛恣所以之。』『棬』與『桊』同。」這種意思的「桊」、「棬」、「圈」可能是同源詞關係。「桊」本指牛鼻中環，類似圈束，有拘繫作用。〔註346〕

馬楠：桊當讀為「拳」。梏，《說文》「手械也」，「拳梏」與「梏」義同，與「桎梏」指足械、手械不同。〔註347〕

王寧：從文意上看，「桊」這個字很可能相當於「拲」字，或作「栱」。《說文》：「拲，兩手同械也。从手从共，共亦聲。《周禮》：『上辠，梏拲而桎。』栱，拲或从木。」《周禮．秋官．掌囚》鄭司農注：「拲者，兩手共一木也。在手曰梏，在足曰桎。」「桊」有可能和「栱」音近通假。證之者，「綦」字也是從「舜」聲，和「桊」讀音相同（同居倦切），而在《廣韻．入聲．三燭》、《集韻．入聲九．三燭》里，「綦」和「拲」都讀居玉切或拘玉切，讀音相同，可能此二字本音近（同見紐雙聲、東元通轉），後在流變中逐漸同音。故懷疑這裡的「桊」可能讀為「栱（拲）」，「梏」是同時銬住兩隻手的手械。〔註348〕

孟耀龍：整理者讀「桊」為「桎」，只是從辭例比勘得出的推測，並沒有真正解決字形和讀音的問題，故王挺斌和馬楠兩先生皆致疑焉。但不論是「桊

〔註345〕趙平安：〈清華簡第七輯字詞補釋（五則）〉，頁138～139。

〔註346〕清華大學出土文獻讀書會（石小力整理）：〈清華七整理報告補正〉，清華網，2017年4月23日（2019年7月10日上網）。

〔註347〕清華大學出土文獻讀書會（石小力整理）：〈清華七整理報告補正〉，清華網，2017年4月23日（2019年7月10日上網）。

〔註348〕見武漢網「簡帛論壇」〈清華七《子犯子餘》初讀〉56樓，2017年5月2日（2019年7月3日上網）。

梏」還是「拳梏」，皆不見於典籍，故王、馬兩說恐均難以成立。

整理者所謂「桊」字，核之原書，其形實為左右結構：就字形而言，此字已見於信陽簡和包山簡，是與瑟相關的一種器物，與訓「牛鼻桊」之「桊」無關，與「桎梏」之義更不相干。我們認為該字實為「栚」之訛字，从木、弅（朕字右旁所从）聲，訛而从（卷字上部所从）。……本文開頭所引之簡文，內容可與上博簡《容成氏》對讀。《容成氏》簡 44：「於是乎作為九成之台，寘盂炭其下，加圓木於其上，使民道之，能遂者遂，不能遂者入而死，不從命者從而桎檡（梏）之。於是乎作為金桎三千。」簡文之「為炮為烙」即《容成氏》之「寘盂炭其下，加圓木於其上」，簡文之「桊檡」即《容成氏》之「桎」。「三百」或「三千」，皆極言其多而已，並非實指。〔註 349〕

羅小虎：此字似可讀為「拲」。《說文．手部》：「拲，兩手同械也。」《周禮．秋官．掌囚》：「凡囚者，上罪梏拲而桎，中罪桎梏，下罪梏。」也可以用來表示拷住兩手的木制刑具。簡文中為後一義。55 樓王寧先生已指出。但是拲為東部字，桊為元部字。韻部相差比較遠，需繼續討論。〔註 350〕

林少平：第一個字，從木？聲，整理者釋作桊，無誤。但包括整理者在內用《周禮》等記載的常見刑具名去解釋，是一種不負責的說法，完全離文意和實際。此刑具應理解為一種不尋常的刑具，如同炮烙之刑，突顯商紂的殘酷性。故桊字當如《說文》一樣，解釋為一種類似穿牛鼻一樣的刑具。〔註 351〕

羅小虎：整理報告的第二個意見，即釋讀為「梅」，可從。某，「梅」之本字。《說文．木部》：「某，酸果也。」《說文．木部》：「梅，枏也……楳，或从某。」從文字的角度看，釋為「梅」是非常合適的。從文意上看，前面提到「殺三無辜」，指的是「醢九侯」、「脯鄂侯」、「剖比干」，三人都有具體所指。所以，此處把「某」理解為梅伯之梅，也就有具體所指，文意要更恰

〔註 349〕孟耀龍：〈《清華七》「栚（桎）」字試釋〉，復旦網，2017 年 5 月 11 日（2019 年 7 月 16 日上網），又收入至《第三屆出土文獻與上古漢語研究（簡帛專題）學術研討會論文集》（北京：中央社會科學院，2017 年 8 月），頁 117～121。

〔註 350〕原見武漢網「簡帛論壇」〈清華七《子犯子餘》初讀〉90 樓，2017 年 7 月 1 日（2019 年 7 月 3 日上網，經筆者回查後發現此說似已刪除）。

〔註 351〕見武漢網「簡帛論壇」〈清華七《子犯子餘》初讀〉94 樓，2017 年 7 月 3 日（2019 年 7 月 3 日上網）。

當一些。關於「梅伯」的記載，古書出現多處：《韓非子・難言》：「翼侯炙，鬼侯腊，比干剖心，梅伯醢。」《呂氏春秋・恃君覽》：「昔者紂為無道，殺梅伯而醢之，殺鬼侯而脯之，以禮諸侯於廟。」《呂氏春秋・貴直論・過理》：「刑鬼侯之女而取其環……殺梅伯而遺文王其醢，不適也。」《晏子春秋・景公問古者君民用國不危弱》：「乾崇侯之暴，而禮梅伯之醢。」《楚辭・惜誓》：「梅伯數諫而至醢兮」《楚辭・天問》：「梅伯受醢，箕子詳狂」《淮南子・說林訓》：「紂醢梅伯，文王與諸侯構之。」關於九侯的記載，多出自《史記》：《魯仲連鄒陽列傳》：「九侯有子而好，獻之於紂。紂以為惡，醢九侯。」《殷本紀》：「九侯女不喜淫，紂怒，殺之，而醢九侯。」從這些例子來看，相關的記載有一些糾葛。先賢早已經指出，「九」、「鬼」二字可通，「九侯」即是「鬼侯」。《韓非子》、《呂氏春秋》中的例子都是鬼侯、梅伯並列，則說明鬼侯、梅伯非一人，也就意味著九侯、梅伯非一人。而且「九」、「梅」二字的語音也不太相近。但古書中確實只記載了「鬼侯之女」、「九侯之女」的事，與梅伯無關。此處解釋為「梅之女」似於古無據。這不是很大的問題。上古對相關事件的記載，一者非目驗，二者語出多源。在記錄流傳的過程中發生糾葛演變，以至張冠李戴，也是常有的事。如果懷疑梅伯、九侯為一人，就目前的材料來看，尚不太充足。〔註 352〕

范常喜：「桊」字原簡文作「」，楚文字中「关」及從「关」之字多見，分別作如下諸形：（望山 2・49）、（郭店・窮 6）、（清華六・子儀 2）、（信陽 2・03）、（包山 260）、（包山 206）、（上博二・容 28）、（清華七・晉文公 03）、（包山 194）、（信陽 2・8）、（清華三・芮 20）、（郭店・唐 26）、（上博二・從政甲 12）、（清華六・子產 22、23）、（上博一・孔 4）、（上博三・相 1）、（上博三・中 13、17）、（包山 133、190）、（上博五・季 4）、（清華六・管仲 08、11）、（清華二・繫 115、116）、（清華二・繫 46）。

〔註 352〕見武漢網「簡帛論壇」〈清華七《子犯子餘》初讀〉101 樓，2017 年 8 月 17 日（2019 年 7 月 3 日上網）

比較可知，簡文右部所從與上述簡文中大部分常見「关」旁相同，因此整理者隸定作「桊」可從，不過「桊」字在《說文》中訓作「牛鼻中環」，實為另一字，所以為了避免不必要的誤會，我們將此字依形隸定作「栚」。清華簡二《繫年》中多處「关」旁寫作，可隸定作「尖」，即「关」字之異寫。

雖然「关」「灷」二旁在楚簡中偶有相混，如馬（鼎倫案：應是孟）躍龍先生文中所舉清華簡《保訓》中的「朕」字，其右部所從「灷」旁便誤作「关」。然而，研究者已經指出，《保訓》篇無論是簡長還是簡文都有異於一般楚簡，尤其是文字方面更是眾體雜糅、諸系並存，而且時有錯訛，很可能是一篇「書法練習之作」。因此該篇中「朕」字的寫法屬於特例，用於立論應當謹慎。此外，馬（鼎倫案：應是孟）文中所舉包山 227 號簡中的「絭」字寫作，其右旁所從「关」旁基本同於清華二《繫年》中的「」旁，只不過上部中間豎點寫得稍長，遂致下穿其下部橫畫。清華簡《程寤》篇 6 號簡中的「朕」字寫作，其右部所從仍應視為「灷」旁，其上部中間所從近於「十」形，與寫作形的「关」旁有明顯區別。因此，簡文還是應當釋作「栚」。

再看一下楚簡中「关」旁之字的表詞情況，在簡文中「关」旁之字一般可用作表示「券」、「絭」、「倦」、「惓」、「浣」、「莞」、「梡」、「管」等詞，……基於「关」旁之字在上述楚簡中的表詞情況，尤其是根據其多用於表示「管」的辭例，我們認為，清華簡《子犯子餘》12 號簡中的「栚」當讀為「錧」。

錧是裝在車轂兩端的轂飾，起加固束縛車轂的作用，早在西周就已出現。製作錧的材質多為銅，亦有木制者，字亦多寫作「輨」。……從出土實物來看，輨形如管，釘在轂端以管制輪轂，使之牢固，此即輨之得名的緣由。在這一點上，輨與鉗鎖犯人脛足的腳械十分相似。

值得注意的是，「輨」還有一個同義詞「軑」，字亦或寫作「釱」。《說文》：「軑，車輨也。」《方言》卷九：「輨、軑，錬䥶也，關之東西曰輨，南楚曰軑，趙魏之間曰錬䥶。」《楚辭・離騷》：「屯余車其千乘兮，齊玉釱而並馳。」王逸注：「釱，錮也。一云車轄也。」《漢書・揚雄傳上》載《甘泉賦》：「陳眾車於東坑兮，肆玉釱而下馳。」顏師古注引晉灼曰：「釱，車轄也。」段玉裁《說文解字注》曰:「《離騷》曰:『齊玉軑而竝馳。』王逸釋為車轄,非也。《玉篇》《廣韻》皆云車轄,轄皆輨之誤也。」可見,「軑」應與「輨」同義,可能是楚地一個方言詞。……「鈦」除了用作轂飾名之外還用作刑具腳械之名,字亦或作「杕」。《史記・平準書》:「敢私鑄鐵器煮鹽者,鈦左趾。」裴駰集解引韋昭曰:「鈦以鐵為之,著左趾以代刖也。」司馬貞索隱引《三蒼》:「鈦,踏腳鉗也。」又引張斐《漢晉律序》:「狀如跟衣,著足下,重六斤,以代臏。」睡虎地秦墓竹簡《秦律十八種》簡 134:「公士以下居贖刑罪、死罪者,居於城旦舂,毋赤其衣,勿枸櫝欙杕。……皆赤衣,枸櫝欙杕,將司之。」又簡 147:「城旦舂衣赤衣,冒赤氈,拘櫝欙杕之。」整理小組注:「枸櫝欙杕,均為刑具。枸櫝應為木械,如枷或桎梏之類。欙讀為纍(音雷),係在囚徒頸上的黑索。杕,讀為鈦(音第),套在囚徒足脛的鐵鉗。」可見,與「錧」同義的「鈦」可以表示刑具腳械,與訓為「足械」的「桎」表義相同。

雖然現存傳世文獻中未見「錧」或「輨」用作刑具之稱,但「官」聲之字多有管束、抑止之意,……如果再結合與「錧」同義的「鈦」也可以表示刑具腳械之名推測,「錧」或「輨」應該也存在用作刑具腳械之名的可能。

據此可知,清華簡《子犯子餘》中的相關簡文可釋作「為桊(錧)桲(梏)三百」。此處的「錧梏」亦即上博簡《容成氏》中所記之「桎梏」。「桊(錧)」與「桎」所表示的都是刑具腳械,屬於同義異文,並非同音假借關係。因此整理者將「桊」直接讀作「桎」並不可信,王挺斌先生將「桊」按「桊」字解之,並認為「『棬』、『桊』、『圈』可能是同源詞關係。『桊』本指牛鼻中環,類似圈束,有拘繫作用。」事實上從「𢍏」得聲之字的語源義是捲曲,並非圈束、拘繫。因此,直接以「桊」字解之亦不可從。〔註 353〕

羅小虎:某,孫玉文先生認為似可讀為「腜」,《說文》:「腜,婦始孕腜兆也。」《廣雅釋親》:「腜,胎也。」腜之女,即懷孕的女子。〔註 354〕

子居:「桊」的牛鼻環義當非本義,這一點可類比於「絭」字,《說文・糸

〔註 353〕范常喜:〈清華七《子犯子餘》「錧梏」試解〉,《中國文字學會第九屆學術年會論文集》(2017 年 8 月),頁 98～103。

〔註 354〕見武漢網「簡帛論壇」〈清華七《子犯子餘》初讀〉107 樓,2017 年 11 月 5 日(2019 年 7 月 3 日上網)

部》:「絭，攘臂繩也。」段玉裁注:「《禾部》曰:『稛，絭束也。』《一部》曰:『冠，絭也。』是引申為凡束縛之稱。」由此不難推知，同為束縛，繩制束縛器具即為「絭」，木制束縛器具即為「桊」，「桊」的「牛鼻環」與「絭」的「攘臂繩」皆非其本義。〔註 355〕

伊諾:我們認為「某」讀為「腜」，訓「胎也」，或可從。腜之女，即懷孕的女子。〔註 356〕

李宥婕:「某」字，整理者第一說讀為滂母的「胚」，《爾雅．釋詁》:「胎未成。」若指胎為成，則應讀為「腜」才是。《說文》:「腜，婦始孕腜兆也。从肉，某聲。」《墨子．明鬼下》:「昔者殷王紂，貴為天子，富有天下，上詬天侮鬼，下殃傲天下之萬民，播棄黎老，賊誅孩子，楚毒無罪，刲剔孕婦，庶舊鰥寡，號咷無告也。」《春秋繁露．王道》:「孤貧不養，殺聖賢而剖其心，生燔人聞其臭，剔孕婦見其化，朝涉之足察其拇，殺梅伯以為醢，刑鬼侯之女取其環。」說明紂曾「刲剔孕婦」、「剔孕婦見其化」。然而《聖濟總錄》:「凡妊娠之初，月水乍聚，一月為腜，二月為胚，三月為胎，胎成則男女分，方食于母，而口以焉。」可見「腜」僅是懷孕一個月，一般來說尚難看出有孕之身，「刲剔孕婦」、「剔孕婦見其化」的行為不應該出現在「腜」之女身上。簡文前面「殺三無殆（辜）」中「三無殆（辜）」為特定人物，對照下來，此處的「殺某（梅）之女」應從整理者第二說：讀為「梅」。在《呂氏春秋．恃君覽》:「昔者紂為無道，殺梅伯而醢之，殺鬼侯而脯之，以禮諸侯於廟。」、《韓非子．難言》:「翼侯炙，鬼侯腊，比干剖心，梅伯醢。」中可見梅柏與鬼侯並列，故整理者將梅伯疑為鬼侯應不確。而趙平安先生根據高誘的說法而將「梅之女」理解為梅伯介紹的鬼侯之女，在傳世文獻上無此稱呼鬼侯之女。《史記．殷本紀》:「九侯有好女，入之紂。九侯女不喜淫，紂怒，殺之，而醢九侯。」《潛夫論．潛歎》:「昔紂好色，九侯聞之，乃獻厥女。……紂則大怒，遂脯厥女而烹九侯。」皆直接稱其為九侯（之）女。在史書上，提到商紂暴虐濫殺時，九侯與梅伯經常併舉，或許受此影響，「九侯之女」誤說成

〔註 355〕子居:〈清華簡七《子犯子餘》韻讀〉，中國先秦史網站，2017 年 10 月 28 日（2019 年 7 月 10 日上網）。

〔註 356〕伊諾:〈清華柒《子犯子餘》集釋〉，復旦網，2018 年 1 月 18 日（2019 年 7 月 9 日上網）。

「梅之女」。〔註 357〕

「桊」字本在包山簡、信陽簡出現過，作：（包 2·260）、（信 2·03）。在簡文中「桊」字用法不詳。可見楚簡中本有此字，不應再視為誤字。范常喜先生認為楚簡中基於「关」旁之字多用於表示「管」的辭例，則是因為从「关」、「官」得聲的字皆是元韻，將其字隸定為「栚」，讀為「錧」。並且結合與「錧」同義的「釱」也可以表示刑具腳械之名推測，「錧」或「輨」應也存在用作刑具腳械之名的可能。但文獻上尚未見「錧」或「輨」為刑具名，故此說尚存疑。此處應從王挺斌先生、林少平先生說法，「桊」當如《說文》一樣，解釋為一種類似穿牛鼻一樣的刑具。此一刑具應理解為一種不尋常的刑具，有圈束的效果，突顯商紂的殘酷性。「為桊（桊）梏（梏）三百」即指紂（命人）做了龐大的「桊（桊）」與「梏（梏）」的刑具來拘繫、囚禁人。〔註 358〕

金宇祥：文獻未見「腜」和「女」構詞來表達女子懷孕之例。檢文獻和出土材料表示女子懷有身孕，在卜辭中有：

貞有子。（《合》13517）

乙亥卜，𠂤貞。王曰：有孕，妫。扶曰：妫。（《合》21071）

以「有子」、「有孕」表示。

辛酉卜，姻桒有生（《合》22099）

貞執玐生。（《合》13924）

「桒有生」，即拜求有孕生子。「玐生」義同求生。《馬王堆·胎產書》則云「懷子者」。

文獻中以「有身」表示，如《詩·大雅·文王》：「大任有身，生此文王」或言「孕婦」，《韓詩外傳·卷十》：「昔殷王紂殘賊百姓，絕逆天道，至斮朝涉，刳孕婦，脯鬼侯，醢梅伯，然所以不亡者、以其有箕子比干之故。」又《莊子·天運》：「舜之治天下，使民心競，民孕婦十月生子，子生五月而能言，不至乎孩而始誰，則人始有夭矣。」

〔註 357〕李宥婕：《《清華大學藏戰國竹簡（柒）·子犯子餘》集釋》，頁 128。

〔註 358〕李宥婕：《《清華大學藏戰國竹簡（柒）·子犯子餘》集釋》，頁 133。

或「婦孕」，見《周易・漸》:「九三：鴻漸于陸，夫征不復，婦孕不育，凶；利禦寇。」和《山海經・海內經》:「炎帝之孫伯陵，伯陵同吳權之妻阿女緣婦，緣婦孕三年，是生鼓、延、殳。始為侯，鼓、延是始為鍾，為樂風。」

或「某人孕」，見《左傳・僖公十七年》：

> 夏，晉大子圉為質於秦，秦歸河東而妻之，惠公之在梁也，梁伯妻之，梁嬴孕過期，卜招父與其子卜之，其子曰，將生一男一女，招曰，然，男為人臣，女為人妾，故名男曰圉，女曰妾，及子圉西質，妾為宦女焉。

或以「娠」，見《逸周書・時訓解》:「玄鳥不至，婦人不娠，雷不發聲，諸侯失民，不始電，君無威震。清明之日，桐始華，又五日，田鼠化為鴽，又五日，虹始見。」又《國語・晉語四》:「臣聞昔者大任娠文王不變，少溲于豕牢，而得文王不加疾焉。」因此不從原考釋第一說和羅小虎之說，原考釋第二說和趙平安之說較可從，但「某（梅）之女」確指為何，待考。〔註 359〕

金宇祥：(「」) 學者說法可分為兩種思路，第一種是原考釋和孟躍龍將△字與「桎梏」聯繫。此說有其理據，文獻中常見「桎」、「梏」連文，少與其它詞語成詞。但△字右半無論釋為「弅」(「朕」字右半）或「关」(「卷」字上半），與「桎」的聲音稍隔。第二種是王挺斌、馬楠、王寧、孟躍龍不與「桎」聯繫，另作他解。但王挺斌之說問題在於從牛鼻中環所引伸出的圈束義，用於人恐不合。馬楠之說，「拳」若是解為「手」或「拳頭」義，則與「梏」的意思重複。王寧之說東元沒有通轉之例，故不從。

以往對於古文字「关」、「弅」的認識不夠，李家浩〈信陽楚簡「澮」字及从「弅」之字〉一文將兩者作了清楚的分辨，△字右半部為楚簡的「关」，所以應先考慮从「关」的可能。从「关」可讀為「絭」，《說文・糸部》:「絭，纕臂繩也。从糸，聲。」段玉裁：「絭，引申為凡束縛之偁。」「絭」字本義為捋臂的繩子，故可引伸出「束縛」義。

孟躍龍言△字為「桊」之訛字，也有道理。李家浩之說提出之後，在當時可作為「关」、「弅」分辨的依據，但之後出土的楚簡，發現了「关」、「弅」

〔註 359〕金宇祥：《戰國竹簡晉國史料研究》，頁 93～94。

有訛混的現象，而孟文所舉《保訓》「朕」字从「关」作（簡 3），即是「弅」訛為「关」證據。所以△字右半部雖然是「关」字，但也不能排除「弅」的可能性。从「弅」可讀為「縢」，《說文》：「縢，緘也。从糸，朕聲。」《詩・魯頌・閟宮》：「公車千乘，朱英綠縢」毛傳：「繩也。」《廣雅・釋器》：「索也。」《詩・秦風・小戎》：「交韔二弓，竹閉緄縢。」毛傳：「約也」。「縢」字本義為繩索，可引伸出「約束」義。

故△字可釋讀為「栚（絭）／栚（縢）」，「絭／縢梏」一詞雖未見傳世文獻，但可參照《郭店・窮達以時》簡 6：「管夷吾拘囚梏縛」的「梏縛」。簡文此處意為「束縛拘禁」。〔註 360〕

鼎倫謹案：首先，關於「某之女」，筆者先將學者的釋讀列點整理如下：

1. 讀作「胚之女」，釋作「孕婦」（原整理者主之，伊諾從之）
2. 讀作「梅之女」，釋作「梅伯之女」（原整理者主之，羅小虎、李宥婕、金宇祥從之）
3. 讀作「梅之女」，釋作「梅柏介紹的鬼侯之女」（趙平安主之，金宇祥從之）

關於簡文「某之女」，誠如學者所云有三種釋讀的可能性。一是原整理者所云，讀作「胚之女」，釋作「孕婦」。相傳妲己能辨別孕婦所懷的孩子是男是女，曾讓商紂「剖腹觀胎」，紂王於是令士兵捉拿數十名孕婦，令人剖開其肚子並驗證妲己之言。可見是有紂王殺孕婦的傳言，但在先秦古籍並無記載。如果釋作「懷孕的女生」，則可和後文的「殷邦之君子皆遠逃」呼應。二是讀作「梅之女」，釋作「梅伯之女」，經筆者考察古籍發現，古籍多記載「鬼侯之女」而無「梅伯之女」，所以筆者排除上述的第二點。三是趙平安所云「梅之女」為「梅伯介紹的鬼侯之女」誠如羅小虎所云，文獻記載的「鬼侯」即「九侯」，又如前文筆者論述「三無辜」可能為比干、九侯、鄂侯，這裡的「梅之女」可能是指「九侯之女」，如《楚辭・招魂》云：「九侯淑女，多迅眾些。」林雲銘注：「九侯，假言商九侯之女也。」〔註 361〕《史記・殷本紀》云：「以西伯昌、九侯、鄂侯為三公。九侯有好女，入之紂。九侯女不憙淫，紂怒，殺之。」〔註 362〕可參。有

〔註 360〕金宇祥：《戰國竹簡晉國史料研究》，頁 95。

〔註 361〕（清）林雲銘著；劉樹勝校勘：《楚辭燈校勘》，頁 164。

〔註 362〕（西漢）司馬遷撰；（南朝宋）裴駰集解；（唐）司馬貞索隱；（唐）張守節正義：

一說是當時九侯貴為三公之一，紂王和九侯女過於親近會影響到妲己的勢力，於是妲己詆毀九侯，連帶著九侯女也會受到影響，因此被殺。總的來說，兩者說法皆有一定的道理，然而對於「某之女」的釋讀，筆者採第三點意見，較傾向趙平安讀作「梅之女」，釋作「梅伯介紹的鬼侯之女」，因為在先秦古籍中較有例證可佐。另外，在《郭店・窮達以時》簡 14 有「梅之伯」之文例，可做參看。

其次，關於「桊」，筆者先將學者的釋讀整理為八點說法如下：

1. 讀作「桎」，釋作「足械」。（原整理者主之）
2. 讀作「桊」，釋作「圈束」。（王挺斌主之，李宥婕從之）
3. 讀作「拳」，釋作「拳梏」，視為和「梏」同義之字。（馬楠主之）
4. 讀作「栱（拲）」，釋作「手械」。（王寧主之）
5. 是「栚」之訛字，讀作「桎」。（孟耀龍主之，伊諾從之〔註 363〕）
6. 讀作「桊」，釋作「類似穿牛鼻一樣的刑具」。（林少平主之）
7. 讀作「拲」，釋作「拷住兩手的木制刑具」。（羅小虎主之）
8. 隸作「栚」，讀作「錧」。（范常喜主之）
9. 讀作「桊」，釋作「木制束縛器具」。（子居主之）
10. 讀為「絭」，釋作「束縛」。（金宇祥主之）

觀察「桊」、「桎」、「栱」三字的音韻關係。「桊」的上古音為「見紐元部」，〔註 364〕「桎」的上古音為「端紐質部」，〔註 365〕「栱」的上古音為「見紐東部」。〔註 366〕「桊」和「栱」聲紐相同，但韻部距離較遠，王寧則認為簡文的「桊」有可能和「栱」音近通假。另一方面，「桊」的聲紐為牙喉音，「桎」的聲紐為舌頭音，二字聲紐不同，但是韻部較為接近。簡文此字「 」如孟耀龍所云可見於信陽簡與包山簡，是與瑟相關的一種器物，筆者補充其字

《史記》，頁 94。

〔註 363〕伊諾：〈清華柒《子犯子餘》集釋〉，復旦網，2018 年 1 月 18 日（2019 年 7 月 9 日上網）。

〔註 364〕（東漢）許慎撰；（清）段玉裁注；李添富總校訂：《新添古音說文解字注》，頁 265。

〔註 365〕（東漢）許慎撰；（清）段玉裁注；李添富總校訂：《新添古音說文解字注》，頁 272。

〔註 366〕（東漢）許慎撰；（清）段玉裁注；李添富總校訂：《新添古音說文解字注》，頁 616。

形如：「」（信陽・2・03）、「」（包山・2・260），可見字形十分接近。然而，該字在《信陽簡》及《包山簡》中為遣冊中所記載的物品之一，如果照那樣的釋讀套用到此處的話，相當不適切。是以，筆者贊成馬楠的說法，讀作「拳」，釋作「拳梏」，視為和「梏」同義之字。「拳」的上古音為「匣紐元部」，〔註 367〕「拳」的戰國文字為「」（曾侯乙・212），和本字相比下，為「拳」的「手」旁替換成「木」，表示其性質。這裡闡述商紂的惡政，用兩個排比句表示，「殺三無辜，為炮為烙；殺梅之女，為拳梏三百」，可見除了共有四件事件之外，「為」字後面的動詞各有統一的性質。「炮」和「烙」皆有火旁，代表用火刑；「拳」和「梏」則是皆有木旁，代表用禁錮之刑。

其三，關於「桒」，原整理者讀作「梏」，釋作「手械」，筆者從之。簡文「」的右半為「羍」，甲骨文作「」（合集 6332），為「梏」的初文，金文作「」（中山王嚳方壺／集成 09735）。徐中舒《甲骨文字典》云：「象刑具手梏之形，殷墟出土之陶囚俑有兩腕加梏者，其梏與此字字形一致，……即為甲骨文構形之所取象。」〔註 368〕除此之外，「執」的偏旁有「梏」形，甲骨文作「」（合集 185）、「」（合集 570），金文作「」（兮甲盤／集成 10174），戰國文字作「」（曾侯乙・1 正）、「」（包山・2・15 反）、「」（包山・2・120），其「梏」旁可和「」相比較。簡文此處左半从「木」，表示「梏」的性質。原整理者引《上博簡二・容成氏》「不從命者從而桎梏之，於是乎作為金桎三千。」是很貼切的文例，此文例中「金梏」前為「作」，和此處「拳梏」前是「為」可作比對。此處「為拳梏三百」的「拳梏三百」詞性為名詞，指一件事，意指「禁梏許多人」。筆者認為這裡的「三百」為虛詞，可能記載商紂蠻橫無道禁錮的人比三百人還多。

綜上所述，簡文此句可解讀為：「殺梅之女，禁梏許多人」。

〔註 367〕（東漢）許慎撰；（清）段玉裁注；李添富總校訂：《新添古音說文解字注》，頁 600。

〔註 368〕徐中舒主編：《甲骨文字典》（成都：四川辭書出版社，2006 年），頁 1168。

〔十九〕⿱殹言（殷）邦之君子，無少（小）大、無遠逐（邇），

 ⿱殹言	 邦	 之	 君	 子	 無
 少	 大	 無	 遠	 逐	

原整理者：逐，讀為「邇」，《說文》：「近也。」〔註 369〕

趙平安：「逐」釋為「邇」，於文例密合，無疑是正確的。這個所謂「逐」原字形分別作：（《說命下》簡 2～3）、（《管仲》簡 7）、（《子犯子餘》簡 11～13）之形，都从「辵」。《說命》三篇為同一書手所寫，《說命上》簡 5、6 有三個「豕」字，寫法和《說命下》「逐」字所从相同。《管仲》簡 7 和《子犯子餘》「逐」字寫法相同。《子犯子餘》和《晉文公入於晉》系同一抄手所為，《晉文公入於晉》簡 3 一個「豕」字和兩個从「豕」的字（豢、家），寫法和《子犯子餘》「逐」字所从也相同。因此，上述兩個「逐」字分析為从「辵」从「豕」兩個部分是沒有問題的。〔註 370〕

子居：小大，指長幼尊卑而言。……「逐」讀為「邇」即是从「豕」得聲。〔註 371〕

李宥婕：{邇} 甲骨文記寫作「䂓」，裘錫圭先生有詳論。鄔可晶先生據郭永秉先生「西周金文中用為「邇」的「䂓」，所以「犬」旁已有變作「豕」之例（如大克鼎、番生簋蓋等，見《集成》02836、04326），當是聲化的結果」的意見，進而推測 {邇} 記寫作「逐」。鄔文並已指出，{逐} 在楚簡中多記寫作「达」，與「逐」不相混。《容成氏》19：「夫是以逐者悅怡，而遠

〔註 369〕李學勤主編：《清華大學藏戰國竹簡（柒）》，頁 98。

〔註 370〕趙平安：〈試說「邇」的一種異體及其來源〉，《安徽大學學報》（哲學社會科學版），2017 年第 5 期，頁 88。

〔註 371〕子居：〈清華簡七《子犯子餘》韻讀〉，中國先秦史網站，2017 年 10 月 28 日（2019 年 7 月 10 日上網）。

者自至」、《季庚子問於孔子》19：「毋禁遠，無詣逐」中兩「逐」字皆是與「遠」對文。〔註 372〕

鼎倫謹案：首先，關於「𨟻」，筆者觀察金文及戰國文字的「殷」後，發現其演變規則，並整理成表格如下：

金文	戰國文字（無加「邑」字）	戰國文字（有加「邑」字）
	有上方一橫筆	
 （保卣／集成 05415）  （仲殷父簋／集成 03966）  （虢叔作叔殷榖子簠蓋／集成 04498）		 （上博五·鮑叔牙與隰朋之諫·1）  （本簡）
	戰國文字（無加「邑」字）	戰國文字（有加「邑」字）
	無上方一橫筆	
	 （清華貳·繫年·13）  （清華貳·繫年·17）	 （包山·2·63）  （包山·2·63）  （包山·2·182）  （包山·2·191）

〔註 372〕李宥婕：《《清華大學藏戰國竹簡（柒）·子犯子餘》集釋》，頁 134。

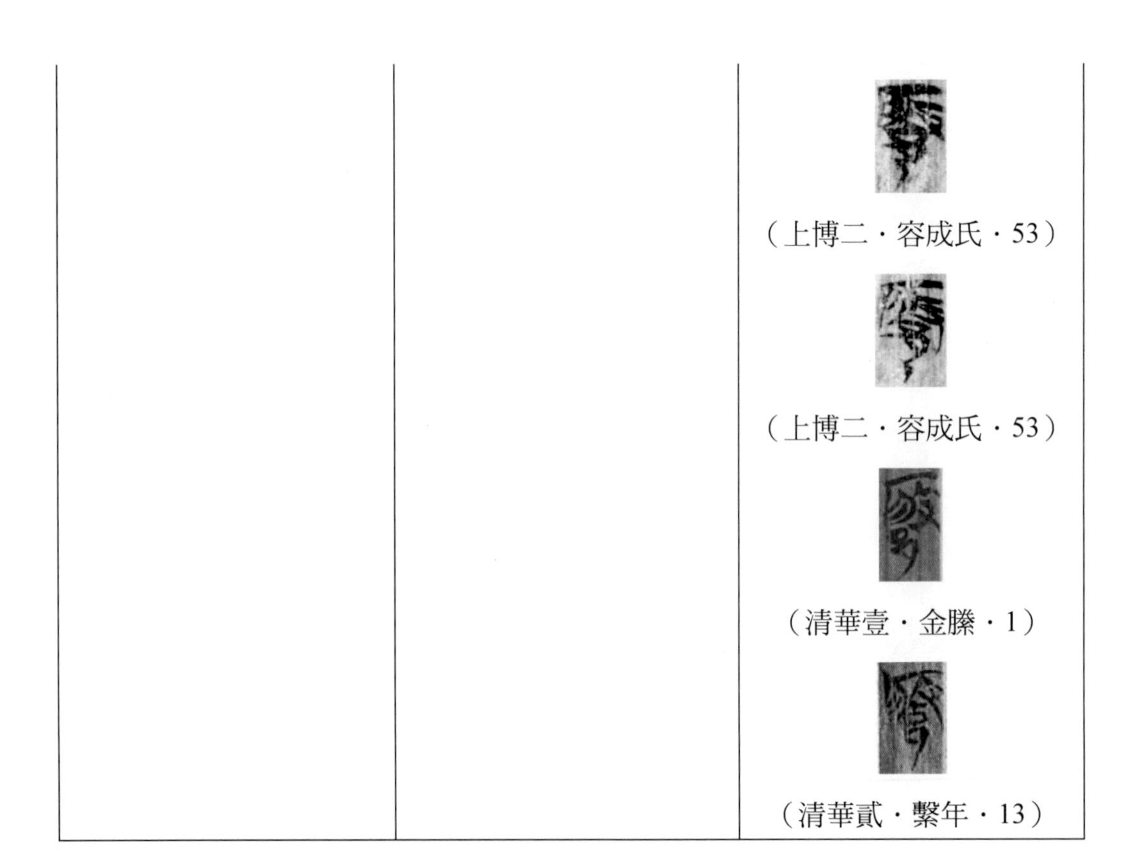

（上博二・容成氏・53）

（上博二・容成氏・53）

（清華壹・金縢・1）

（清華貳・繫年・13）

由此表可知，金文「殷」字形所表之意如《字源》云：「會意字。象手持一可擊刺之物指向另一個人的腹部之形，所會之意不明。」〔註 373〕左半从反身，右半从殳。直到戰國文字，「身」的頭部演變為一橫筆，為飾筆。然而有的「殷」字會沒有這一橫筆，是以筆者在表格中的戰國文字下方區別為有上方一橫筆，以及無上方一橫筆的字形。此外，「殷」在戰國楚簡中多用來指稱「殷商」，因此可以在字形下方加上「邑」字，表示國家，所以筆者將「殷」的戰國文字再分為有加「邑」字及無加「邑」字。由此表可知，戰國文字「殷」字形下方有加「邑」字並且無上方一橫筆佔大多數。然而，無加「邑」字並且保留上方一橫筆的「殷」於戰國文字尚未可見得。因此，本處此字「䣑」為有加「邑」字並且有上方一橫筆，相同的字形為「」（上博五・鮑叔牙與隰朋之諫・1）。除此之外，筆者將此處之「君子」釋作「才德出眾的人」，如《易經・乾》云：「九三，君子終日乾乾」〔註 374〕東漢班固《白虎通・號》

〔註 373〕李學勤主編：《字源》，頁 729。

〔註 374〕李學勤主編；《十三經注疏》整理委員會整理：《周易注疏》，頁 5。

云：「或稱君子何？道德之稱也。君之為言羣也。子者，丈夫之通稱也。」〔註 375〕可參。

其次，關於「小」，《字源》云：「少與小乃一字，本為象形字。卜辭中所見『少』字皆與『小』字同義。」〔註 376〕這裡的「小」和「大」相對，所以可將簡文的「少」讀作「小」。子居認為「小大」指長幼尊卑而言，此說可信。此外，「無小大」可釋作「無論年紀小大」，如《論語・堯曰》云：「君子無眾寡，無小大，無敢慢，斯不亦泰而不驕乎？」〔註 377〕《風俗通義・正失・孝文帝》云：「群臣無小大」，〔註 378〕可參。

其三，關於「逐」，原整理者讀作「邇」，釋作「近」，趙平安、李宥婕、金宇祥從之，〔註 379〕筆者亦認為可從。筆者加以補充二字的音韻關係，「逐」的上古音為「端紐脂部」，〔註 380〕「邇」的上古音為「泥紐脂部」，〔註 381〕聲紐皆為舌頭音，韻部相同，故可通假。「逐」的甲骨文作「」（合集 10229 正）、「」（合集 10296）、「」（屯 663）、〔註 382〕「」（合集 28888）、〔註 383〕「」（H11：113），〔註 384〕金文作「」（㛸奚鼎／集成 02729）、「」（逐毀／集成 02972）、「」（遂𢼸諆鼎／集成 02375）、「」（㛸奚鼎／集成 02729），《字源》云：「甲骨文又有不从豕而从犬、兔、鹿者，構形之義同，均會追趕之義，不限所逐何獸。」〔註 385〕關於「逐」和「邇」的聲

〔註 375〕（清）陳立撰；吳則虞點校：《白虎通疏證》（北京：中華書局，1994 年），頁 48。

〔註 376〕李學勤主編：《字源》，頁 64。

〔註 377〕李學勤主編；《十三經注疏》整理委員會整理：《論語注疏》，頁 307。

〔註 378〕（東漢）應劭：《風俗通義》（北京：中華書局，1985 年），頁 53。

〔註 379〕金宇祥：《戰國竹簡晉國史料研究》，頁 95。

〔註 380〕（東漢）許慎撰；（清）段玉裁注；李添富總校訂：《新添古音說文解字注》，頁 74。

〔註 381〕（東漢）許慎撰；（清）段玉裁注；李添富總校訂：《新添古音說文解字注》，頁 75。

〔註 382〕劉釗、洪颺、張新俊編纂：《新甲骨文編》（福州：福建人出版社，2009 年 5 月），頁 96。

〔註 383〕劉釗、洪颺、張新俊編纂：《新甲骨文編》，頁 97。

〔註 384〕劉釗、洪颺、張新俊編纂：《新甲骨文編》，頁 97。

〔註 385〕李學勤主編：《字源》，頁 129。

音關係，趙平安認為「逐」的聲符是由甲骨文的寫法簡省而來，先省作「𨘢」，再省作「逐」，〔註 386〕趙平安列舉「逐」的戰國文字有：「」（上博五・季庚子問於孔子・19）、「」（上博二・容成氏・19）、「」（清華叁・說命下・3）、「」（清華陸・管仲・7）、「」（清華貳・繫年・93）、「」（清華柒・越公其事・12）。觀察本簡的「」和「」（清華叁・說命下・3）从常見的「豕」的寫法不同，楚簡常見的「豕」首先作「」（包山・2・246）、「」（包山・2・146），筆者推測本簡「豕」的寫法為戰國文字演變的過程中的一種寫法，再至「」（望山・2・51）、「」（包山・2・211）、「」（包山・2・168），逐漸演變為「」（本簡）、「」（清華陸・管仲・7）「豕」旁的寫法，再簡化為「」（上博五・季庚子問於孔子・19）「豕」旁的寫法，有的再从爪旁，如从二爪的「」（清華柒・越公其事・12），該字上半的「臼」當是聲符。另外，「」（清華貳・繫年・93）右上構形與爪寫法則不同。最後，趙平安認為簡文「」和〈管仲〉簡 7「逐」字寫法相同。筆者再補充《清華陸・管仲》簡 7「逐」字的黑白圖版如下：「」，可見兩字形確實相同，其說可從。查證〈管仲〉釋文，其原整理者亦將該篇「吉凶陰陽，遠逐（邇）上下」的「逐」讀作「邇」。〔註 387〕林清源〈上博五〈季庚子問於孔子〉通釋〉也將該篇「毋歆遠，無指逐（邇）」的「逐」讀為「邇」。〔註 388〕可知，此處的「逐」可依照文例，與「遠」形成對比，讀作「邇」，釋作「近」。

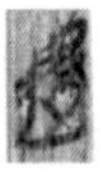

最後，原整理者將「無少（小）大無遠逐（邇）」中添加逗號，斷讀為「無小大，無遠邇」。然而筆者認為「無小大無遠邇」為兩個接續著的概念敘述，皆

〔註 386〕趙平安：〈試說「邇」的一種異體及其來源〉，頁 90。

〔註 387〕李學勤主編：《清華大學藏戰國竹簡（陸）》，頁 111。

〔註 388〕林清源：〈上博五〈季庚子問於孔子〉通釋〉，《漢學研究》第 34 卷第 1 期（2016 年 3 月），頁 285。

用來形容殷邦的君子無論年紀小大，或是地處遠近，見到商紂皆逃離他。因此，筆者將其中間改作頓號，斷讀為「無小大、無遠邇」。綜上所述，簡文此句可解讀為：「殷國的君子，無論年紀小大，無論遠近」。

〔二十〕見【簡十二】受（紂）若大隓（山）牆（將）具（俱）陾（崩），方走去之。

見	受	若	大	隓	牆
具	陾	方	走	去	之

原整理者：隓，疑為「岸」字異體。陾，「堋」字繁寫，《說文》以「堋」為「崩」的古文，《玉篇》：「毀也。」〔註389〕

陳偉：楚簡中「鼎」有時寫得與「具」相似。如上海博物館楚簡《性情論》15、38號簡中用作「則」者。從這個角度考慮，整理者釋為「具」的字，也可能釋為「鼎」，讀為「顛」。《書・盤庚中》「顛越不恭」孔安國傳：「顛，隕也。」《易・鼎》「鼎顛趾」鄭玄注：「顛，踣也。」《莊子・人間世》「且為顛為滅」成玄英疏：「顛，覆也。」《漢書・五行志中之上》「厥應泰山之石顛而下」顏師古注：「顛，墜也。」《焦氏易林》多次用到「崩顛」，如卷六《賁之明夷》：「作室山根，人以為安，一夕崩顛，破我壺飧。」卷十六《未濟之觀》：「日月並居，常暗匪明，高山崩顛，丘陵為溪。」可參看。〔註390〕

羅小虎：整理報告云對具字無注。具字，似可讀為「遽」。具，羣母侯部。遽，羣母魚部。楚系文字中魚侯兩部關係比較密切，音近可通。遽，突然、猝

〔註389〕李學勤主編：《清華大學藏戰國竹簡（柒）》，頁98。

〔註390〕陳偉：〈清華七《子犯子餘》校讀（續）〉，武漢網，2017年5月1日（2019年7月10日上網）。

子居：「產」與「山」上古音同音，先秦稱山崩之例甚多，而稱岸崩者則無一例，故「隡」當讀為「山」。《國語・周語上》：「夫國必依山川，山崩川竭，亡之征也。」因此這裡用山崩比喻商亡。〔註392〕

伊諾：「隡」可從子居說，讀為「山」，「具」可從羅小虎釋，讀為「遽」，表示突然、猝然。〔註393〕

李宥婕：「隡」字應是从阜、產聲，「阜」本可釋作山阜，「產」、「岸」皆為元部字音近，故整理者疑為「岸」字異體可从。「鼎」字在楚簡中作：（上（1）・性・15）、（信2・025）、（包山2・254）可明顯見「鼎」下之足或火；「具」字下部則明顯從「廾」，如：（上（1）・紂・9）、（郭・緇・16）。簡文「」明顯為「具」形。若從羅小虎所言讀為「遽」，則「突然、猝然」意與「將」字則矛盾，「猝然」是無法預期的。應通「俱」，釋為「皆、全」，「具隓（崩）」應是指高山整個崩塌。〔註394〕

金宇祥：楚簡「具」字作《上博一・緇衣》9、《上博七・凡物流形》乙15、《清華叁・芮良夫毖》15，下半皆有「廾」形，目前未見與「鼎」字相混，簡文字仍為「具」，依原字讀，《詩・小雅・節南山》：「民具爾瞻。」作副詞，都、全之意。〔註395〕

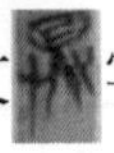

鼎倫謹案：首先，關於「隡」，原整理者認為是「岸」字異體，李宥婕從之；子居讀作「山」，伊諾從之。筆者考察這三個字的音韻關係，「產」的上

年7月3日上網）。

〔註392〕子居：〈清華簡七《子犯子餘》韻讀〉，中國先秦史網站，2017年10月28日（2019年7月10日上網）。

〔註393〕伊諾：〈清華柒《子犯子餘》集釋〉，復旦網，2018年1月18日（2019年7月9日上網）。

〔註394〕李宥婕：《《清華大學藏戰國竹簡（柒）・子犯子餘》集釋》，頁135～136。

〔註395〕金宇祥：《戰國竹簡晉國史料研究》，頁96。

鼎倫謹案：首先，關於「隆」，原整理者認為是「岸」字異體，李宥婕從之；子居讀作「山」，伊諾從之。筆者考察這三個字的音韻關係，「產」的上古音為「心紐元部」，〔註 396〕「岸」的上古音為「疑紐元部」，〔註 397〕「山」的上古音為「心紐元部」。〔註 398〕「產」與「山」的聲紐及韻部皆相同，故可通假。「產」的聲紐為齒頭音，「岸」的聲紐為牙喉音，二字韻部相同，但是聲紐不同，因此如果視作「岸」的異體字會不如將「產」讀作「山」來得精確。然而本篇的簡十一中已有「昔者成湯以神事山川」的「山」，本字如「」。是以，這裡寫成筆畫較多的「」，實屬特別。高佑仁師亦認為就用字情況來看，比較奇怪一些。〔註 399〕

其次，關於「具」，陳偉認為是「鼎」字，讀作「顛」，釋作「覆」；羅小虎讀作「遽」，釋作「突然」、「猝然」，伊諾從之；李宥婕讀作「俱」，釋為「皆、全」；金宇祥讀為「具」，釋作「都、全」。筆者將本篇有「鼎」旁的字——「鼎刂」，和此字比較：

簡十三	簡十四	簡十五

此處「具」與「鼎刂」左半「鼎」的寫法於下半特別不同，而簡十四及簡十五「鼎刂」的「貝」旁疑似已訛混為「鼎」。《說文解字》云：「具，共置也。从廾、貝省。」〔註 400〕可見，許慎認為「具」是从廾、从貝省。然而，「鼎」與「貝」古文字常相混，對於「具」的古文字，季旭昇《說文新證》云：

〔註 396〕（東漢）許慎撰；（清）段玉裁注；李添富總校訂：《新添古音說文解字注》，頁 273。

〔註 397〕（東漢）許慎撰；（清）段玉裁注；李添富總校訂：《新添古音說文解字注》，頁 446。

〔註 398〕（東漢）許慎撰；（清）段玉裁注；李添富總校訂：《新添古音說文解字注》，頁 442。

〔註 399〕高佑仁師指導筆者時，提供此寶貴意見，2019 年 11 月 18 日。

〔註 400〕（東漢）許慎著；（清）段玉裁注：《說文解字注》，頁 104。

> 作的還不算太少，……「从廾从貝」會不出「共置」的意義，商代馭八卣已有「具」字，但我們很難想像商代「共置」物品要用「貝」來買（那的物品交換主要是以物易物）。相反地，「从廾、从鼎」可以會「以鼎盛食物，供給賓客」的「共置」義。〔註401〕

可知，「具」下方有「廾」形是確定的，如「」（郭店・緇衣・16）、「」（上博一・緇衣・9）、「」（清華叁・芮良夫毖・15）、「」（清華伍・命訓・5）。如李宥婕所云「具」字下部則明顯從「廾」，金宇祥亦云目前未見與「鼎」字相混的「具」。因此，筆者認為本處此字為「具」，和原整理者隸定相同。可是，「具」如果能讀如本字，就不須讀作「俱」。筆者從金宇祥之說，依原字讀，釋作「全部」，如《清華叁・芮良夫毖》簡15：「懷慈幼弱、羸寡矜獨，萬民具賴，邦用昌熾。」《清華伍・命訓》簡5：「六極既達，九間具塞。」可參。

其三，關於「隓」，原整理者認為是「㑊」字繁寫，為「崩」之古文，釋作「毀」。《說文解字》中「崩」字古文為「」，从𠂤。〔註402〕觀察該古文和本字「」，字形大致相似，有可能如原整理者所云為繁寫，是以從原整理者之說。除此之外，「大山將俱崩」意指「大山將全部崩塌」，可見情況十分危急且具有生命危險之虞，用來比喻商紂「殺三無辜，為炮為烙；殺梅之女，為桎梏三百」之殘忍無道。

其四，關於「方」，筆者釋作「正要」，為副詞，表示某種狀態正在持續或某種動作正在進行。如《左傳・定公四年》云：「國家方危，諸侯方貳，將以襲敵，不亦難乎！」〔註403〕《史記・陳涉世家》云：「燕人曰：『趙方西憂秦，南憂楚，其力不能禁我。』」〔註404〕可參。「方走去之」意指證要逃離商紂，筆者在簡文斷讀中將原整理者的逗號改為句號，和下文有所區隔。

〔註401〕季旭昇：《說文新證》，頁175。

〔註402〕（東漢）許慎著；（清）段玉裁注：《說文解字注》，頁441。

〔註403〕李學勤主編；《十三經注疏》整理委員會整理：《春秋左傳正義》，頁1775。

〔註404〕（西漢）司馬遷撰；（南朝宋）裴駰集解；（唐）司馬貞索隱；（唐）張守節正義：《史記》，頁1049。

憂楚，其力不能禁我。』」〔註 404〕可參。「方走去之」意指證要逃離商紂，筆者在簡文斷讀中將原整理者的逗號改為句號，和下文有所區隔。

其五，此處敘述「紂」之句型「見紂若大山將俱崩，方走去之」，和前文敘述「成湯」之句型「面見湯若䨓（暴）雨，方奔之，而鹿（庇）雁（蔭）焉」形成對比。「走去之」一如本篇的用例，「公子不能止焉，而『走去之』」、「吾主好定而敬信，不秉禍利身，不忍人，故『走去之』」、「顧監於過，而『走去之』」，皆釋作「逃離他」，並且有遠離的方向性，和見到湯趨近的「奔之」形成相反對比。綜上所述，此句可解讀為：「看見紂就像是看見大山將全部崩塌一樣，正要逃離他」。

〔二一〕愳（懼）不死，型（刑）以及于（於）氒（厥）身，邦乃述（墜）㚇（亡）▬。用凡君所䎽（問）莫可䎽（聞）▬。」

愳	不	死	型	以	及
于	氒	身	邦	乃	述
㚇	用	凡	君	所	䎽
莫	可	䎽			

〔註 404〕（西漢）司馬遷撰；（南朝宋）裴駰集解；（唐）司馬貞索隱；（唐）張守節正義：《史記》，頁 1049。

原整理者：不死刑，唯恐不死的刑，形容紂刑的恐怖。述，讀為「遂」。遂亡，《荀子・正論》「不至於廢易遂亡」，王先謙《集解》：「遂，讀為墜。」〔註 405〕

鄭邦宏：「愳（懼）不死型（刑）以及于氒（厥）身」，當斷為「愳（懼）不死，型（刑）以及于氒（厥）身」，意思是說懼怕自己不死，紂的各種酷刑加害于自己；換句話說，就是寧願死去，也不受紂的各種酷刑，足見刑罰之殘酷。〔註 406〕

厚予：「述」整理者讀為「遂」，愚按「乃」、「遂」皆為語辭，多餘。「述」疑讀為「墜」，「墜亡」古書習見。〔註 407〕

雲間：（邦乃遂亡）末字為喪。雖然意同，但字異。從中見於上博簡與璽印文，徐在國已論之。〔註 408〕

趙嘉仁：「愳（懼）不死型（刑）以及于氒（厥）身。」中的「以」字應該通作「已」。乃「已經」之意。《國語・晉語四》：「其聞之者，吾以除之矣。」「以除之」即「已除之」。所以「愳（懼）不死型（刑）以及於氒（厥）身。」這句話的意思就是「害怕還沒死，刑就已經加於身了。」〔註 409〕

羅小虎：簡 13「用凡君所問莫可聞」之中的「用」也是表示結果。簡 13 可以理解為「所以說凡君所問莫可聞」。〔註 410〕

陳斯鵬：段末「用凡君所問莫可聞」的「用」也應理解為表結果的連詞。

〔註 405〕李學勤主編：《清華大學藏戰國竹簡（柒）》，頁 98。

〔註 406〕清華大學出土文獻讀書會（石小力整理）：〈清華七整理報告補正〉，清華網，2017 年 4 月 23 日（2019 年 7 月 10 日上網）。另可見鄭邦宏：〈讀清華簡（柒）札記〉，頁 251～252。

〔註 407〕見武漢網「簡帛論壇」〈清華七《子犯子餘》初讀〉19 樓，2017 年 4 月 24 日（2019 年 7 月 3 日上網）。

〔註 408〕見武漢網「簡帛論壇」〈清華七《子犯子餘》初讀〉21 樓，2017 年 4 月 24 日（2019 年 7 月 3 日上網）。

〔註 409〕趙嘉仁：〈讀清華簡（七）散札（草稿）〉，復旦大學出土文獻與古文字研究中心網學術討論區，2017 年 4 月 24 日。

〔註 410〕見武漢網「簡帛論壇」〈清華七《子犯子餘》初讀〉92 樓，2017 年 7 月 2 日（2019 年 7 月 3 日上網）。

秦公問蹇叔有沒有舊聖哲人政令使人之道、遺老之言可資採用實行，蹇叔劈頭來一句「君之所問莫可聞」，予以否定，接著講了正反兩個具體例子，言下之意是，沒什麼靈丹妙藥、金玉良言，您就從湯與紂的興亡之由去體會吧。最後再來一句「用凡君所問莫可聞」呼應作結，可翻譯為「所以說您所問的那些是沒聽說過的」。〔註 411〕

子居：（原整理者的說法）所說可從，《說苑．敬慎》：「夫人為善者少，為讒者多，若身不死，安知禍罪不施。」是類似的表達。遂有成就、終止義，引申為亡，《說文．辵部》：「遂，亡也。」先秦文獻稱「遂亡」之例甚多，而稱「墜亡」者無一例，可見整理者所引王先謙《集解》說實不能成立。〔註 412〕

伊諾：「思（懼）不死型（刑）以及于氒（厥）身」，當從鄭邦宏說，斷為「思（懼）不死，型（刑）以及于氒（厥）身」，就是懼怕自己不死，紂的各種酷刑已經加害于自己。「述」讀為「墜」，厚予之說可從。〔註 413〕

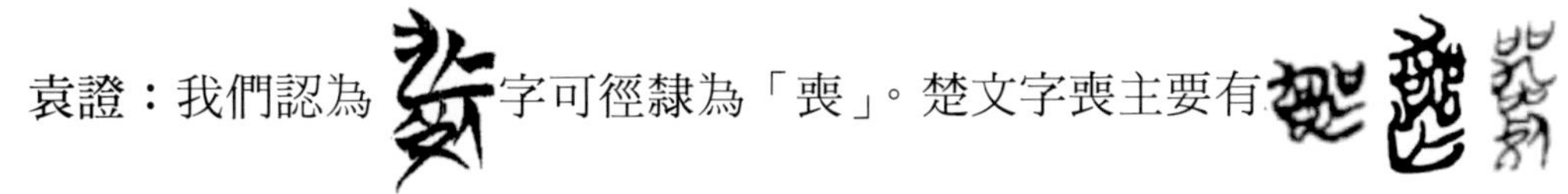

袁證：我們認為字可徑隸為「喪」。楚文字喪主要有

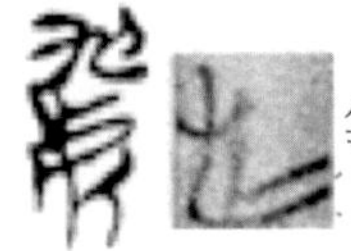

等寫法，此處字與諸字形皆不完全相同，但差別不大。〔註 414〕

李宥婕：此處可依鄭邦宏先生斷為「思（懼）不死，型（刑）以（已）及于氒（厥）身」。《左傳．昭公十二年》：「王揖而入，饋不食，寢不寐，數日。不能自克，以及於難。」《韓非子．難四》：「君子之舉知所惡，非甚之也，曰知之若是其明也，而不行誅焉，以及於死，故知所惡，以見其無權也。」以上兩處「以及於～」皆等同於「以至於＋結果」。故此處「以」字可從趙嘉仁先生，通作「已」。整句的意思就是「害怕還沒死，刑就已經加于身了。」〔註 415〕

〔註 411〕陳斯鵬：〈清華大學所藏戰國竹書（柒）虛詞札記〉，頁 5。

〔註 412〕子居：〈清華簡七《子犯子餘》韻讀〉，中國先秦史網站，2017 年 10 月 28 日（2019 年 7 月 10 日上網）。

〔註 413〕伊諾：〈清華柒《子犯子餘》集釋〉，復旦網，2018 年 1 月 18 日（2019 年 7 月 9 日上網）。

〔註 414〕袁證：《清華簡《子犯子餘》等三篇集釋及若干問題研究》，頁 39。

〔註 415〕李宥婕：《《清華大學藏戰國竹簡（柒）．子犯子餘》集釋》，頁 137。

即「亡」的之異體。然而禤健聰先生認為應釋為「喪」，寫法來源於上博《三德》簡 14：「亡（無）備（服）〔之〕（喪）」中「」。在古文字字形演變中，常以添加新形旁來增強全字的表意功能，「喪」字既增「死」或「歺」旁，上半隨之省訛，由而，由而，遂與「芒」同形，而出現類寫法。從到這種字內偏旁類化現象，古文字材料並不罕見。《公羊傳・僖公二十二年》：「君子不厄人，吾雖喪國之餘，寡人不忍行也。」、《論語・子路》：「一言而喪邦，有諸？」，「喪國」、「喪邦」即亡國。簡 14～15 中「欲亡邦系（奚）以」的「亡」作，故此處「㞼」應釋為「喪」。《中論・智行》：「成王非不仁厚於骨肉也，徒以不聰叡之故，助畔亂之人，幾喪周公之功，而墜文、武之業。」中「喪」、「墜」對文，亦可對照簡文。〔註 416〕

金宇祥：「不死＋名詞」這樣的詞組，在文獻中有兩種用法，第一種如：

《山海經・海外南經》：「不死民在其東，其為人黑色，壽不死。」

《山海經・海外西經》：「開明北有視肉、珠樹、文玉樹、玗琪樹、不死樹。」

《淮南子・墬形訓》亦有類似記載，「不死民」、「不死樹」意思是「不死之民」、「不死之樹」。

第二種如：

《韓非子・飭令》：「重刑少賞，上愛民，民死賞。多賞輕刑，上不愛民，民不死賞。」

《管子・重令》：「將帥不嚴威，民心不專一，陳士不死制，卒士不輕敵，而求兵之必勝，不可得也。」

《管子・法法》：「令已布而賞不從，則是使民不勸勉、不行制、不死節。」

《管子・大匡》：「管仲辭於君曰：『君免臣於死，臣之幸也。然臣之不死糺也，為欲定社稷也。社稷不定，臣祿齊國之政而不死糺也，

〔註 416〕李宥婕：《《清華大學藏戰國竹簡（柒）・子犯子餘》集釋》，頁 138。

臣不敢。』」

《呂氏春秋．務大》：「鄭君問於被瞻曰：『聞先生之義，不死君，不亡君，信有之乎？』」

《韓非子．飭令》：「民死賞」，陳奇猷言「民為賞而死」。所以「民不死賞」即「民不為賞而死」，這種語法結構可分析為「否定詞＋死＋目的賓語」，其後《管子》和《呂氏春秋》的文例皆可以此來理解。簡文「不死刑」應屬第一種用法，意為虐待人卻不會致死的酷刑。或理解為「不死之刑」，省略了「之」字。〔註 417〕

鼎倫謹案：首先，關於這裡的斷句，原整理者斷讀為「懼不死刑以及于厥身，邦乃遂亡」，並將「不死刑」解釋作唯恐不死的刑，形容紂刑的恐怖，趙嘉仁、子居、袁證、〔註 418〕金宇祥從之；鄭邦宏斷讀為「懼不死，刑以及于厥身」，解釋作懼怕自己不死，紂的各種酷刑加害于自己，換句話說：「寧願死去，也不受紂的各種酷刑」，伊諾、李宥婕從之。筆者認為「不死刑」釋作「唯恐不死的刑」，於文不辭。因此筆者贊同鄭邦宏的說法，將此句斷讀作「懼不死，刑以及于厥身」，指害怕自己不死，刑罰終會來到自己身上。意即害怕商紂，活著的人接近他就會遭受到刑罰，於是活著的人都要遠離。這裡的「刑」可能包含前述的「為炮為烙」以及「為桎梏三百」等酷刑。

其次，關於「以及於」，趙嘉仁認為「以」通作「已」，釋作「已經」，李宥婕從之，並認為此句型如同「以至於＋結果」，其說可從。在先秦文獻中的用例有《左傳．昭公十二年》：「不能自克，以及於難。」〔註 419〕《韓非子．難四》：「而不行誅焉，以及於死」〔註 420〕筆者認為「以」不必通作「已」，直接讀如本字，「以及於」釋作「將會有（怎麼樣的後果）」。除此之外，關於「厥身」，釋作「其身」，用例如《尚書．盤庚上》云：「以自災于厥身」〔註 421〕《左傳．昭公二十六年》：「王愆于厥身」〔註 422〕，此處可能是指「殷邦之君子」。筆者

〔註 417〕金宇祥：《戰國竹簡晉國史料研究》，頁 97。

〔註 418〕袁證：《清華簡《子犯子餘》等三篇集釋及若干問題研究》，頁 9。

〔註 419〕李學勤主編；《十三經注疏》整理委員會整理：《春秋左傳正義》，頁 1506。

〔註 420〕（清）王先慎撰；鍾哲點校：《韓非子集解》（北京：中華書局，1998 年），頁 384。

〔註 421〕李學勤主編；《十三經注疏》整理委員會整理：《尚書正義》，頁 273。

〔註 422〕李學勤主編；《十三經注疏》整理委員會整理：《春秋左傳正義》，頁 1695。

認為「以及於厥身」可解讀作將會加於其自身。

其三，關於「述」，原整理者認為可讀作「遂」或「墜」，袁證及金宇祥從「遂」說，〔註 423〕李宥婕從「墜」說；厚予讀作「墜」，認為「墜亡」古書習見，伊諾從之；子居讀作「遂」，釋作「終」，引申為「亡」。筆者認為「述」讀作「墜」，和「喪」意義接近，贊成李宥婕的說法。用例除原整理者引《荀子・正論》「不至於廢易遂亡」，王先謙《集解》：「遂，讀為墜。」之外，還可見《上博九・靈王遂申》：「王將述（墜）邦」，〔註 424〕《清華柒・越公其事》：「焉墜失宗廟」。〔註 425〕

其四，關於「喪」，原整理者讀作「亡」，子居、金宇祥從之；〔註 426〕雲間讀作「喪」，袁證、李宥婕從之。關於「桑」字，甲骨文作「[illegible]」（合集 29362），戰國文字作「[illegible]」（包山・2・92）、「[illegible]」（包山・2・167）、「[illegible]」（上博二・民之父母・6）、「[illegible]」（上博二・民之父母・7）、「[illegible]」（上博二・民之父母・12）、「[illegible]」（上博二・容成氏・41）。關於「喪」字，甲骨文作「[illegible]」（合集 1083）、「[illegible]」（合集 28932），金文作「[illegible]」（冉鉦鋮／集成 00428）、「[illegible]」（毛公鼎／集成 02841）、「[illegible]」（喪史賓瓶／集成 09982）、「[illegible]」（子犯鐘／NA1010），戰國文字作「[illegible]」（郭店・老丙・8）、「[illegible]」（郭店・老丙・9）、「[illegible]」（郭店・老丙・10）、「[illegible]」（郭店・性自命出・67）、「[illegible]」（上博二・民之父母・13）、「[illegible]」（上博二・民之父母・14），季旭昇《說文新證》云：「甲骨文假借『桑』字，加口形為分化符號，『口』形由二至五不等。」〔註 427〕由此可見，「喪」為从「桑」加「口」旁，「死」則為意符。簡

〔註 423〕袁證：《清華簡《子犯子餘》等三篇集釋及若干問題研究》，頁 9。金宇祥：《戰國竹簡晉國史料研究》，頁 48。

〔註 424〕季旭昇、高佑仁師主編：《〈上海博藏戰國楚竹書（九）〉讀本》，頁 76～77。

〔註 425〕見武漢網「簡帛論壇」〈清華七〈越公其事〉初讀〉206 樓，2017 年 8 月 23 日（2019 年 10 月 20 日上網）。

〔註 426〕金宇祥：《戰國竹簡晉國史料研究》，頁 48。

〔註 427〕季旭昇：《說文新證》，頁 107。

文「[illegible]」上半是「九＋亡」聲，原整理者隸定作「⿱亡兄」，但是嚴格上來說上半是「九＋亡」，因此筆者改隸定作「⿱⿰九亡兄」，該字可讀作「亡」，也可讀作「喪」，但是筆者認為此處讀作「亡」比較適當，因為可和前文的「墜」連讀「墜亡」，「墜亡」一詞比「墜喪」來得常見，釋作「喪失」或「滅亡」，是以筆者贊成原整理者、子居及金宇祥的說法。

其五，蹇叔這一段回答秦穆公的結尾語和開頭語，有呼應的功能，筆者整理如下：

簡十	簡十三
凡君之所問莫可聞	用凡君所問莫可聞

關於「用」，羅小虎釋作「於是」，表示結果，其說可從。筆者再加以補充其說法，用例如《尚書・甘誓》云：「有扈氏威侮五行，怠棄三正，天用勦絕其命」。〔註 428〕這裡當作連接詞，連結中間論述的「成湯」及「紂」之事蹟，所以簡十的開頭相似句型，沒有「用」是合理的。

綜上所述，此句可解讀為：「懼怕自己不死，刑罰將會加於自身，國家於是滅亡。於是君主您所問的沒有聽聞。」

〔註 428〕李學勤主編；《十三經注疏》整理委員會整理：《尚書正義》，頁 207。

第捌章　釋文考證——重耳問蹇叔

（一）釋　文

公子⿰礻童（重）耳䎽（問）於邗（蹇）害（叔）曰：「⿱亡兀（亡）【簡十三】人不孫（遜），敢大膾（膽）䎽（問）：〔一〕『天下之君子，欲⿺辶己（起）邦系（奚）以？欲亡邦系（奚）以？』」〔二〕邗（蹇）害（叔）倉（答）曰：「女（如）欲⿺辶己（起）邦，⿰鼎刂（則）大甲與盤庚、文王、武王；〔三〕女（如）欲【簡十四】亡邦，⿰鼎刂（則）榤（桀）及受（紂）、剌（厲）王、幽王。〔四〕亦備才（在）公子之心巳（已），系（奚）褮（勞）䎽（問）女（焉）▬。」【簡十五】〔五〕

（二）文字考釋

〔一〕公子⿰礻童（重）耳䎽（問）於邗（蹇）害（叔）曰：「⿱亡兀（亡）【簡十三】人不孫（遜），敢大膾（膽）䎽（問）：

𨙵	呰	 曰	 兟	 不	 孫
 敢	 大	 膾	 䎽		

原整理者：簡首缺「人」字。亡人，逃亡在外的人，重耳自稱。《禮記．大學》「舅犯曰：『亡人無以為寶』」，鄭玄注：「亡人謂文公也。」不孫，即不遜，謙詞，不恭敬。〔註1〕

陳美蘭：簡13「褱耳」讀為「重耳」，自是毫無疑問，从童、从重相通者亦例多毋庸贅舉，有意思的是，這應該是有史以來首次出現「重耳」的異文。……「重耳」之名「重」取義於厚是極可能的。上引王念孫《廣雅疏證》手稿在「襩」字下云：「物重則厚，相重疊亦厚。」「重耳」可能指耳朵尤其耳朵或耳垂特別肥厚，這是明顯可見的外貌特徵，古人取名，不乏以特徵為名。〔註2〕

子居：「膾」字在傳世文獻中未見早於戰國末期者，這也說明《子犯子餘》篇最可能成文於戰國末期。「大膾」即「張膾」，《詩經．大雅．韓奕》：「四牡奕奕，孔修且張。」毛傳：「張，大。」《尉繚子．兵談》：「人人無不騰陵張膾，絕乎疑慮，堂堂決而去。」〔註3〕

滕勝霖：「亡人」意思是逃亡在外之人，此為公子重耳自謙之語。〔註4〕

伊諾：整理者簡首補缺字為「人」可從。「亡人」即重耳自稱。「大膾」不必改釋為「張膾」，當以如字釋。〔註5〕

〔註1〕李學勤主編：《清華大學藏戰國竹簡（柒）》，頁98。

〔註2〕陳美蘭：〈近出戰國西漢竹書所見人名補論〉，《出土文獻研究》（第十六輯）（上海：中西書局，2017年9月），頁77～80。

〔註3〕子居：〈清華簡七《子犯子餘》韻讀〉，中國先秦史網站，2017年10月28日（2019年7月10日上網）。

〔註4〕滕勝霖：〈簡帛語類文獻婉語初探——以《清華大學藏戰國竹簡》春秋語類文獻為例〉，頁223。

〔註5〕伊諾：〈清華柒《子犯子餘》集釋〉，復旦網，2018年1月18日（2019年7月9

袁證：「喪人」亦可指失位流亡之人。《公羊傳》昭公二十五年「喪人不佞，失守魯國之社稷」，何休注：「喪人，自謂亡人。」〔註6〕

李宥婕：「𡿪」字上述已釋為「喪」，整理者引《禮記．大學》中「亡人無以為寶」，《禮記．檀弓下》：「舅犯曰：『孺子其辭焉；喪人無寶，仁親以為寶。父死之謂何？又因以為利，而天下其孰能說之？孺子其辭焉。』」則為「喪人」。故逃亡在外的人亦可稱「喪人」。〔註7〕

鼎倫謹案：首先，關於「𡿪人」，原整理者讀作「亡人」，釋作「逃亡在外的人」，伊諾、金宇祥、〔註8〕滕勝霖從之；袁證讀作「喪人」，釋作「失位流亡之人」，李宥婕從之。從李宥婕引《禮記．檀弓下》：「舅犯曰：『孺子其辭焉；喪人無寶，仁親以為寶。父死之謂何？又因以為利，而天下其孰能說之？孺子其辭焉。』」來看，「喪人」於文例中為「居喪之人」，指重耳服喪之意，〔註9〕和簡文此處涵義不同，故此處不可讀作「喪人」。〈子犯子餘〉的背景為重耳亡失國家，逃亡在外。因此筆者從原整理者之說，讀作「亡人」，如《左傳．僖公九年》云：「臣聞亡人無黨」，〔註10〕《左傳．昭公二十年》云：「亡人不佞，失守社稷，越在草莽，吾子無所辱君命。」〔註11〕《左傳．昭公三十一年》云：「君惠顧先君之好，施及亡人」，〔註12〕可參。滕勝霖認為此為公子重耳自謙之語，其說可從。另外，就原整理者所舉「亡人」之例，筆者加以補充此是子犯稱呼重耳，而非國君自我謙稱。第十三簡簡首殘缺一字，原整理者認為是「人」，伊諾、袁證及李宥婕皆從之，筆者認為亦可從。此外，觀察本篇原整理者讀作「亡」的字有四字，筆者歸納分別有三種寫法，整理成表格如下：

日上網）。

〔註6〕袁證：《清華簡《子犯子餘》等三篇集釋及若干問題研究》，頁39。

〔註7〕李宥婕：《《清華大學藏戰國竹簡（柒）．子犯子餘》集釋》，頁140。

〔註8〕金宇祥：《戰國竹簡晉國史料研究》)，頁48。

〔註9〕黃聖松師在筆者學位口試當天指點此寶貴意見，2019年12月23日。

〔註10〕李學勤主編；《十三經注疏》整理委員會整理：《春秋左傳正義》，頁413。

〔註11〕李學勤主編；《十三經注疏》整理委員會整理：《春秋左傳正義》，頁1603。

〔註12〕李學勤主編；《十三經注疏》整理委員會整理：《春秋左傳正義》，頁1749。

A	B	C	
簡十三	簡十三	簡十四	簡十五

A、B 二類字形結構大致相似，不同處有四：一是「九」形左半的不同，A 字為「」，B 字為「」；二是「亡」的「卜」形在 B 字訛變為「L」形，A 字為「」，B 字為「」；三是「歺」上半的不同；四是「匕」在 B 字多一橫筆，「匕」是依據「死」字而來，事實上右半即是「人」。C 類二字形相同，然在書寫上仍有不同，簡十四的字形比例長寬不同，整體字形結構較似長方形，簡十五的字形比例則是長寬相同，整體字形結構較似正方形。綜上所述，此處「」和簡 13「」皆根據簡文前後文意讀作「亡」；簡 14「」和簡 15「」也讀作「亡」。

其次，「不遜」為古籍習語，原整理者認為是謙詞，表示不恭敬之意，可從。筆者補充其用例如《國語．晉語三》云：「鄭也不遜」〔註 13〕可參。

其三，關於「敢大膽」，這裡的「敢」用法如同前文秦穆公問蹇叔的「不穀余敢問其道奚如」，釋作「豈敢」，為自謙用法。此外，關於「」，該字在「肉」與「言」中間添加一撇，觀察偏旁為「詹」的古文字，「」（國差𦉜 / 集成 10361）（𦉜）、「」（王命龍節 / 集成 12102）（檐）、「」（噩君啟車節 / 集成 12110）（檐）、「」（包山．2．147）（𧬈）、「」（九店．56．4）（檐）、「」（包山．2．86）（鄶）、「」（包山．2．174）（𧬈），可以發現「詹」早期為「从言从八」之字，季旭昇《說文新證》認為「詹」是兩聲字，本作「㕬」後加「产」聲，〔註 14〕意即「詹」的字形演變直到後期，再加上「产」聲遂形成「詹」字。簡文「」為从肉从詹，讀作「膽」，其偏旁

〔註 13〕徐元誥撰；王樹民、沈長雲點校：《國語集解》，頁 309。

〔註 14〕季旭昇：《說文新證》，頁 83～84。

「詹」形為从言再加撇形，筆者推測撇形可能是分化符號。關於从「产」聲的「詹」形可見「」（十三年少府矛／集成 11550）（儋）、「」（上博一・緇衣・9），其「人」形皆立於「厂」上，〔註 15〕和「」的偏旁「詹」字比較下，未可見「产」，但可證實此處的撇形是分化符號。「大膽」，子居釋作「張膽」，伊諾以本字釋，筆者從伊諾之說，「大膽」意為斗膽、冒昧之意。此處重耳接連使用「亡人」、「不遜」、「敢」、「大膽」等字詞，能得知他是以相當謙卑的態度詢問蹇叔。

最後，陳美蘭認為簡文的「褱耳」為有史以來「重耳」的異文，並透過从「童」及从「重」相通推論而得知，其說可從。筆者補充「童」和「重」的聲音關係，可參《古字通假會典》云：「《易・旅》：『得童僕貞。』漢帛書本童作重。《禮記・檀弓下》：『與其鄰重汪踦往。』鄭注：『重皆當為童。』《孔子家語・曲禮》重作童。《呂氏春秋・上農》：『民農則重，重則少私義。』《亢倉子》重作童。」〔註 16〕可見，「童」和「重」聲音相通，故可通假。另外，關於「」，在戰國文字中還可見「」（曾侯乙・25）、「」（曾侯乙・176）。綜上所述，簡文此句可解讀為：「公子重耳向蹇叔問說：『亡人不恭敬，豈敢大膽請問……』」。

〔二〕『天下之君子，欲記（起）邦系（奚）以？欲亡邦系（奚）以？』」

天	下	之	君	子
欲	记	邦	系	以

〔註 15〕參高佑仁師：《上博楚簡莊、靈、平三王研究》，頁 565。

〔註 16〕高亨：《古字通假會典》，頁 15。

原整理者：奚，疑問詞，猶「何」。奚以，即「以奚」，以何、用何。《國語・吳語》「請問戰奚以而可」，韋昭注：「以，用也。」〔註 17〕

陳偉：蹇叔對曰：「如欲起邦，則大甲與盤庚、文王、武王，如欲亡邦，則桀及受（紂）、剌（厲）王、幽王，亦備在公子之心巳，奚勞問焉。」看蹇叔答辭，重耳之問的斷讀可疑。因為蹇叔所舉八人都是君王而不是一般意義上的君子。即使「君子」也可以包含君王，因為君子一詞具有的正面涵義，桀、紂、厲、幽這些暴君也不應當歸入其中。比較合理的處理，應是把「子」字改屬下讀，看作重耳對蹇叔的稱謂。〔註 18〕

子居：簡文「天下之君子，欲起邦奚以？欲亡邦奚以？」明顯類似于清華簡《管仲》篇的「舊天下之邦君，孰可以為君？孰不可以為君？」但為君者或欲為君者，實際上基本沒有「欲亡邦」的，即便是下文邗叔所答的桀、紂、厲王、幽王，也並不是「欲亡邦」。因此不難判斷，《子犯子餘》篇此處很可能是在模仿《管仲》篇的設問，但卻沒有仔細考慮所設問題的合理性。這也就是說，從思辨能力和思想深度上，《子犯子餘》篇的作者較《管仲》篇的作者遠為不及。〔註 19〕

伊諾：「子」字仍從整理者斷讀。〔註 20〕

金宇祥：「君子」一詞為統治者和貴族男子的通稱，也有指才德出眾的人，此處「君子」應為前一種。且問話者為重耳，若斷為「子欲起邦奚以？欲亡邦奚以？」則變成蹇叔「欲起邦奚以？欲亡邦奚以？」恐不合適。故仍依原

〔註 17〕李學勤主編：《清華大學藏戰國竹簡（柒）》，頁 99。

〔註 18〕陳偉：〈清華七《子犯子餘》校讀（續）〉，武漢網，2017 年 5 月 1 日（2019 年 7 月 10 日上網）。

〔註 19〕子居：〈清華簡七《子犯子餘》韻讀〉，中國先秦史網站，2017 年 10 月 28 日（2019 年 7 月 10 日上網）。

〔註 20〕伊諾：〈清華柒《子犯子餘》集釋〉，復旦網，2018 年 1 月 18 日（2019 年 7 月 9 日上網）。

考釋斷句。〔註 21〕

鼎倫謹案：首先，關於「君子」，陳偉認為「子」應該下讀，視作重耳對蹇叔的稱謂；伊諾、子居及金宇祥皆從原整理者的斷讀。金宇祥認為「君子」一詞為統治者和貴族男子的通稱，並推斷陳偉的斷讀將會造成「起邦」及「亡邦」的主語為蹇叔，故不合適，其說可從。筆者認為「君子」實可指國君，如《詩經．魏風．伐檀》云：「彼君子兮，不素餐兮！」〔註 22〕《孟子．滕文公上》云：「無君子莫治野人，無野人莫養君子。」〔註 23〕可參，又如《上博四．曹沫之陣》簡 41、簡 4：「今天下之君子既可知已，孰能併兼人哉？」（現在天下的國君都確定了，那麼請問（曹沫）您覺得誰能兼併天下呢？）季旭昇《《上海博物館藏戰國楚竹書（四）》讀本》云：「君子，當指當時各國的國君。」〔註 24〕是以筆者從原整理者之斷讀，並將「君子」釋作「國君」。

其次，關於「起邦」，學者無說，筆者認為「起」可以釋作「興起」，如《尚書．益稷》云：「股肱喜哉！元首起哉！百工熙哉！」孔傳：「股肱之臣喜樂盡忠，君之治功乃起，百官之業乃廣。」〔註 25〕《荀子．天論》云：「一廢一起，應之以貫，理貫不亂。」〔註 26〕可參。「起邦」則意為「興國」，和「亡邦」為反義相對。

其三，關於「奚以」，原整理者將「奚」釋作「何」，「奚以」即「以何」，筆者從之。筆者認為「奚以」意為何以、如何之意。重耳在此處是要詢問興國和亡國的方法及作為，但是蹇叔回答時並無回覆具體的行為，卻是回答國君人名。

其四，「」為戰國楚文字「亡」特有的寫法，如「」（郭店．老甲．14）、「」（郭店．老乙．4）、「」（上博二．子羔．1）、「」

〔註 21〕金宇祥：《戰國竹簡晉國史料研究》，頁 98。

〔註 22〕李學勤主編；《十三經注疏》整理委員會整理：《毛詩正義》，頁 433。

〔註 23〕李學勤主編；《十三經注疏》整理委員會整理：《孟子注疏》，頁 163。

〔註 24〕季旭昇主編：《《上海博物館藏戰國楚竹書（四）》讀本》（臺北：萬卷樓圖書公司，2007 年），頁 164。

〔註 25〕李學勤主編；《十三經注疏》整理委員會整理：《尚書正義》，頁 155。

〔註 26〕（清）王先謙撰；沈嘯寰、王星賢點校：《荀子集解》，頁 318。

（上博二・從政（甲）・7）。除此之外，晉文字「亡」的寫法為「」（侯馬盟書 67：14）、「」（梁十九年亡智鼎／集成 02746）、「」（十三苿壺／集成 09675）、「」（中山王方壺／銘文選二 881）、「」（中山王方壺／銘文選二 881）、「」（璽彙 2370）「」（兆域圖版／集成 10478）。〔註 27〕由此可證，本篇「」的寫法為楚文字的寫法，而非晉文字的寫法。

最後，此處為重耳詢問蹇叔的語句，所以筆者釋讀時再加上雙引號。綜上所述，簡文此句可解讀為：「天下的國君，要興起國家該怎麼做？要滅亡國家要該怎麼做？」

〔三〕邗（蹇）舌（叔）倉（答）曰：「女（如）欲记（起）邦，鼎（則）大甲與盤庚、文王、武王；

 邗	 舌	 倉	 曰	 女	 欲
 记	 邦	 鼎	 大	 甲	 與
 盤	 庚	 文	 王	 武	 王

原整理者：則，效法。《孟子・滕文公上》「惟堯則之」，朱熹《集注》：「則，法也。」〔註 28〕

陳斯鵬：「如欲起邦，則大甲與盤庚、文王、武王，如欲亡邦，則桀及紂、

〔註 27〕湯志彪：《三晉文字編》，頁 1720～1723、頁 1725。

〔註 28〕李學勤主編：《清華大學藏戰國竹簡（柒）》，頁 99。

厲王、幽王，亦備在公子之心已，奚勞問焉。」將二「則」字理解成效法義的動詞，非是。其實此二「則」仍是一般表順接關係的連詞而已。「……則……，……則……」這種對舉的句式，在古書中十分常見。如《周易・損卦》:「三人行，則損一人；一人行，則得其友。」《論語・衛靈公》:「邦有道，則仕；邦無道，則可卷而懷之。」《禮記・表記》:「以德報德，則民有所勸；以怨報怨。則民有所懲。」《禮記・經解》:「其在朝廷，則道仁聖禮義之序；燕處。則聽雅頌之音。」《呂氏春秋・本生》:「出則以車，入則以輦。」簡文中蹇叔的答語，顯然是針對公子重耳所問的兩種情況，對舉指出如欲起邦則如何，如欲亡邦則如何。在「……則……，……則……」句式中，「則」字後面一般應該是謂詞性的結構，上舉諸文例即是。但簡文「則」後則是幾個並列的名號，這大概是促使整理者將「則」解釋為動詞的一個主要原因。然而此答語是緊承問語而來的，問語以二個「奚以」發問，問的焦點在「以」的對象，則答語完全可以承前省略「以」，直接給出「以」的具體對象。所以，「如欲起邦，則大甲與盤庚、文王、武王，如欲亡邦，則桀及紂、厲王、幽王（之道）。」這樣的省略「以」的結構之能夠成立，除了上述語境條件之外，還有一個前提，就是古漢語本來就允許名詞性成分充當謂語的。我們試將上引《呂氏春秋・本生》「出則以車，入則以輦」減縮為「出則車，入則輦」，同樣是通順而不影響理解的。〔註 29〕

子居：此處列舉「起邦」的前代君王，不是從夏代列起，也不是從商的成湯列起，而是從太甲列起，值得推敲。若揣測重耳所說「起邦」和歷史上重耳的境遇，則與重耳將要回晉國為君類似，太甲和文王都有復國為君的經歷，太甲曾被伊尹流放，文王曾被紂王囚禁，以此來看，盤庚之前曾有九世之亂，《史記・殷本紀》所謂「自中丁以來，廢適而更立諸弟子，弟子或爭相代立，比九世亂，於是諸侯莫朝。」盤庚即位後又大舉遷都，即《史記・殷本紀》:「帝盤庚之時，殷已都河北，盤庚渡河南，複居成湯之故居。」這些情況都強烈暗示著盤庚的即位很可能並不順利，不排除盤庚曾一度失去繼位權或為君後一度失位的可能。相應的，周武王的即位也很可能另有曲折。〔註 30〕

〔註 29〕陳斯鵬：〈清華大學所藏戰國竹書（柒）虛詞札記〉，頁 6。

〔註 30〕子居：〈清華簡七《子犯子餘》韻讀〉，中國先秦史網站，2017 年 10 月 28 日（2019

李宥婕：「則」作效法義時，應效法良善的對象、事物，例如《孟子．滕文公上》「惟堯則之」、《史記．夏本紀》：「皋陶於是敬禹之德，令民皆則禹。」，簡文後「則」接「㮇（桀）及受（紂）、剌（厲）王、幽王」作效法義則有不妥。故此處陳斯鵬先生將「則」當作是一般表順接關係的連詞可從。〔註31〕

鼎倫謹案：首先，關於「則」，原整理者釋作「效法」；陳斯鵬認為是表順接關係的連詞，李宥婕從之。筆者亦認為，如果「則」要釋作「效法」，後文應該是要接良善的事物。然而，簡文則有「如欲亡邦，則桀及紂、厲王、幽王」，如此「則」不能釋作「效法」。是以，筆者肯定陳斯鵬的說法，贊同他提到重耳詢問的重點在「以」的對象，則答句完全可以承前省略「以」，直接給出「以」的具體對象。所以，筆者認為「則」可視作一般表順接關係的連詞，在此起連接上文及下文的作用。釋作「就是」，如《易經．繫辭下》云：「寒往則暑來，暑往則寒來。」〔註32〕《史記．項羽本紀》云：「項羽聞龍且軍破，則恐。」〔註33〕可參。

除此之外，觀察本篇兩個「則」字形的从「鼎」。此例在古文字中常見，如「[古文字]」（史墻盤／集成 10175）、「[古文字]」（曾子㞙簠／集成 04529）、「[古文字]」（鄂君啟舟節／集成 12113）、「[古文字]」（帛乙．12．14）、「[古文字]」（帛乙．12．2）。《字源》云：「金文从刀，从鼎」，〔註34〕季旭昇《說文新證》云：「『鼎』再訛為『貝』則作『則』。」〔註35〕換言之，「則」字本从鼎，从「貝」反是後來的訛變。此處的嚴式隸定應改作「鼎刂」較適切。

其次，這裡的「甲」字形（「[古文字]」）和本篇的「亡」很接近，如簡 14 的「[古文字]」和簡 15 的「[古文字]」，差別只在中間的橫筆有無貫穿中間的豎筆。

年 7 月 10 日上網）。

〔註31〕李宥婕：《《清華大學藏戰國竹簡（柒）．子犯子餘》集釋》，頁 142。

〔註32〕李學勤主編；《十三經注疏》整理委員會整理：《周易注疏》，頁 358。

〔註33〕（西漢）司馬遷撰；（南朝宋）裴駰集解；（唐）司馬貞索隱；（唐）張守節正義：《史記》，頁 324。

〔註34〕李學勤主編：《字源》，頁 374。

〔註35〕季旭昇：《說文新證》，頁 354。

本簡「甲」的寫法在古文字中亦有「」（包山・2・82）、「」（包山・2・90）、「」（秦99・1）、「」（天卜）、「」（望山・1・137）、「」（望山・1・132）、「」（望山・1・161）、「」（望山・1・161）。除此之外，在《清華柒》中也有出現「甲」字的就是〈越公其事〉，不過該篇的「甲」寫法與此不同，在上端增加一橫筆構成「匚」形，如「」（清華柒・越公其事・3）、「」（清華柒・越公其事・4）、「」（清華柒・越公其事・5）、「」（清華柒・越公其事・11）、「」（清華柒・越公其事・20）、「」（清華柒・越公其事・52）。《字源》云：「『甲』字在戰國楚系文字中有『』和『』兩種異體，隨著楚國的滅亡而消失。」〔註36〕這兩種異體在《清華柒》皆有出現，本篇的「甲」寫法從《字源》「甲」的字形演變圖中可觀察出屬於戰國後期的寫法。〔註37〕另外，周波《戰國時代各系文字間的用字差異現象研究》提到楚文字用「虖」（「」（上博二・容成氏・51））表示兵甲之「甲」，如《上博二・容成氏》簡51「帶虖（甲）萬人」、簡53「武王素虖（甲）以陳於殷郊」，〔註38〕「虖」和此處「甲」寫法不同。

其三，蹇叔在這裡先舉四位君王為例，回答重耳的「如欲起邦奚以」之問。第一，「大甲」（？～1557 B.C.）是商湯（1675 B.C.～1646 B.C.）的長孫，關於他的事蹟在《史記・殷本紀》云：

> 太甲，成湯適長孫也，是為帝太甲。帝太甲元年，伊尹作伊訓，作肆命，作徂后。帝太甲既立三年，不明，暴虐，不遵湯法，亂德，於是伊尹放之於桐宮。三年，伊尹攝行政當國，以朝諸侯。帝太甲居桐宮三年，悔過自責，反善，於是伊尹迺迎帝太甲而授之政。帝太甲修德，諸侯咸歸殷，百姓以寧。伊尹嘉之，迺作太甲訓三篇，

〔註36〕李學勤主編：《字源》，頁1271。

〔註37〕參李學勤主編：《字源》，頁1270。

〔註38〕周波：《戰國時代各系文字間的用字差異現象研究》（北京：線裝書局，2013年），頁201。

> 褒帝太甲，稱太宗。〔註 39〕

伊尹（1649 B.C.～1549 B.C.）在商湯去世後，繼續輔佐大甲執政。然而，三年後大甲「暴虐，不遵湯法」，開始以殘暴的手段治理國家，伊尹於是流放他至桐宮。再過三年，大甲改過自新，《孟子・萬章上》亦載：「太甲悔過，自怨自艾」，〔註 40〕伊尹才重新讓大甲執政，大甲也因此「修德，諸侯咸歸殷，百姓以寧」，成為勤政愛民的國君。此外，關於大甲也有和此正面觀點不同的文獻記載他是被伊尹放逐後潛回殺死伊尹，並改立伊尹的兒子繼承伊家，如《竹書紀年》云：

> 仲壬崩，伊尹放大甲于桐，乃自立。伊尹即位，放大甲七年。大甲潛出自桐，殺伊尹，乃立其子伊陟、伊奮，命復其父之田宅而中分之。〔註 41〕

不過，歷史本來就有不同的解讀觀點，就此處蹇叔「如欲起邦，則大甲」而言，可見蹇叔是視大甲為能興國的國君。第二，「盤庚」（～1300 B.C.～）是商湯的九代孫，他繼承王位之前，商朝已經歷多次遷都，國家居無定所，他確立遷都於殷，為歷史著名的「盤庚遷殷」，《史記・殷本紀》云：

> 乃遂涉河南，治亳，行湯之政，然後百姓由甯，殷道復興。諸侯來朝，以其遵成湯之德也。〔註 42〕

可見，盤庚「行湯之政」、「諸侯來朝，以其遵成湯之德也」，皆可和蹇叔回答秦穆公的「昔者成湯以神事山川，以德和民，四方夷莫後與人」，舉成湯為例相互對應，並且也能呼應此處的「起邦」。第三，「文王」（1152 B.C.～1056 B.C.）為商朝末期周氏族首領，與其子周武王（？～1043 B.C.）討伐商紂。《史記・周本紀》云：

〔註 39〕（西漢）司馬遷撰；（南朝宋）裴駰集解；（唐）司馬貞索隱；（唐）張守節正義：《史記》，頁 88。

〔註 40〕李學勤主編；《十三經注疏》整理委員會整理：《孟子注疏》，頁 305。

〔註 41〕范祥雍訂補：《古本竹書紀年輯校訂補》（上海：上海古籍出版社，2011 年），頁 17。

〔註 42〕（西漢）司馬遷撰；（南朝宋）裴駰集解；（唐）司馬貞索隱；（唐）張守節正義：《史記》，頁 90。

西伯曰文王，遵后稷、公劉之業，則古公、公季之法，篤仁，敬老，慈少。禮下賢者，日中不暇食以待士，士以此多歸之。〔註43〕

可知，文王「遵后稷、公劉之業」、「則古公、公季之法」如此效法古聖人治國之行為，和此處蹇叔告訴重耳「則大甲與盤庚、文王、武王」，有異曲同工之妙。第四，「武王」和其父周文王誅殺商紂，史稱「武王克殷」。武王創建周朝，《呂氏春秋・慎大》云：「武王於是復盤庚之政」，〔註 44〕可見武王可能會參照盤庚的興國方法，因此蹇叔所舉證的「武王」及「盤庚」在文獻中亦有所關聯。關於「文王」與「武王」的起邦之方，《史記・周本紀》云：

至于文王、武王，昭前之光明而加之以慈和，事神保民，無不欣喜。〔註 45〕

由此可見，文王、武王的興國方法為「昭前之光明而加之以慈和」、「事神保民」，都可和蹇叔回應秦穆公「昔者成湯以神事山川，以德和民」相互呼應。另外，「武王」在本簡寫作二字，而在金文可見合為一字，如「」（利毀／集成 04131），在楚簡中也可見「」（清華伍・封許之命・3），此為金文合文寫法，在西周初年成王時期，還保留西周金文的原始樣貌。雖然本篇是戰國中晚期的竹簡，但可以由此處「武王」寫為二字，來判斷其成文時代可能是在春秋時期或較晚。

最後，筆者認為應該在「武王」後斷作分號，此句的舉例和後文的舉例為相對的效果。綜上所述，簡文此句可解讀為：「蹇叔回答說：『如果要興國，就是大甲和盤庚、文王、武王」。

〔四〕女（如）欲【簡十四】亡邦，鼎（則）桀（桀）及受（紂）、刺（厲）王、幽王。

〔註 43〕（西漢）司馬遷撰；（南朝宋）裴駰集解；（唐）司馬貞索隱；（唐）張守節正義：《史記》，頁 104。

〔註 44〕許維遹撰；梁運華整理：《呂氏春秋集釋》，頁 357。

〔註 45〕（西漢）司馬遷撰；（南朝宋）裴駰集解；（唐）司馬貞索隱；（唐）張守節正義：《史記》，頁 120。

女	欲	亡	邦	鼎刂	㫃業
及	受	刺	王	幽	王

子居：「亡邦」的「邦」字顯然是補寫在「亡」字和「則」字之間的。〔註 46〕

鼎倫謹案：首先，子居認為「亡邦」的「邦」是補字，筆者觀察原大圖版，如下圖：

圖 6　簡 15 補字和他簡比較圖

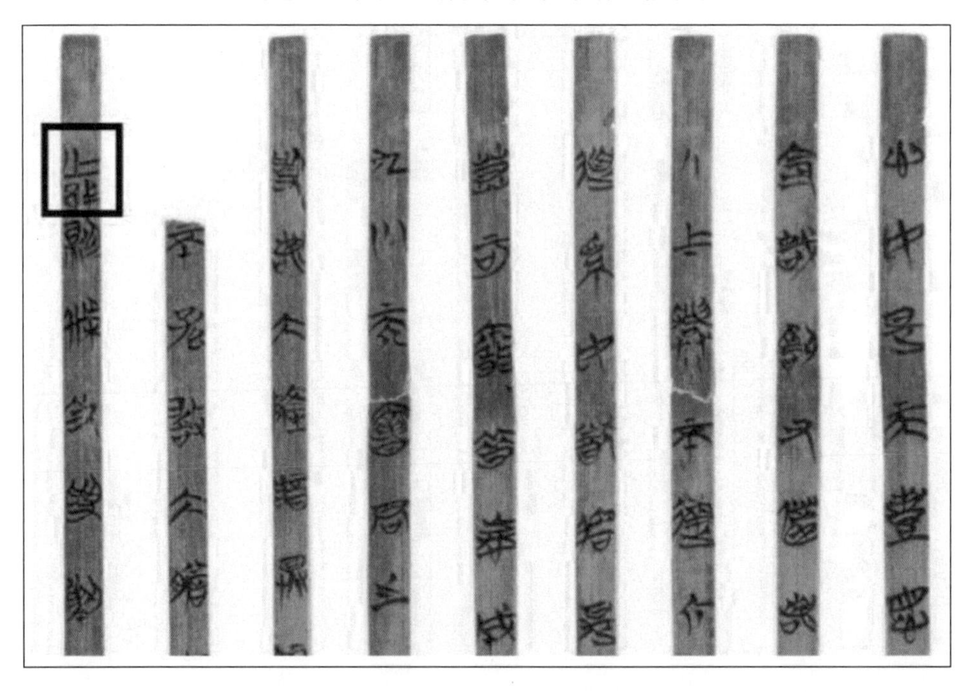

和其他竹簡相比後，可以發現「亡邦」二字佔的竹簡空間相等於其他竹簡中的一字所佔的空間。參考書手各字的行款距離，「邦」應該是補字。筆者贊成子居的說法。

〔註 46〕子居：〈清華簡七《子犯子餘》韻讀〉，中國先秦史網站，2017 年 10 月 28 日（2019 年 7 月 10 日上網）。

其次，關於本篇出現的兩個「則」字，其右半筆畫兩者相較下，本字多了一筆，筆者整理成表格如下：

簡十四	簡十五

由此表可以發現，簡十五「則」的「刀」形比簡十四多了一撇，楚簡中和簡十四「則」的右半相同的「則」自占多數，如「」（清華壹・皇門・2）、「」（清華伍・封許之命・2）、「」（清華陸・鄭文公問太伯（甲）・13）。然而，簡十五「則」的右半在楚簡中則少見，此字可增為一證。除此之外，筆者觀察《清華柒》出現過的「則」字後發現，只有此處「則」的「刀」形疑似多了一撇。〔註 47〕

其三，蹇叔在這裡接續前文，再舉四位君王為例，回答重耳的「如欲亡邦奚以」之問。第一，對於簡文「㑿」原整理者讀作「桀」，可從。楚簡常見从人的「桀」字，如「」（郭店・尊德・5）、「」（上博二・容成氏・40）、「」（包山・2・132）、「」（上博七・君人何必安哉（乙）・8），劉釗《古文字構形學》對於「古文字中的『訛混』」提及「人」與「刀」會相混，「刀」與「力」也會相混。〔註 48〕是以筆者懷疑本字「」从力是戰國文字「人」、「刀」、「力」相混的現象之一。觀察楚簡亦有和本字相同从力的「桀」字，如「」（包山・2・141）、「」（包山・2・143）、「」（包山・2・167）。「桀」（1728 B.C.～1675 B.C.）為夏朝的最後一任君王，和商紂相同，暴政無道，如《韓非子・十過》云：「昔桀殺關龍逢而紂殺王子比干，今君雖殺臣之身以三之可也。」〔註 49〕共同點皆呼應蹇叔前文提及的「殺無辜之人」。

〔註 47〕李學勤主編：《清華大學藏戰國竹簡（柒）》，頁 177。

〔註 48〕劉釗：《古文字構形學》（福州：福建人民出版社，2006 年），頁 139～140。

〔註 49〕（清）王先慎撰；鍾哲點校：《韓非子集解》，頁 73。

《孟子‧離婁上》云：

桀、紂之失天下也，失其民也。失其民者，失其心也。〔註50〕

桀和紂失去天下，是因為失去人民對他們的信任。君王要促成「民心」就如同前文秦穆公問蹇叔的「民心信難成也哉？」此外，《說苑‧貴德》云：「故桀、紂以不仁失天下，湯、武以積德有海土，是以聖王貴德而務行之。」〔註51〕可見亡國之君——「桀」、「紂」，往往用來和興國之君——「湯」、「武」對比，此篇〈子犯子餘〉亦同。第二，「紂」（1105 B.C.～1046 B.C.）為商朝的最後一任君王，當上一段蹇叔回答秦穆公治國之道時，就已舉紂之例回應，此處回答重耳興國與亡國之道，再舉紂為證。觀察蹇叔回應秦穆公及重耳所舉的君王，「紂」兩次皆有被提及，然而不同的是，「湯」只有在回答秦穆公時論及，當回應重耳時，蹇叔改舉同樣也是商朝的「大甲」及「盤庚」為證。古書記載紂亡國的史實甚多，其中，《淮南子‧主術訓》云：

紂殺王子比干而骨肉怨，斮朝涉者之脛而萬民叛，再舉而天下失矣。故義者，非能遍利天下之民也，利一人而天下從風；暴者，非盡害海內之眾也，害一人而天下離叛。〔註52〕

「萬民叛再舉而天下失矣」呼應前文蹇叔回答秦穆公「（民心）信難成殹，或易成也。」可見，蹇叔的論述邏輯是一致的。第三，原整理者將「剌王」讀作「厲王」，《古字通假會典》云「剌」、「鬁」、「列」、「厲」皆為同一聲系，〔註53〕故「剌」和「厲」二字可通假，所以原整理者之說可從。「厲王」（890 B.C.～828 B.C.）為西周君王，在位時任用奸佞，不聽賢臣。《清華叁‧芮良夫毖》就記載芮良夫勸諫周厲王應該體恤民意、德刑兼施，勿用姦佞更勿貪利享樂，應謹奉慎守的治國之道。〔註54〕《國語‧周語上》云：

厲王虐，國人謗王。〔註55〕

〔註50〕李學勤主編；《十三經注疏》整理委員會整理：《孟子注疏》，頁234。

〔註51〕（西漢）劉向撰；向宗魯校證：《說苑校證》，頁100。

〔註52〕何寧：《淮南子集釋》，頁680。

〔註53〕高亨：《古字通假會典》，頁630。

〔註54〕李學勤主編：《清華大學藏戰國竹簡（叁）》（上海：中西書局，2012年），頁144。

〔註55〕徐元誥撰；王樹民、沈長雲點校：《國語集解》，頁10。

可見周厲王也是無法「成民心」的君主。第四，關於「」的甲骨文作「」（合集 29511）、「」（花東甲骨・34（1））、「」（花東甲骨・237（9）），金文作「」（史墻盤／集成 10175）、戰國文字作「」（九店・56・36）、「」（九店・56・45）。「幽王」（？～771 B.C.）昏庸無道，不理政事，寵愛褒姒，古書甚多記載，其中《國語・周語下》云：

> 自幽王而天奪之明，使迷亂棄德，而即慆淫，以亡其百姓，其壞之也久矣。〔註 56〕

可見，周幽王如此治國的行為，既無法成民心，而且天命也會使他走向亡國之途。

此外，《左傳・昭公二十六年》云：

> 至于厲王，王心戾虐，萬民弗忍，居王于彘。諸侯釋位，以間王政。宣王有志，而後效官。至于幽王，天不弔周，王昏不若，用愆厥位。〔註 57〕

國君暴虐，人民不堪其擾，於是紛紛遠離君王，天命使然，民心難成，如同「見紂若大岸將俱崩，方走去之。懼不死，刑以及於厥身，邦乃墜亡。」

其三，觀察前後文的排比句，筆者整理成表格如下：

如欲起邦	如欲亡邦
則大甲與盤庚、文王、武王	則桀及紂、厲王、幽王

句式相同，不同之處在舉「起邦」之例的君王中，連接詞用「與」，當舉「亡邦」之例的君王時，連接詞則用「及」，有變換字詞，意義仍然不變。觀察蹇叔所舉君王的時代，「大甲」「盤庚」為商，「文王」及「武王」為西周；「桀」為夏，「紂」為商，「厲王」及「幽王」為西周。

最後，筆者認為此句應在「幽王」後斷作句號，代表舉例結束，後文為另一句。綜上所述，簡文此句可解讀為：「如果要亡國，則是桀和紂、厲王、幽王」。

〔註 56〕徐元誥撰；王樹民、沈長雲點校：《國語集解》，頁 130。

〔註 57〕李學勤主編；《十三經注疏》整理委員會整理：《春秋左傳正義》，頁 1696。

〔五〕亦備才（在）公子之心巳（已），系（奚）褮（勞）䎽（問）女（焉）▬。」【簡十五】

亦	備	才	公	子	之
心	巳	系	褮	䎽	女

原整理者：備，《詩・旱麓》「騂牡既備」，朱熹《集傳》：「備，全具也。」或讀為「服」，《說文》：「用也。」〔註 58〕

子居：在心不能稱服，因此當以讀「備」為是。〔註 59〕

鼎倫謹案：首先，關於「亦」，在本篇共有二字，筆者整理如下：

簡九	簡十五

觀察上表，二字同形，惟在字形筆法上有些微不同，「大」的手臂右側在簡十五處較為彎曲向下。筆者釋作「已經」，如《詩經・邶風・泉水》云：「毖彼泉水，亦流于淇。」孔穎達疏：「亦，已也。」〔註 60〕《戰國策・楚策一》云：「夫以一詐為反覆之蘇秦，而欲經營天下，混一諸侯，其不可成也亦明矣。」〔註 61〕《韓詩外傳・卷九》云：「非獨今日，自古亦然。」〔註 62〕可參。

其次，關於「備」，原整理者釋作「備」，訓為「全」、「具」，或讀作「服」，

〔註 58〕李學勤主編：《清華大學藏戰國竹簡（柒）》，頁 99。

〔註 59〕子居：〈清華簡七《子犯子餘》韻讀〉，中國先秦史網站，2017 年 10 月 28 日（2019 年 7 月 10 日上網）。

〔註 60〕李學勤主編；《十三經注疏》整理委員會整理：《毛詩正義》，頁 195～196。

〔註 61〕（西漢）劉向：《戰國策》，頁 509。

〔註 62〕（西漢）韓嬰著；徐芹庭、徐耀環註譯：《韓詩外傳》，頁 775。

釋作「用」；子居、伊諾從「備」之說。〔註 63〕筆者贊成原整理者的說法，認為「備」可訓為「全」、「具」，用例如《楚辭・離騷》云：「百神翳其備降兮，九疑繽其並迎。」〔註 64〕可參。「亦備在公子之心已」亦即「已經全部在公子的心裡了」。

其三，關於「勞」，本簡作「」，在其他出土文獻可見「」（包山・2・189）、「」（郭店・尊德義・24）、「」（清華壹・金縢・11）、「」（清華壹・皇門・5）。然而，觀察其他「勞」的寫法在「衣」的撇形和此處的撇形寫法不同，實屬特別。「奚勞」一詞可見《莊子・徐无鬼》：「奚勞寡人？」〔註 65〕《韓非子・難三》云：「然則人主奚勞於選賢？」〔註 66〕可參。筆者認為可釋作「何須勞煩」。

綜上所述，簡文此句可解讀為：「已經全部在公子的心裡了，何須勞煩問呢。」

〔註 63〕伊諾：〈清華柒《子犯子餘》集釋〉，復旦網，2018 年 1 月 18 日（2019 年 7 月 9 日上網）。

〔註 64〕（清）林雲銘著；劉樹勝校勘：《楚辭燈校勘》，頁 11。

〔註 65〕王先謙：《莊子集解》／劉武：《莊子集解內篇補正》（北京：中華書局，1987 年），頁 211。

〔註 66〕（清）王先慎撰；鍾哲點校：《韓非子集解》，頁 375。

第玖章　結　論

經過對於〈子犯子餘〉進行全面性的考釋，該篇的文意與脈絡已逐漸清晰，筆者試著將本論文的考察重點條列說明。此外，受限於各種原因，部分問題未能涉及或解決，筆者於「未來展望」提供給日後的研究者若干方向。

第一節　研究成果

對於本論文研究成果的內容，筆者區分為「簡文形制」、「文字考釋」與「字句釋讀」等三部份，以便清楚一覽。

一、簡文形制

1. 筆者推測〈子犯子餘〉簡 15 的最後一個符號應該不是結尾符號，殘簡（簡 15）後面可能還有內容。

2. 筆者考察〈子犯子餘〉和〈晉文公入於晉〉的簡文字形之後，筆者贊成原整理者認為該二篇為同一書手的說法，在筆者整理的表格中字跡不同原因，可能是因為同一人之筆勢偶有不同而導致。

3. 比較〈子犯子餘〉簡文字形和三晉文字、楚系文字之後，筆者認為〈子犯子餘〉雖然是秦晉史料，但是書手大多保有楚文字書寫的風格。

4. 〈子犯子餘〉竹簡篇題與正文書寫經筆者考證，非出同一人之手。

5. 簡 15「亡邦」，子居認為是補字。參考書手各字的行款距離，「邦」應該是補字。筆者贊成子居的說法。

二、文字考釋

1. 簡 1「」，如李宥婕云「午」形豎筆未出頭。筆者整理楚簡可見的「秦」字，可以發現「秦」字在楚簡的字形演變，可能是上方先从「午」从「臼」，如「」（清華壹・楚居・11）；之後逐漸省「臼」形，保留「午」形，如「」（上博一・孔子詩論・29）；有的字會多一撇筆，如「」（天卜）；也有「午」形豎筆未出頭，如「」（簡 1）；也有「午」形下方作的豎筆和「禾」的「木」形訛混，如「」（郭店・窮達以時・7）；也有「午」形省略橫筆如「」（包山・2・180），以及省略豎筆之形，如「」（天卜）。因此，本篇的「秦」字可視為該字在楚簡字形演變中的過程現象。

2. 「䎽」在〈子犯子餘〉中可依字形結構分為二類，第一類是保有上面「尔」為聲符，共 8 例；第二類是省略上面的「尔」聲，以左半部的「昏」為聲符，共 5 例。筆者發現此篇的「䎽」字字形不同的區別界線可以簡 13 前後來區分，在簡 13 前，都是第一類字形來表示「䎽」，在簡 13 後，則用第二類字形表示「聞」。筆者推測或許這可和〈子犯子餘〉竹簡簡背的竹節位置可分為二組有關，透過竹簡簡背的竹節位置來看，簡 1～12 是一組，簡 13～15 是一組，恰巧在簡 13 前都用「䎽」，在簡 13 後則用「聞」，因此或許有所關聯。

3. 簡 1「」，筆者考證古文字中的「止」和「之」字後，認為原整理者隸作「止」無誤。最後贊成原整理者的說法，將「」讀為「止」，釋為「阻止」。

4. 簡 2「」，在本篇有兩種寫法，第一種是簡 2、簡 8、簡 10「左側有曲筆」的寫法，第二種是簡 7「」「左側無曲筆」的寫法。筆者認為「」

可直接照本字讀為「是」，表示「加重語氣之詞」。

5. 簡 2「  」，从足从欠，「足」為聲符，「欠」為意符，从欠足聲，在此處依照前後文意的釋讀，假借為「足」，表示「充足、足夠」的意思。

6. 簡 2「  」，筆者贊成原整理者讀為「乎」，為从「口」「虍」聲之字，表示疑問詞。

7. 簡 3「  」，字形左半有點漫漶，楚簡中常寫為「  」（新乙・3・22）、「  」（包山・2・223）、「  」（包山・2・236）、「  」（天策），可相做比照。

8. 簡 3「我」，該字在〈子犯子餘〉有兩種寫法，一種為「  」（簡 3），另一種為「  」（簡 10），簡 10「  」在楚簡中最為常見，簡 3「  」有三橫筆較為特別，只見於《清華壹・皇門》簡 2、簡 8。筆者認為就「我」字在戰國字形演變的過程中，「  」（簡 3）存在於第 1 形到第 2 形之間，「  」（簡 10）則還保留原始的「戈」形。

9. 簡 3「  」和簡 1「  」皆為左右結構的「庶」字，和楚文字中常見上下結構的「庶」字不同。

10. 簡 4「右（左）」，根據字形分析為「手」形偏左，下面部件加「口」的構形。

11. 簡 4「  」，原整理者隸定作「弍」，不夠精確。筆者認為此字應改隸作从戈的「戜」。另外，本篇竹簡中同時有「  」（簡 6）和「  」（簡 4）表示「二」，可見書手在書寫時的文字規範較自由。

12. 簡 4「  」，原整理者讀作「三」，筆者從之。另外，〈子犯子餘〉中有二種「三」的字形，一是「  」（簡 1），二是「  」（簡 4），此處用筆畫較多的字形寫法來表示「三」，可見其特別之處。

13. 簡 4「閈」，字形作「」和三晉文字「」（中山王譽鼎 / 集成 02840）相同。筆者贊成青荷人與黃聖松師的說法，讀作「扞」，釋作「拒絕」。

14. 簡 4「」，筆者贊成原整理者的說法讀作「蔽」，釋作「隱瞞」。進一步而言，該字左部从「言」，亦帶有言語上的「隱瞞」之義。

15. 簡 5「」，筆者贊成謝明文的說法，和三晉文字「」（中山王譽鼎 / 集成 02840）（懼）有關，暫從謝明文之說，將該疑難字視為从「瞿」省的字，讀作「劬」，釋作「勤」。

16. 簡 5「」，原整理者認為从車，葍聲，然而筆者觀察字形上面只有「中」，隸作从「艸」可商。筆者認為此字右半形的中間字形「」和一般常見的留之字形不同，和「」（包山・2・169）、「」（包山・2・169）（葍）、「」（上博一・緇衣・21）（葍）字形接近，筆者推測「」从「留」的寫法可視「留」在楚文字演變中的過程之一，該字从車留聲，車為意符，留為聲符，贊成原整理者的說法，讀為「留」，釋為「守常不變」。

17. 簡 5「忻」，筆者贊成汗天山的說法，讀為「祈」。

18. 簡 5「」，經筆者考證，和楚簡常見「僉」的寫法不同，也不會是「共」字異構，更不會是「哭」字，如李宥婕所云該字可見於「」（包山・2・135）。另外《包山楚墓文字全編》將「」（包山・2・121）隸作「䇂」，讀作「僉」，這樣的寫法和「」（郭店・性自命出・26）比較接近。因此从文例可以判斷，該字確實應該是「僉」，「僉」可以省略上面的「亼」，與下半的「甘」，是一種比較特別的寫法。筆者從原整理者之說，隸作「僉」字，釋作「同」。

19. 簡 7「」，筆者比較楚簡的「豊」、「豈」及「豐」字之後，認為「豈」的上部明顯能和「豊」的上部區別，是以原整理者對於簡文的「豊」字疑為

「岦」之誤，筆者認為此說不確。「」和「」（上博五・三德・3）、「」（清華壹・金縢・12）、「」（曾侯乙・75）上部構形十分接近，下部的「豆」形則少一橫，筆者贊成陳偉之說，認為該字為「豊」字，讀作「禮」。

20. 簡 7「」，原整理者隸作「常」，筆者認為不夠精準，觀察其下半从「市」，而非从「巾」。是以，筆者將其隸定作「常」，從原整理者讀作「裳」。

21. 簡 7「」其右上目形中的兩橫較緊密，而且較偏左下，可見是第二橫筆的中間較肥大，觀察同《清華柒》有出現「還」的字形如「」（清華柒・越公其事・25）、「」（清華柒・越公其事・44）、「」（清華柒・越公其事・52），以及其他竹簡的「還」大多為「」（清華貳・繫年・117），皆無如〈子犯子餘〉的寫法，因此可視為本篇書手的書寫特色。

22. 簡 8「」，筆者認為這類無口構形的字，應該隸定作「令」加兩橫飾筆。再據前後文意，筆者推測此字讀作「命」。「天命」為古籍習語，釋作「上天之意旨、由天主宰的命運」。

23. 簡 8「」左半的寫法在「」的寫法貌似有連筆且撇形方向相同的情形，和「」（上博二・昔者君老・3）、「」（上博六・競公瘧・1）、「」（上博八・成王既邦・15）、「」（清華伍・命訓・14）、「」（清華陸・子產・13）有所不同。筆者贊成原整理者將「害」讀作「曷」，釋為「何」。進一步而言，筆者認為此字可表示疑問，釋作「怎麼」。

24. 簡 9「」从「辶」，特別強調行為舉止上的僭越。筆者認為可釋作「超越本分」，指冒用在上者的職權、名義行事。簡 9「」，筆者認為如伊諾所說，此字「」為「斤」字不誤。

25. 簡 9「」，下半為「田」形，是「日」形的訛變，和簡 11「」

从「日」有別。

26. 簡 9「」，右半為从「攵」而非从「殳」，原整理者隸定作「觳」，不夠精準，筆者認為嚴式隸定應改作「敎」。

27. 簡 11「」（[illegible]），筆者贊成 ee 的說法，讀作「暴」，「暴雨」比喻四方夷狄急著奔向成湯的急切如同暴雨又急又快速一樣。

28. 簡 11「」（鹿），筆者考證不同時期、不同地域對於「鹿」部件的寫法，認為「鹿」下部部件的字形演變，在甲骨文及金文常見「比」形寫法，到戰國時期除了秦系及楚系的「麗」字保留「比」形，大多的齊系及楚系則為「北」形的寫法，秦篆及隸楷則回到「比」形，「」从「鹿」，「比」聲，筆者贊成 ee 及金宇祥的說法，讀作「庇」。簡 11「」，从隹、从人，广聲，筆者贊成羅小虎及金宇祥的說法，讀為「蔭」，能和前面的「庇」連讀為「庇蔭」。

29. 簡 12「」，為从宀、从龜、从甘之字，筆者隸定作「⿱宀⿱龜甘」，較為精準。

30. 簡 12「」有三橫筆比「」有二橫筆多出一橫筆；簡 12「」寫法在〈子犯子餘〉中左半上部為 N 形，其他楚簡「殆」的寫法有 V 形或 N 形；簡 12「為」字爪形寫法不同，如「」、「」；簡 15「」的刀」形比簡 14「」多了一撇。上述四字的多種寫法，可視為戰國文字混亂的用法之例。

31. 簡 12「」，筆者考察「殷」的字形演變後，發現戰國文字的「殷」可依「有無加『邑』字」以及「上方有無一橫筆」作區分，而「」為有加「邑」字並且有上方一橫筆的構形。

32. 簡 13「」，聲符「產」的上古音為「心紐元部」，和「山」的上古音為「心紐元部」聲韻相同，故可通假。但是簡 11 已有「山」字作「」，書手再用筆畫較多的「」來表示「山」，實屬特別。

33. 簡 13「」，筆者比較「桑」和「喪」的古文字後，認為「」上半是「九＋亡」聲，下半从「死」為意符，筆者改隸定作「𣦸」。是以，筆者贊成原整理者讀作「亡」，釋作「失去」或「滅亡」，和前文連讀作「墜亡」。

34. 簡 14「」，該字在「肉」與「言」中間添加一撇，經筆者考證，偏旁為「詹」的古文字，認為撇形是分化符號。

35. 簡 14「」，實从「鼎」，从「貝」是後來的訛變，此處的嚴式隸定應改作「鼑」較適切。筆者肯定陳斯鵬的說法，視作一般表順接關係的連詞。

36. 簡 15「」，楚簡常見為从人的「桀」字，筆者懷疑「」从力是戰國文字「人」、「刀」、「力」相混的現象之一。

37. 簡 15「」和簡 9「」二字同形，惟在字形筆法上有些微不同，「大」的手臂右側在簡十五處較為彎曲向下，筆者釋作「已經」。簡 15「」在「衣」的撇形和楚簡其他「勞」字的撇形寫法不同，實屬特別。

三、字句釋讀

1. 簡 1「凥」，筆者認贊成原整理者讀為「處」，並進一步釋為「安居、安身」。「凥（處）焉」意為「居於某地」。

2. 簡 1「凥（處）焉三戢（歲）」，筆者整理《史記．楚世家》、《史記．秦本紀》、《左傳》以及《國語．晉語四》中重耳到秦國以及回晉國的時間，認為重耳至少在秦國待二年（魯僖公 23 年（637 B.C.）及 24 年（636 B.C.））。並推測簡文寫「凥（處）焉三戢（歲）」，或許是重耳在秦國的時間有可能是涵蓋到魯僖公 22 年（638 B.C.），有可能晉懷公一從秦國回到晉國，秦國就立刻從楚國召見重耳。再加上先秦時人記年為求整數，所以於簡文就記「凥（處）焉三戢（歲）」。

3. 簡 1「公子橦（重）耳自楚迈（適）秦，凥（處）焉三戢（歲）」，筆者贊成原整理者的斷讀，並贊成子居之說，將「迈」讀為「適」，釋為「往」。此句說明記事的背景緣由，而這裡的句讀符號可用來標示這一句的結束，並和下文區隔。「處焉三歲」用來補充說明重耳從楚國到秦國之後的狀況。

4. 簡 1「子軝（犯）」，筆者認為就地位、字形及名字字義相關應該是指「狐偃」無誤。

5. 簡 1「乃訋（召）」，筆者將「乃」釋為「於是」，表示承接之意。另外，筆者贊成原整理者將「訋」讀為「召」，並進一步釋為「召見」。

6. 簡 1「子若公子之良庶子」，筆者贊成原整理者的斷讀。簡 1「庶子」，筆者贊成金宇祥釋為「家臣」。筆者亦認為此處的「庶子」為中性名詞，在前面加上「良」，代表好的意思。

7. 簡 1「耆（胡）」，筆者贊成原整理者之說讀為「胡」。並認為「耆」字在第一段有出現，第二段則無，因此如果表示疑問或反詰語氣的話，讀為「胡」在第二段省略，也可以使文通句順。

8. 簡 2「走去之」，筆者認為「走」是強調動作狀態，表示「逃跑」；「去」則是指離開晉國的事實，或是方向，表示「離開，遠離」。「走去之」意為「逃離晉國」。

9. 簡 2「母（毋）乃猷心是不欧（足）也虖（乎）」，像是政治語言的用法，表面上看來是反問句，但實際上帶有委婉的語氣，一方面表達肯定，另一方面也帶有不確定的揣測。筆者認為「毋乃」可釋為「難道」。

10. 簡 2「猷心」，筆者贊成原整理者說法將「猷」釋作「圖謀」，並認為戰國文字還是有讀為「猷」的寫法，都和「謀」連讀，代表「謀」和「猷」詞意接近。筆者亦贊成羅小虎認為「心」在此表示「思慮」之義。筆者認為「猷」和「心」兩者皆表示心理活動，意義相近，故於此連用。雖然於古籍未可見其用例，筆者認為此處的「猷心」為秦穆公用來稱呼重耳的圖謀之心。

11. 簡 2「宔（主）君」，筆者認為指「諸侯間互相稱呼的主國之君」。

12. 簡 2「好定（正）」，筆者贊成厚予及趙嘉仁將「定」讀作「正」，釋作「正直」。另外，筆者認為「好」可釋作「表示物性或事理的傾向」。

13. 簡 2「敬訐（信）」，筆者認為「敬」與「信」於古籍中時常並舉。「敬信」和「好正」相對，「好」和「敬」皆為動詞，「好」表示「事物的傾向」，「敬」則表示「肅敬」。「正」為「正直」，「信」為「誠信」。

14. 簡 2「不秉禍（禍）利身，不忍人」，筆者贊成紫竹道人的斷讀。筆者亦如學者們認為「利身」之例可見傳世文獻記載。「不秉禍利身」的重點會在「利身」，如李宥婕所說可回應「公子不能岸焉，而走去之」。「秉」，筆者贊成原整理者釋作「順」、「依循」。「不忍人」，筆者贊成趙嘉仁釋為「不殘忍於人」。「不秉禍利身，不忍人」是指重耳不隨著禍亂圖利自身，不殘忍於人。

15. 簡3「以即（節）中於天」的「以」，筆者釋為「則」。筆者贊成原整理者將「以即中於天」讀為「以節中於天」，「節中」釋為「折中」。筆者進一步認為根據簡文所述，重耳不圖利自己也不殘害於人民，所以離開晉國，也因此子犯說重耳的行為舉止為折中、持平。「於天」意涵為將判斷的準則交給天。除此之外，黃聖松師認為「以節中於天」亦可解讀作「以即天衷」，意為「就符合天衷」，筆者此說亦可通。因此，筆者亦贊同黃聖松師及金宇祥的釋讀，將此句解讀為：「用天道作為判斷（判斷晉國國君將會是誰）」。

16. 簡3「宔（主）女（如）曰疾利玄（焉）不欧（足）」，筆者認為此處斷句從原整理者之說，應為「主如曰疾利焉不足」。簡 3「女（如）」，筆者認為「如」單一個字就可表示假設，不須再視其後面省略連言「此」。另外，筆者認為「焉」可釋作語氣詞，表示停頓。子犯答話中的「疾利焉不足」則和秦穆公問句中的「猷心是不足」相呼應。簡3「疾利」，筆者贊成馬楠的說法，將「疾」釋作「急」，「疾利」就是「急切去追求利益」。總而言之，〈子犯子餘〉第一段內容中，筆者認為本篇作者的寫作手法突顯秦穆公「疾利」和重耳「節中於天」，兩相有差。

17. 簡3「古（固）」，筆者贊成鄭邦宏讀為「固」表示「判斷的副詞」，為肯定的語氣。

18. 簡 3「尐（少），公乃訋（召）子余（餘）而籲（問）玄（焉）」，筆者贊成子居的斷讀，因為這樣可以更清楚了解秦穆公召見子餘的時間狀態。簡 3「尐（少）」，筆者贊成原整理者讀作「少」，釋為「少頃、不久」。除此之外，該句和簡 1「秦公乃召子犯而問焉，曰」句式幾乎相同。不同處有三：第一，簡3記載秦穆公召見子餘的時間是在子犯之後，所以增加「少」；第二，此處省略簡1已記載「秦公」的「秦」，這裡書手則直接稱他為「公」；第三，秦穆公在簡3的召見對象為子餘，簡1則是子犯，可見秦穆公是先對二人分別進行單獨問答，在簡6才同時召見。

19. 簡3「母（毋）乃無良右（左）右也虖（乎）？」透過「母（毋）乃

……也虖（乎）？」帶有詰問語氣，和簡 1「毋（毋）乃猷心是不跂（足）也虖（乎）？」句式相同。

20. 簡 4「左右」，筆者進一步釋為「輔臣」，屬於中性詞，所以簡文才會在該詞前面加「良」，特別強調是優良的輔臣，「良左右」可和「良庶子」一詞相應。

21. 經筆者整理後發現〈子犯子餘〉中用「主君」和「主」來稱呼「秦穆公」，用「吾主／我主」稱呼「公子重耳」。

22. 簡 4「二三臣」，筆者釋作「表示不定數的臣子」，如同「二三子」，比較接近口語中的「（我們）幾個人」或「（你們）幾個人」，「二三子」猶言諸君、幾個人。

23. 簡 4「良詿（規）」，筆者贊成無痕釋作「有益的規諫」，並認為「詿（規）」在前面有加上「良」強調是好的那一面，可見「詿（規）」為中性字。

24. 簡 4「善」，筆者認為可廣泛釋作「善行」、「善事」、「善人」。

25. 簡 5 首殘缺三字，筆者根據先秦古籍用例中「有善」和「有罪」、「有過」以及「有惡」互對之例，再加上簡文有「有訛（過）」之文例，故推測殘缺第一字為「訛（過）」。另外二字殘字，筆者推測不會是「吾宔（主）」，可能是動詞，在「於難」的前面，表示臣子在災難時的態度表現，和「翟（劬）轁（留）於志」相對。

26. 簡 4「出」，筆者贊成原整理者讀為本字，釋作「除去」。並認為和釋為「隱瞞」的「諯（蔽）」相對。「出過」意為除去有過錯的人事物。

27. 簡 5「於志」，筆者認為是「（如何）其志」的意思，對於「其志」會如何採取行動，則是要看前面殘簡的動詞為何義。另外，對於「翟轁於志」，筆者認為這裡的主語較大的可能性為「二三臣」，「志」則是指「二三臣」的「志向」。

28. 簡 5「幸旻（得）又（有）利」，筆者「幸旻（得）」可釋為「有幸能夠」，「幸旻（得）又（有）利」意為「有幸能夠擁有利益」。〈子犯子餘〉中有六處「有」加上名詞的用法，其中為兩處「有禍」（簡 1、簡 3）及「有善」（簡 4）、「有利」（簡 5）、「有過」（簡 5）、「有心」（簡 6～7）、「有僕」（簡 8）。「有」看似冗贅，但筆者認為「有」應有強調的功能。

29. 簡 5「事（使）」，筆者贊成鄭邦宏的說法，讀為「使」。此外，筆者統計〈子犯子餘〉共有五個「事」字，分別是：「事（使）有訛（過）玄（焉）」、「二子事公子」、「事眾若事一人」、「以事山川」，本處是本篇唯一讀作「使」的「事」。

30. 簡 5「廛（擅）」，筆者贊成原整理者的說法，讀為「擅」，釋為「專」。並且「身擅之」的「身」強調自身。

31. 簡 5「寺（時）」，筆者贊成原整理者的說法，讀為「時」，釋為「天時」。「弱寺（時）而㢕（強）志」主語為重耳，意為天命已不在重耳身上，但他志向又很遠大。

32. 簡 5「㢕（強）」，筆者釋為「勉力、勤勉」，和簡 5 的「翟（劬）轁（留）於志」相呼應，說明君臣皆是辛勞堅持於志向的。

33. 簡 6「募（顧）監（鑒）」，筆者贊成暮四郎讀為「顧」，看作是動詞，釋為「視、將」和其後的「監」為同義連用。另外，筆者贊成米醋的說法，將「監」讀作「鑒」，如金宇祥之說，有「借鑒、參考」之意。

34. 簡 6「殹」，筆者認為在出土文獻的用例中多釋為語氣詞，不只用在句末，也有出現在句中。所以在簡 6 及簡 8「殹」皆讀如本字即可，表示語氣詞。

35. 簡 6「蜀（獨）其志」，筆者認為「獨」可釋為「專一」，作動詞。「其志」指的是「重耳的志向」，「獨其志」意指「重耳專一其志向」。

36. 簡 1、簡 3、簡 7、簡 9、簡 13 在每段的開頭時皆有「問」字，代表是君主要詢問臣子的語句，而簡 6 沒有「問」字，因此筆者由此可得知，第三段秦穆公召見子犯、子餘所說的話不是問句，而是陳述句。

37. 簡 6「事」，筆者釋為「侍奉、供奉」。

38. 簡 7「天豊（禮）悬（悔）禍（禍）於公子」，筆者贊成陳偉認為「悬」讀為「悔」，「天其以禮悔禍于許」和「天禮悔禍於公子」在「其以」二字有別。然而，「其」有不確定之意，簡文乃肯定句式，故「以」字本可省略，不必謂脫「其以」二字。簡文「天禮悔禍於公子」意即「天用禮撤回加於公子之禍」。

39. 簡 7「鐱（劍）絣（帶）」，筆者透過《武庫永始四年兵車器集簿》清單中有記載「劍帶」，並且解釋為：「配劍所用革帶。」得知「帶」字在此處可能指「公服配用的腰帶」以及「配劍所用革帶」之義。

40. 原整理者對簡 7 記載的賞賜物並無斷句，筆者根據子犯編鐘銘文斷讀為「劍、帶、衣、裳」，可視為四種賞賜物。

41. 簡 7「邗（蹇）昬（叔）」，筆者認為「邗」指蹇叔出仕的地名，簡文書寫作「邗」則表示可作蹇叔曾出仕邗國的證據，通假成「蹇」則符應傳世古籍對蹇叔的記載。

42. 簡 8「訐（信）難成殹，或易成也。」筆者贊成厚予將「殹」視作語氣詞，可以上讀。簡 8「成」，筆者釋作「促成」。秦穆公疑惑重耳流亡在外許久，無法得到國家，主要原因是否為沒有促成人民之心。

43. 簡 8～9「凡民秉厇（度）諯（端）正、譖（僭）試（忒），才（在）上之人」，筆者將「諯（端）正」及「譖（僭）試（忒）」中間添加頓號，有「或是」、「還是」之意。將此句理解為臣子「秉度」是端正還是僭忒，都歸因於在上之人，因此國君要以身作則。上位者施政如果端正合宜，下位者也會學習效法；反之，如果上位者施政有乖失，下為者的言行舉止也會有偏差。另外，筆者進一步將「凡」釋作「凡是」。

44. 簡 9「上繏（繩）不逵（失），斤（近）亦不遵（僭）」，筆者將「逵（失）」釋作「錯誤」。簡 9「　」，筆者讀作「近」，釋作「朝臣」較為適切，可和簡文「上」相對。「上繩」指在上位者的法度或操守，「上繩」對應「近」，代表朝臣要遵守上位者的法度，具有上下君臣關係。「不失」對應「不僭」，可見「失」和「僭」皆為負面語詞，前面均用「不」進而形成肯定。意指君王的法度沒有差錯，朝臣就會有法可從，有上行下效之意。

45. 簡 9「塼（敷）政命（令）刑罰」，可分析解讀成兩部分，一是「敷」為動詞，表示「施行」；二是「政令刑罰」為名詞，除了表示「政令」及「刑罰」對舉外，還可以視為四者並舉的「政策」、「教令」、「刑法」及「懲罰」。

46. 簡 9「　」，學者們皆讀作「使」，然而筆者考察出土文獻的用例後，發現多用「思」通假為「使」，另外在《郭店．六德》更見「有史（使）人者，又有事人者」之例，因此筆者認為「事」讀如本字，釋作「治理」。簡 9「事眾若事一人」意為「治理百姓眾人就像只治理一人一樣」，可看出舊聖哲人對待眾多百姓毫不偏頗。

47. 簡 10「遺老」，筆者觀察蹇叔在後文舉商湯及商紂等君王為例，回應秦穆公此處的疑問，認為可以釋為「先帝舊臣」。

48. 簡 10「卑（譬）若從鼆（雉）肰（然），虗（吾）尚（當）觀亓（其）

風」，筆者以原整理者及汗天山之說為基礎，不只將「風」釋作「風向」，更也是指前文的「昔之舊聖哲人」之教化。「風」有雙關的含意，表面上是「雉飛的風向」，但背後則和蹇叔論述中的「昔之舊聖哲人」之教化有關。筆者認為應屬譬喻修辭中的「略喻」。筆者分析「卑（譬）若」是「喻詞」；「秦穆公欲仿效古聖先賢施政方法的此行為」是「本體」，省略不說；「從雉然」為「喻體」；「吾當觀其風」為「喻解」。「吾當觀其風」不僅是追逐雉雞的方法，更也是秦穆公要了解古聖先賢治國的方法。

49. 簡 11「以神事山川，以悳（德）和民」，筆者贊成原整理者之說，將「事」釋作「祭事」，「以神事山川」意為「以祭事神的方式祭事山川」。「以德和民」，學者多釋作「親和人民」，筆者則認為可釋作「使人民和順安定」。

50. 簡 11「四方巨（夷）莫句（後）與人，面見湯若𩂣（暴）雨方奔之，而鹿（庇）雁（蔭）女（焉）」，筆者贊成李宥婕與金宇祥的斷讀。「四方巨（夷）莫句（後）與人」意為「四方的夷狄不比其他人慢」。簡 11「面見」，筆者釋作「親自見到」。簡 11「奔」在此有方向性，指四方夷奔向成湯，和簡 12～13 殷邦之君子「方走去之」指逃離紂，兩者形成對比。

51. 簡 11～12「用果念（臨）政九州而𩑞（均）君之」，筆者贊成陳斯鵬的說法，將簡 11「用」當作連詞，釋作「於是」。筆者贊成李宥婕的說法，將簡 11「果」釋作「果然」。筆者贊成原整理者的說法，將簡 11「念」讀作「臨」。筆者又贊成 lht 的說法將簡 11「政」讀如本字，「臨」「政」二字可連用。簡 12「」，筆者贊成李宥婕的說法讀作「均」，但筆者改釋作「公平、均勻」。此句意為「於是（成湯）果然親理九州政務並且公平的治理它」。

52. 簡 12「遂（後）殜（世）𦎫（就）受（紂）之身」，筆者認為簡 12「遂（後）殜（世）」可釋作「後代」，和簡 11「昔者」相對。簡 12「𦎫」，筆者贊成鄭邦宏及陳偉釋作「到」。除此之外，簡 12「𦎫（就）受（紂）之身」可視為「及紂之世」，如〈清華柒・越公其事〉簡 3「當孤之世」，在《國語・吳語》作「當孤之身」。

53. 簡 12「」，筆者贊成馬楠讀作「拳」，釋作「拳梏」，視為和「梏」同義之字。

54. 簡 12「無少（小）大無遠逐（邇）」，子居認為「小大」指長幼尊卑而言，筆者從之。原整理者讀作「邇」，釋作「近」，筆者亦從之。除此之外，筆者認為該句兩個接續著的概念敘述，皆用來形容殷邦的君子無論年紀小大，或是地處遠近，見到商紂皆逃離他。因此，筆者將其中間改作頓號，斷讀為「無小大、無遠邇」。

55. 簡 13「思（懼）不死型（刑）以及于（於）氒（厥）身邦乃述（墜）斃（亡）」，筆者贊成鄭邦宏斷讀作「思（懼）不死，型（刑）以及于（於）氒（厥）身，邦乃述斃」。另外，筆者贊成李宥婕將「述」讀作「墜」，和「斃」意義接近。接著，筆者贊成原整理者將「斃」讀作「亡」。「墜亡」可釋為「滅亡」。

56. 簡 13～14「斃人」，筆者贊成原整理者讀作「亡人」，釋作「逃亡在外的人」。

57. 簡 14「君子」，筆者贊成原整理者的斷讀，並認為可釋為「國君」。簡 14「起」，筆者認為可以釋作「興起」。

58. 簡 14「女（如）欲记（起）邦，鼎（則）大甲與盤庚、文王、武王」，盤庚在文獻中記載「行湯之政」、「諸侯來朝，以其遵成湯之德也」，皆可和蹇叔回答秦穆公的「昔者成湯以神事山川，以德和民，四方夷莫後與人」，舉成湯為例相互對應；文王在文獻中記載「遵后稷、公劉之業」、「則古公、公季之法」如此效法古聖人治國之行為，和此處蹇叔告訴重耳「則大甲與盤庚、文王、武王」，有異曲同工之妙；文王、武王的興國方法為「昭前之光明而加之以慈和」、「事神保民」，都可和蹇叔回應秦穆公「昔者成湯以神事山川，以德和民」相互呼應。筆者認為應該在「武王」後斷作分號，此句的舉例和後文的舉例為相對的效果。

59. 簡 15「女（如）欲亡邦，鼎（則）㮣（桀）及受（紂）、剌（厲）王、幽王」，桀在文獻中的記載，呼應蹇叔在簡 12 提及的「殺無辜之人」。並且根據文獻記載，桀、紂、厲王和幽王失去天下，是因為失去人民對他們的信任。君王要促成「民心」就如同簡 8 秦穆公問蹇叔的「民心信難成也哉？」〈子犯子餘〉記載治國之道前後呼應。另外筆者認為此句應在「幽王」後斷作句號，代表舉例結束，下文為另一句。

60. 簡 15「備」，筆者贊成原整理者讀作「備」，訓為「全」、「具」。「系

（奚）褮（勞）」，筆者認為可釋作「何須勞煩」。

綜上所述，在筆者的研究成果中，有 5 處討論「簡文形制」，有 37 處討論「文字考釋」，有 60 處討論「字句釋讀」。

第二節　未來展望

〈子犯子餘〉內容記載晉國公子重耳從楚國流亡到秦國時，秦國君臣和公子重耳及子犯、子餘的相互問答，這樣的記載在《國語》、《左傳》及《史記》未可見得，是以本篇可以補充說明傳世文獻的記載內容。相對的，本篇內容更須要透過傳世文獻以及出土文獻，甚至是未來會再問世的出土文獻進行比對討論。如簡 1 記載重耳在秦國「處焉三歲」，但這和傳世文獻大多不相合，究竟重耳實際上待在秦國為二年或三年，這類的問題還需要更多資料的印證及考證。另外在竹簡及文字考釋方面，有以下 10 點說明：

1. 陶文有「」（陶彙 5 · 313），和「」（簡 1）字形接近，「午」形寫法大致接近，關於其寫法是否承襲陶文等問題，皆可待後續更多資料佐證討論。

2. 簡 5「」是否和「」（中山王礨鼎 / 集成 02840）（懼）有關，以及該字的正確釋讀。

3. 簡 7「邘（蹇）吊（叔）」，筆者認為蹇叔為宋人或是邘人，所依據的應該是蹇叔的出生地。若以蹇叔有待過的地方而言，宋國和邘國皆有，因此原整理者和子居的說法尚不精確，尚待考證。

4. 簡 11「」的釋讀，「鹿」字的字形演變，須待更多文字資料佐證。

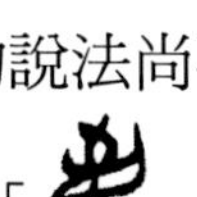

5. 簡 11「鹿雁」是否應讀為「庇蔭」。

6. 簡 12「」的釋讀，「龜」和「黽」字在楚文字中的區別，需要再有更多的文字資料佐證。

7. 簡 1 的簡尾，在「而」字下方並無留下地尾的空間，筆者懷疑簡 1 的簡尾部分是否有殘缺，可待討論。

8. 簡 12「殺三無殆（辜）」是否為九侯、鄂侯、比干，或是另有他人，還是泛指許多無辜之人，須待更多資料佐證討論。

9. 簡 12「殺某之女」指孕婦、九侯之女，或是梅伯介紹的鬼侯之女，「某」應讀作「胚」或「梅」，上述問題須待更多資料討論。

10. 第 15 支簡下方還有東西，似乎話還沒說完。再加上下面為殘簡，在中契口斷掉，而非空白的竹簡，因此筆者推測簡 15 殘簡後面還有內容。

徵引文獻

（古典文獻依時代先後排序，其餘依作者姓氏筆畫排序）

一、古典文獻

1. （漢）孔鮒撰；（北宋）宋咸注：《孔叢子七卷釋文一卷》，影印宋刻本，收入自山東文獻集成編纂委員會主編：《山東文獻集成》第四輯，濟南：山東大學出版社，2011年。
2. （西漢）司馬遷撰；（南朝宋）裴駰集解；（唐）司馬貞索隱；（唐）張守節正義：《史記》，北京：中華書局，2009年。
3. （西漢）劉向：《戰國策》，上海：上海古籍出版社，1985年。
4. （西漢）劉向撰；向宗魯校證：《說苑校證》，北京：中華書局，1987年。
5. （西漢）劉向編著；石光瑛校譯；陳新整理：《新序校譯》，北京：中華書局，2009年。
6. （西漢）韓嬰著；徐芹庭、徐耀環註譯：《韓詩外傳》，新北：聖環圖書股份有限公司，2013年。
7. （東漢）班固撰；（唐）顏師古注：《漢書》，北京：中華書局，1962年。
8. （東漢）許慎：《說文解字》，北京：中華書局，1978年。
9. （東漢）許慎著；（清）段玉裁注：《說文解字注》，高雄：高雄復文圖書出版社，2008年。
10. （東漢）許慎撰；（清）段玉裁注，李添富總校訂：《新添古音說文解字注》（三版），臺北：洪葉文化，2016年。
11. （東漢）應劭：《風俗通義》，北京：中華書局，1985年。
12. （唐）李善注：《文選》，北京：中華書局，1977年。

13.（南宋）朱熹撰，蔣甫立校點：《楚辭集注》，上海：上海古籍出版社，2001 年。
14.（清）王引之：《經義述聞》，上海：商務印書館，1935 年。
15.（清）王先愼撰；鍾哲點校：《韓非子集解》，北京：中華書局，1998 年。
16.（清）王先謙：《莊子集解》，北京：中華書局，1987 年。
17.（清）王先謙撰；沈嘯寰、王星賢點校：《荀子集解》，北京：中華書局，1988 年。
18.（清）王念孫：《讀書雜志》八十二卷，收入自徐德明、吳平主編：《清代學術筆記叢刊》第 30 輯，北京：學苑出版社，2005 年。
19.（清）王念孫：《廣雅疏證》，上海：上海古籍出版社，1983 年。
20.（清）林雲銘著；劉樹勝校勘：《楚辭燈校勘》，保定：河北大學出版社，2012 年。
21.（清）孫詒讓撰；孫啓治點校：《墨子閒詁》，北京：中華書局，2001 年。
22.（清）郭慶藩撰；王孝魚點校：《莊子集釋》，北京：中華書局，1961 年。
23.（清）陳立撰；吳則虞點校：《白虎通疏證》，北京：中華書局，1994 年。
24.（清）劉淇著；章錫琛校注：《助字辨略》，北京：中華書局，2004 年。

二、近人專著

1. 王利器：《文子疏義》，北京：中華書局，2000 年。
2. 田煒主編：《文字．文獻．文明》，上海：上海古籍出版社，2019 年。
3. 何琳儀：《戰國文字通論（訂補）》，南京：江蘇教育出版社，2003 年。
4. 何琳儀：《戰國古文字典：戰國文字聲系》，北京：中華書局，1998 年。
5. 何寧：《淮南子集釋》，北京：中華書局，1998 年。
6. 吳則虞：《晏子春秋集釋》，北京：中華書局，1962 年。
7. 李守奎、賈連翔、馬楠編著：《包山楚墓文字全編》，上海：上海古籍出版社，2012 年。
8. 李守奎：《楚文字編》，上海：華東師範大學出版社，2003 年。
9. 李佩零等撰稿；沈寶春主編：《《首陽吉金》選釋》，臺北：麗文文化事業股份有限公司，2009 年。
10. 李松儒：《戰國簡帛字跡研究——以上博簡爲中心》，上海：上海古籍出版社，2015 年。
11. 李玲璞主編：《古文字詁林（第九冊）》，上海：上海教育出版社，2004 年。
12. 李學勤主編：《字源》，天津：天津古籍出版社，2013 年。
13. 李學勤主編：《清華大學藏戰國竹簡（伍）》，上海：中西書局，2015 年。
14. 李學勤主編：《清華大學藏戰國竹簡（叁）》，上海：中西書局，2013 年。
15. 李學勤主編：《清華大學藏戰國竹簡（柒）》，上海：中西書局，2017 年。
16. 李學勤主編：《清華大學藏戰國竹簡（陸）》，上海：中西書局，2016 年。
17. 李學勤主編：《清華大學藏戰國竹簡（壹）》，上海：中西書局，2010 年。

18. 李學勤主編；《十三經注疏》整理委員會整理：《毛詩正義》，北京：北京大學出版社，2000年。
19. 李學勤主編；《十三經注疏》整理委員會整理：《周易注疏》，北京：北京大學出版社，2000年。
20. 李學勤主編；《十三經注疏》整理委員會整理：《周禮注疏》，北京：北京大學出版社，2000年。
21. 李學勤主編；《十三經注疏》整理委員會整理：《孟子注疏》，北京：北京大學出版社，2000年。
22. 李學勤主編；《十三經注疏》整理委員會整理：《尚書正義》，北京：北京大學出版社，2000年。
23. 李學勤主編；《十三經注疏》整理委員會整理：《春秋公羊傳注疏》，北京：北京大學出版社，2000年。
24. 李學勤主編；《十三經注疏》整理委員會整理：《春秋左傳正義》，北京：北京大學出版社，2000年。
25. 李學勤主編；《十三經注疏》整理委員會整理：《爾雅注疏》，北京：北京大學出版社，2000年。
26. 李學勤主編；《十三經注疏》整理委員會整理：《儀禮注疏》，北京：北京大學出版社，2000年。
27. 李學勤主編；《十三經注疏》整理委員會整理：《論語注疏》，北京：北京大學出版社，2000年。
28. 李學勤主編；《十三經注疏》整理委員會整理：《禮記正義》，北京：北京大學出版社，2000年。
29. 周波：《戰國時代各系文字間的用字差異現象研究》，北京：線裝書局，2013年。
30. 季旭昇、高佑仁師主編：《《上海博藏戰國楚竹書（九）》讀本》，臺北：萬卷樓圖書公司，2017年。
31. 季旭昇：《說文新證》，臺北：藝文印書館，2014年。
32. 季旭昇主編：《《上海博物館藏戰國楚竹書（四）》讀本》，臺北：萬卷樓圖書公司，2007年。
33. 季旭昇主編；王瑜楨等合撰：《《清華大學藏戰國竹簡（壹）》讀本》，臺北：藝文印書館股份有限公司，2013年。
34. 林清源：《簡牘帛書標題格式研究》，臺北：藝文印書館，2004年。
35. 范祥雍訂補：《古本竹書紀年輯校訂補》，上海：上海古籍出版社，2011年。
36. 徐中舒主編：《甲骨文字典》，成都：四川辭書出版社，2006年。
37. 徐元誥撰；王樹民、沈長雲點校：《國語集解》，北京：中華書局，2002年。
38. 徐復觀：《中國人性論史．先秦篇》，臺北：臺灣商務印書館股份有限公司，1994年。
39. 馬承源主編：《上海博物館藏戰國楚竹書（一）》，上海：上海古籍出版社，2001

年。
40. 馬承源主編：《上海博物館藏戰國楚竹書（二）》，上海：上海古籍出版社，2002年。
41. 馬承源主編：《上海博物館藏戰國楚竹書（八）》，上海：上海古籍出版社，2011年。
42. 高亨：《古字通假會典》，北京：齊魯書社，1989年。
43. 高佑仁師：《《上海博物館藏戰國楚竹簡（四）曹沫之陣》研究（上）》，新北：花木蘭文化出版社，2008年。
44. 高佑仁師：《《上海博物館藏戰國楚竹簡（四）曹沫之陣》研究（下）》，新北：花木蘭文化出版社，2008年。
45. 高佑仁師：《《清華伍》書類文獻研究》，臺北：萬卷樓圖書股份有限公司，2018年。
46. 高明：《中國古文字學通論》，北京：北京大學出版社，1996年。
47. 張光裕、滕壬生、黃錫全主編：《曾侯乙墓竹簡文字編》，臺北：藝文印書館，1997年。
48. 張守中：《包山楚簡文字編》，北京：文物出版社，1996年。
49. 張守中：《郭店楚簡文字編》，北京：文物出版社，2000年。
50. 張道升：《侯馬盟書文字研究（上）》，新北：花木蘭文化出版社，2014年。
51. 張顯成、周羣麗撰：《尹灣漢墓簡牘校理》，天津：天津古籍出版社，2011年。
52. 張顯成：《簡帛文獻通論》，北京：中華書局，2004年。
53. 許維遹撰；梁運華整理：《呂氏春秋集釋》，北京：中華書局，2009年。
54. 陳劍：《戰國竹書論集》，上海：上海古籍出版社，2013年。
55. 曾憲通、陳偉武主編；楊澤生編撰：《出土戰國文獻字詞集釋》，北京：中華書局，2018年。
56. 湖北省文物考古研究所等編著：《荊門左冢楚墓》，北京：文物出版社，2006年。
57. 湯志彪：《三晉文字編》，北京：作家出版社，2013年。
58. 黃聖松師：《《左傳》後勤制度考辨》，臺北：臺灣學生書局有限公司，2016年。
59. 黃懷信、張懋鎔、田旭東撰；黃懷信修訂；李學勤審定：《逸周書彙校集注》（修訂本），上海：上海古籍出版社，2007年。
60. 楊伯峻：《春秋左傳注》，臺北：洪葉文化，1993年。
61. 楊伯峻譯注：《孟子譯注》，臺北：五南圖書出版有限公司，1992年。
62. 聞人軍：《考工記導讀圖譯》，臺北：明文書局，1990年。
63. 劉永華：《中國古代車輿馬具》，上海：上海辭書出版社，2002年。
64. 劉釗、洪颺、張新俊編纂：《新甲骨文編》，福州：福建人出版社，2009年。
65. 劉釗：《古文字構形學》，福州：福建人民出版社，2006年。
66. 滕壬生：《楚系簡帛文字編》，武漢：湖北教育出版社，2008年。

67. 蔣禮鴻：《商君書錐指》，北京：中華書局，1986 年。
68. 黎翔鳳撰；梁運華整理：《管子校注》，北京：中華書局，2004 年。
69. 譚其驤：《中國歷史地圖集》第 1 冊，北京：中國地圖出版社，1996 年。

三、期刊論文與學術研討會會議論文集

1. 李春桃：〈古文字中「閈」字解詁——從清華簡《子犯子餘》篇談起〉，《出土文獻研究》（第十六輯），上海：中西書局，2017 年 9 月。
2. 李學勤：〈清華簡整理工作的第一年〉，《清華大學學報（哲學社會版）》2009 年第 5 期。
3. 孟蓬生：〈楚簡从「黽」之字音釋——兼論「蠅」字的前上古音〉《第三屆出土文獻與上古漢語研究（簡帛專題）學術研討會論文集》，北京：中央社會科學院，2017 年 8 月。
4. 孟耀龍：〈《清華七》「柣（桎）」字試釋〉，《第三屆出土文獻與上古漢語研究（簡帛專題）學術研討會論文集》，北京：中央社會科學院，2017 年 8 月。
5. 林清源：〈上博五〈季庚子問於孔子〉通釋〉，《漢學研究》第 34 卷第 1 期（2016 年 3 月）。
6. 洪鼎倫：〈《左傳》「忠」、「信」考〉，《第 38 屆南區八校中文系碩博士論文研討會會議論文集》，屏東：屏東大學，2018 年 1 月。
7. 洪鼎倫：〈上博六〈慎子曰恭儉〉考釋五則〉，《有鳳初鳴年刊》（第十四期），臺北：東吳大學，2018 年 6 月。
8. 范常喜：〈清華七《子犯子餘》「錧梏」試解〉，《中國文字學會第九屆學術年會論文集》（2017 年 8 月）
9. 高佑仁師：〈「逆」字的構形演變研究〉，《中正漢學研究》2013 年第 2 期（2013 年 12 月）。
10. 曹大根：〈蹇叔故里考〉，《淮北職業技術學院學報》第 14 卷第 3 期（2015 年 6 月）。
11. 陳美蘭：〈近出戰國西漢竹書所見人名補論〉，《出土文獻研究》（第十六輯），上海：中西書局，2017 年 9 月。
12. 陳斯鵬：〈清華大學所藏戰國竹書（柒）虛詞札記〉，《第三屆出土文獻與上古漢語研究（簡帛專題）學術研討會論文集》，北京：中央社會科學院，2017 年 8 月。
13. 陳穎飛：〈論清華簡《子犯子餘》的幾個問題〉，《文物》2017 年第 6 期（2017 年 6 月）。
14. 程浩：〈清華簡第七輯整理報告拾遺〉，李學勤主編：《出土文獻》（第十輯），上海：中西書局，2017 年 4 月。
15. 程燕：〈清華七劄記三則〉，《中國文字學會第九屆學術年會論文集》（2017 年 8 月）。
16. 黃德寬：〈在首批清華簡出版新聞發佈會上的講話——略說清華簡的重大學術價值〉，李學勤主編：《出土文獻》（第二輯），上海：中西書局，2011 年 11 月。
17. 賈連翔：〈談〈厚父〉中的「我」〉，《古文字研究》第 31 輯，北京：中華書局，

2016 年 10 月。

18. 趙平安：〈清華簡第七輯字詞補釋（五則）〉，李學勤主編：《出土文獻》（第十輯），上海：中西書局，2017 年 4 月。
19. 趙平安：〈試說「逌」的一種異體及其來源〉，《安徽大學學報》（哲學社會科學版）2017 年第 5 期。
20. 滕勝霖：〈簡帛語類文獻婉語初探——以《清華大學藏戰國竹簡》春秋語類文獻爲例〉，《重慶市語言學會第十一屆年會論文集》，重慶：重慶市語言學會，2017 年 12 月。
21. 鄭邦宏：〈讀清華簡（柒）札記〉，李學勤主編：《出土文獻》（第十一輯），上海：中西書局，2017 年 10 月。
22. 謝明文：〈清華簡說字零札（二則）〉，李學勤主編：《出土文獻》（第十三輯），上海：中西書局，2018 年 10 月。
23. 蘇建洲：〈論楚文字的「龜」與「𪚦」〉，《出土文獻與物質文化》，香港：中華書局，2017 年 12 月。

四、學位論文

1. 王瑜楨：《《清華大學藏戰國竹簡（陸）》鄭國史料三篇研究》，臺北：國立臺灣師範大學博士論文，2018 年 1 月。
2. 李宥婕：《《清華大學藏戰國竹簡（柒）・子犯子餘》集釋》，彰化：國立彰化師範大學碩士論文，2018 年 9 月。
3. 金宇祥：《戰國竹簡晉國史料研究》，臺北：國立臺灣師範大學博士論文，2019 年 2 月。
4. 袁證：《清華簡《子犯子餘》等三篇集釋及若干問題研究》，武漢：武漢大學碩士論文，2018 年 5 月。
5. 馬嘉賢：《清華壹《尹至》、《尹告》、《皇門》、《祭公之顧命》研究》，彰化：國立彰化師範大學博士論文，2015 年 1 月。
6. 高佑仁師：《上博楚簡莊、靈、平三王研究》，臺南：國立成功大學博士論文，2011 年 11 月。
7. 黃武智：《上博楚簡「禮記類」文獻研究》，高雄：國立中山大學博士論文，2009 年。
8. 顏至君：《《上海博物館藏戰國楚竹書（五）》〈競建內之〉與〈鮑叔牙與隰朋之諫〉研究》，臺北：國立臺灣師範大學碩士論文，2007 年。
9. 蘇建洲：《《上海博物館藏戰國楚竹書（二）》校釋》，臺北：國立臺灣師範大學博士論文，2004 年。

五、網路資料

1. 子居：〈清華簡七〈子犯子餘〉韻讀〉，中國先秦史網站（http://www.xianqin.tk/2017/10/28/405#_ftnref3），2017 年 10 月 28 日。
2. 王寧：〈北大秦簡《禹九策》補箋〉，復旦網（http://www.gwz.fudan.edu.cn/Web/Show/3113），2017 年 9 月 27 日。
3. 王寧：〈清華簡七《子犯子餘》文字釋讀二則〉，武漢網（http://www.bsm.org.cn/show_article.php?id=2798），2017 年 5 月 2 日。
4. 王寧：〈釋清華簡七《子犯子餘》中的「愕籀」〉，復旦網（http://www.gwz.fudan.edu.cn/Web/Show/3024），2017 年 5 月 4 日。
5. 王寧：〈釋楚簡文字中讀爲「上」的「嘗」〉，復旦網（http://www.gwz.fudan.edu.cn/Web/Show/3014#_ednref4），2017 年 4 月 27 日。
6. 伊諾：〈清華柒《子犯子餘》集釋〉，復旦網（http://www.gwz.fudan.edu.cn/Web/Show/4210），2018 年 1 月 18 日。
7. 沈培：〈清華簡和上博簡「就」字用法合證〉，簡帛網（http://www.bsm.org.cn/show_article.php?id=1779），2013 年 1 月 6 日。
8. 孟耀龍：〈《清華七》「栚（桎）」字試釋〉，復旦網（http://www.gwz.fudan.edu.cn/Web/Show/3043），2017 年 5 月 11 日。
9. 季旭昇：〈從戰國文字中的「峕」字談詩經中「之」字誤爲「止」字的現象〉，復旦網（http://www.gwz.fudan.edu.cn/Web/Show/731），2009 年 3 月 21 日。（http://www.gwz.fudan.edu.cn/Web/Show/3042），2017 年 5 月 10 日。

11. 林少平：〈清華簡所見成湯「網開三面」典故〉，復旦網（http://www.gwz.fudan.edu.cn/Web/Show/3022），2017 年 5 月 3 日。
12. 侯乃峰：〈清華簡（七）《趙簡子》篇從「黽」之字試釋〉，復旦網（http://www.gwz.fudan.edu.cn/Web/Show/4404#_ednref23），2019 年 3 月 20 日。
13. 翁倩：〈清華簡（柒）《子犯子餘》篇札記一則〉，武漢網（http://www.bsm.org.cn/show_article.php?id=2808），2017 年 5 月 19 日。
14. 高佑仁師：〈釋左冢楚墓漆棋局的「事故」〉，簡帛網（http://www.bsm.org.cn/show_article.php?id=828），2008 年 5 月 17 日。
15. 清華大學出土文獻讀書會（石小力整理）：〈清華七整理報告補正〉，清華網（http://www.ctwx.tsinghua.edu.cn/publish/cetrp/6831/2017/20170423065227407873210/20170423065227407873210_.html），2017 年 4 月 23 日。
16. 郭永秉：〈春秋晉國兩子犯——讀清華簡隨札之一〉，360doc 個人圖書館（http://www.360doc.com/content/17/0203/16/68780_626242366.shtml），2017 年 2 月 3 日。
17. 陳治軍：〈清華簡〈趙簡子〉中從「黽」字釋例〉，復旦網（http://www.gwz.fudan.edu.cn/Web/Show/3017），2017 年 4 月 29 日。

18. 陳偉：〈也說楚簡從「黽」之字〉，武漢網（http://www.bsm.org.cn/show_article.php?id=2792），2017 年 4 月 29 日。

19. 陳偉：〈清華七《子犯子餘》校讀（續）〉，武漢網（http://www.bsm.org.cn/show_article.php?id=2796），2017 年 5 月 1 日。

20. 陳偉：〈清華七《子犯子餘》校讀〉，武漢網（http://www.bsm.org.cn/show_article.php?id=2793），2017 年 4 月 30 日。

21. 陳偉：〈清華簡七《子犯子餘》「天禮悔禍」小識〉，武漢網（http://www.bsm.org.cn/show_article.php?id=2782），2017 年 4 月 24 日。

22. 陳劍：〈郭店簡《六德》用爲「柔」之字考釋〉，復旦網（http://www.gwz.fudan.edu.cn/Web/Show/323），2008 年 1 月 24 日。

23. 陶金：〈清華簡七《子犯子餘》「人面」試解〉，武漢網（http://www.bsm.org.cn/show_article.php?id=2815），2017 年 5 月 26 日

24. 程浩：〈清華簡第七輯整理報告拾遺〉，清華網（ http://www.ctwx.tsinghua.edu.cn/publish/cetrp/6831/2017/20170423064545430510109/20170423064545430510109_.html），2017 年 4 月 23 日。

25. 程燕：〈清華七劄記三則〉，武漢網（http://www.bsm.org.cn/show_article.php?id=2788），2017 年 4 月 26 日。

26. 馮勝君：〈清華簡《子犯子余》篇「不忻」解〉，武漢網（http://www.bsm.org.cn/show_article.php?id=2799），2017 年 5 月 4 日。

27. 趙平安、王挺斌：〈論清華簡的文獻價值〉，簡帛網（http://www.bsm.org.cn/show_article.php?id=3361），2019 年 5 月 7 日。

28. 趙嘉仁：〈讀清華簡（七）散札（草稿）〉，復旦大學出土文獻與古文字研究中心網學術討論區（http://www.gwz.fudan.edu.cn/forum/forum.php?mod=viewthread&tid=7968），2017 年 4 月 24 日。

29. 劉釗：〈利用清華簡（柒）校正古書一則〉，復旦網（http://www.gwz.fudan.edu.cn/Web/Show/3018），2017 年 5 月 1 日。

30. 蕭旭：〈清華簡（七）《子犯子餘》「弱寺」解詁〉，復旦網（http://www.gwz.fudan.edu.cn/Web/Show/3052），2017 年 5 月 23 日。

31. 蕭旭：〈清華簡（七）校補（一）〉，復旦網（http://www.gwz.fudan.edu.cn/Web/Show/3055），2017 年 5 月 27 日。

附錄一　〈子犯子餘〉簡文摹本

（此摹本為筆者參照《清華柒·子犯子餘》簡文親自摹寫而成）

摹本（簡 1）

摹本（簡2）

摹本（簡3）

摹本（簡 4）

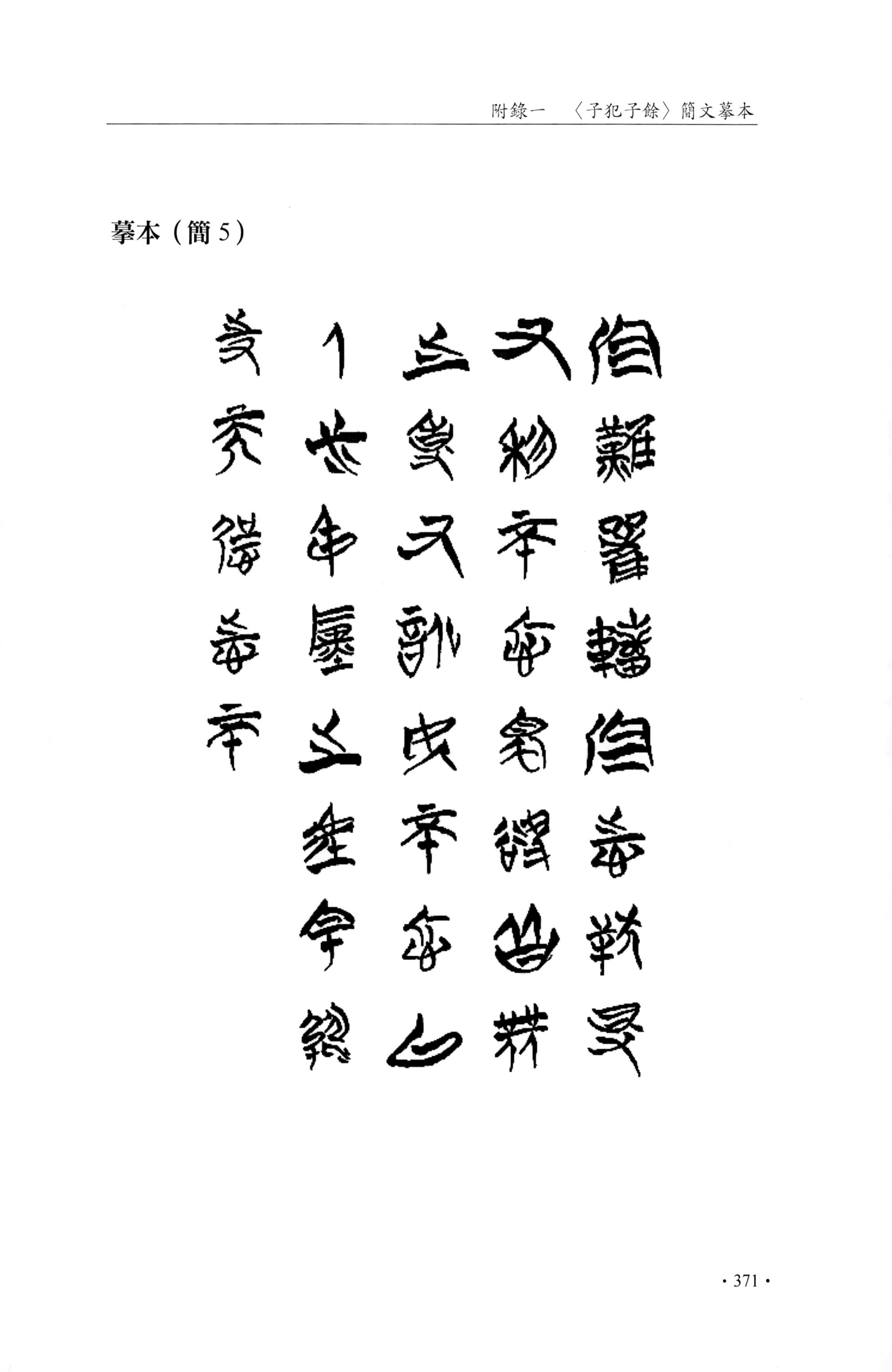

摹本（簡5）

摹本（簡6）

摹本（簡7）

摹本（簡 8）

摹本（簡9）

摹本（簡 10）

摹本（簡 11）

摹本（簡 12）

摹本（簡 13）

摹本（簡14）

摹本（簡 15）

摹本（篇題）